双葉文庫

ツリー（上）

高橋克彦

プロローグ

男は三時間も前から薄暗い森に迷い込んでいた。慣れているはずの原生林の中だが、今は右も左も分からない。舌打ちしながら山刀で邪魔な蔓や腰までの草を払いつつ進む。額や首筋には汗が噴き出ている。二十一、二の精悍な肉体と厳しい目をした男だ。男は時折立ち止まっては風のざわめきや鳥のはばたきに耳を澄ませた。まだ昼時なのに見上げる空は太い樹木の枝に隠されて見えない。無数の木洩れ陽が雨のごとく藪に降り注いでいる。その一本の光が男の顔を照らした。男はその光で腕の時計を眺めた。頑丈そうな時計だ。時計の針は一時五分を示している。それを確かめて、くたびれていた男の顔に小さな笑いが浮かんだ。男は四方をゆっくりと見渡した。四方といっても太い樹ばかりだ。太古の森である。いずれの樹も樹齢千年は経ていよう。男は安心した表情を見せて担いでいたリュックを藪に置くと腰掛けた。

大きなあくびをする。

その隙を狙うように藪の地面を這って来たまむしが襲った。足首を嚙もうとした瞬間に男の足がひょいと上がった。男のズックはまむしの鎌首を軽く踏み付けていた。男はあくびを止めて足元を見やった。まむしがとぐろを巻いて苦しんでいる。陽気な笑いをして男は足を上げた。まむしは怒って飛び上がった。男の顔面にまで牙が迫る。男の頭が一瞬のうちに右へと傾いた。まむしは目標を失って背後に落ちた。そのまま藪に逃げて行く。ちらりと目を動かした男はなにごともなかった顔でリュックに頭を乗せてのんびりと横になった。藪の中では逃げたはずのまむしが男を見ていた。ふたたび男に接近する。

「死ぬだけだぞ」

目を瞑《つぶ》ったまま男は呟いた。通じたのか、まむしは今度こそ藪に引き返していった。

目を瞑っていた男は身を起こした。

全身を耳にする。

〈甘かったか……〉

諦めた様子で男は腰を上げた。リュックを背負って歩きだす。ヘリの微かな音がようやく聞こえはじめた。鳥たちが慌てて空に舞う。男は黙々と歩き続けた。

ヘリの爆音が頭上に近付く。男はうるさそうに見上げた。男の姿は樹海が傘となって簡単には発見されないはずだ。

いきなり弾丸が頭上から襲った。

無数の枝が払われて落ちてくる。機銃掃射だった。太い幹にも穴が空く。男は走った。弾丸が男の頬や肩をかすめる。ひょいひょいと男は器用に避《よ》けて逃れた。いったい何人で撃っているのか、夥《おびただ》しい数の弾丸だった。さすがに男にも焦りが見られた。どこへ逃れても銃弾がついてくる。静かな原生林は払われた枝から舞い散った花粉で真っ白になった。

そこに一発の銃弾が真横から男を襲った。

銃弾は男の左腕を貫通した。

男は悲鳴を発して藪に転がった。

頭上の機銃が鳴り止んだ。そして反転する。

「くそっ！」

男は信じられない目で腕から噴き出す血を見詰めた。辺りを窺う。

白い花粉のカーテンを掻き分けるようにして猟銃を構えた男が現われた。またぎの格好をした四十男である。

「腕とは……やりそこなった」

またぎは睨み付ける若者を見下ろして笑い続けた。

「あんたが来るとは……」

男の目には諦めも見られた。

「しかし、なんで……」

先回りされていたとしか思えないが、自分でもどこをどう歩いていたか知れない森である。それが男には不思議だった。

「藪にも道がある。迷い込んだところで下山するつもりなら先の見当がつく。いや、迷っていればこそ余計な道を選ぶまい」

猟銃を突き付けながらまたぎは重ねた。

「勝手はできぬと言ったはずだぞ」

「無縁の暮らしをしたいだけだ」

「なにから無縁となる？　どこに逃れたとて無縁にはなれまいに」

「迷惑はかけない」

「荷物をそこにあけろ」

またぎは無表情に命じた。腕の痛みを堪《こら》えつつ男はリュックの口を開いた。大したものは入っていない。二日の山越えを覚悟して詰め込んだ食い物と水だけだ。

「持ち出したものはないようだ」

またぎにはじめて安堵の色が広がった。

「殺せと言われて来たのか？」

「戻るくらいなら死にたいか？」

またぎは男の胸に銃口を当てた。

「なんで辛抱ができん？　望めば町に暮らす役目もある」

「逃げたかったのは役目からだ」

「では村に連れ戻すわけにはいかんな」

「……」

「好きにさせてきたおまえがそれでは、若い者らの心が乱れる」

「あの暮らしをいつまで続ける気だ？」

「それも我らには余計な考えというもの」

「親父はなにも迷わずにきたのか？」

「一度もない、とは言わん」

またぎはじっと男を見詰めて口にした。

「だったら……」

「その考えが余計だとあとで悟った。おまえもそのうち分かる。自分から山に戻る」

またぎは言うと銃口を空に向けて放った。

「行け」

またぎは男を顎で促した。

「見逃してくれるのか？」

男は目を丸くした。

「殺したと言うておく」

「信じると思うか？」

「おれは長老に信用されておる。心配ない」

「絶対に迷惑はかけない。信じてくれ」

男は約束してリュックを手にした。


「いいんですか？」

男が立ち去ると藪から二人が現われた。

「良造《りょうぞう》は油断している。里に下りる直前で摑まえろ。ここからでは運ぶのに難儀する。あとは弘前《ひろさき》の手島《てじま》に任せろ。それで安心だ」

「そういうことですか」

二人とも得心の顔をした。

「長老の温情だ。あいつはそれも分からん」

またぎは口にして大きく吐息した。

不思議な作品

新堂侑司

三十枚以内という応募規定はいかにも楽な印象を与えるのだろう。頑張れば一日二日で書き上げることができる。この賞がスタートしてまだ三回目というのに六百編以上もの応募があったと聞く。が、たった三十枚で過不足のない物語を拵《こしら》え上げるのは至難のことだ。むしろ四百枚や五百枚ある方が、時間的労力は別として、たやすい。短編には鮮やかなキレとオチが要求される。瞬間を切り取る確かな目と無駄を省く才能が欠かせない。それでいて小説的な感銘やら余韻まで求められるのだから大変だ。優れた短編作家は同時に傑出した長編作家であるのに、才能ある長編作家すべてが短編の名手とは限らない。昔から言われている言葉だが、まさに名言と言える。戦争の悲惨さや無意味さを三十枚の中で伝えるのはやはりむずかしく、そのテーマを本当に三十枚でやるつもりならスポットの当て方に工夫しないといけない。受賞作品は、候補作七本のうち比較的に傷が少なかったので私も授賞には反対しなかったものの不満は残った。

一方『ゲーム』である。

ほとんど会話ばかりで地の説明が少なく、小説になっていないとの判断で選考の早い段階で外れてしまったが、私には魅せられるものがあった。確かに未熟さは否めない。この作家は恐らく小説などはじめて書いたのではなかろうか。最初の数枚で私は呆れ、なぜこれが最終候補となったのかと不審さえ抱いた。この唐突で稚拙な展開では、たとえ最後にとてつもないドンデン返しがあったとしても認められない。小説は全体の水準も重要である。我慢して読み進めているうち、物凄い興奮に襲われた。落選した作品なのであえて内容を細かく紹介するが、主人公は退屈な日常を送っている仲間たちと新しいゲームを考えている。酒の席のことなので遊び半分なのだが、その店にあったトランプとモノポリーとオセロという別々のゲームを合体させ、まったく次元の異なるものに転換させていくのだ。主人公たちは難解で複雑な数式を軽々と操り、瞬時に計算してはゲームの広がりを予測し、ルールをその場で付け足していく。どうやら数学を専門とする者たちらしい。小説には計算式が頻繁に出てくる。それがなにを示すものなのかこちらには皆目分からない。やがて明け方には電話帳にも匹敵する分厚いルールブックが完成する。このルールを完全に理解してゲームに挑める人間は日本に百人も居ないだろうと主人公たちは言い合う。けれどそのゲームは大評判となった。ゲームに参加するだけで才能の証明となるのだ。ほとんどの人間はルールブックの百分の一も理解できない。

それだけの話だ。

しかし、なんという発想だろう。確かめてはいないが、頻繁に記されている数式も出鱈目《でたらめ》とは思えない。作者は間違いなく数式を専門とする人で、出来上がりがこの小説に終わったのは、小説作りに関しては残念ながらアマチュアだったに過ぎない。この異様なリアリティに圧《お》されて、最終選考での討論に委ねられたものであろう。結果は小説の完成度という点で見送られてしまったが、興奮はいまだに私の中に残されている。人生の機微を描くことだけが小説ではない。それを知らされた。

2

ソファに横たわって本を読んでいると、となりの仕事場のファクシミリが動きはじめた。紙を吐き出した音を確かめて私は腰を上げた。送られてきたのは新堂侑司《しんどうゆうじ》の選考評だった。なぜ、と思いつつ目を走らせる。途中からぶるっと身震いを覚えた。落選した『ゲーム』に関して選評の半分以上を費やしている。この作品を最終候補に絞り込む段階で強く推したのは私だ。それで雑誌発表の前に賞係《しょうがかり》の田中《たなか》がこの選評だけを送ってきたのだろう。

私は折り返し田中に電話した。

「こんな時間にまだ起きてたの」

田中は驚いた。夜中の三時を過ぎている。

「そっちこそ」

「校了が迫ってるからね」

「褒めてくれたのは新堂さんだけか?」

「そう。選考会のときも力説してたけど、こんなに書いてくれるとは思わなかった。あんたもきっと喜ぶと思ってさ」

「これじゃ大絶賛だもんな」

「本人にも教えてやりたいのに、連絡がつかなくなっちまった」

「なんでだ？」

「引っ越したみたいでさ。選考会の当日は連絡がついたんで安心していた。落ちたショックってこともないだろうけど」

「そりゃそうだろう」

私は笑った。

「候補者は落ちても選評を気にして読む。これを読めば勇気づけられて向こうから連絡してくるはずだ。そのときは会ってみようかと思ってる。新堂さんがあれほど褒めるなんて珍しい」

「おれが褒めたときは首を捻っていたくせに」

「まぁね。あんたの好みは偏ってるとこがある。他の先生たちも散々にけなしてた」

「おれと新堂さんだけが分かったというわけだ。ま、小説ってのはそんなもんだ。皆がそこそこに評価するのはたいがいくだらない」

「モノになる才能だと思う？」

田中はずけっと訊いてきた。編集者と書評家という立場だが、同世代なので今は友達付き合いとなっている。

「ならんだろう」

「なんだよ。推薦しといて無責任だな」

「あれを大先生方がどう読むか興味があったんだ。一本くらいそういうやつが混じってたっていい。あとは可もなし不可もなし」

「鍛えても無駄かね？」

「文才はたぶんほとんどない。読者も意識できてない。手直しは可能でも、そうなるとエネルギーが失われる。あれはやっぱり小説とは全然違うもんだ」

「だからこそ余計に育ててみたくなるじゃないか」

「新堂さんが褒めたからって、その気にならん方がいい。おれにはむしろなぜあの作者が小説を書くつもりになったかに興味がある。それほど世界が掛け離れている」

「経歴も曖昧でね」

「なにをしてる人なんだ？」

選考過程では年齢やら経歴がいっさい伏せられた応募用紙だけが渡される。作品ばかりの優劣とするためだ。たとえばそれが十六歳の作者と分かっていれば、幼い文章と思ってもつい甘い判断を下してしまう。

「最近まではプロレスラーをしていたらしい」

「嘘だろ」

いかになんでも、と思った。

「歳は三十八。その歳までやってて無名なんだから、よほど才能がなかったんだろう」

「それで最近までってのも怖い話だ」

「どこの大学を出たかも記入していない」

「じゃあ、あの数式も出鱈目なのかな」

そうなるとまったく無意味な小説となる。

「いや、あれは本物のようだ」

田中は請け合った。

「週刊誌の部署に数学科を出た変わり者が居る。それに見て貰った。時間をかけて取り組めば解けそうな数式だと言っていた。領域とか集合の数式じゃないかって」

「なにかの事情で転身したとしても、プロレスラーってのは凄いな」

「だから会ってみたいんだよ。ひょっとしたら大化けする人物なのかも知れない」

「三十八にもなってあの文章なら見込みはないんじゃないか？　おれは二十五、六と思い込んでいた。その歳で基礎力もなくて物書きになるのは無理だ」

「簡単にゃ鉱脈にぶつからんてことか」

田中は失望の口調となった。

「理科系の作家が増えてきたり、熟知した世界をテーマにしろという賞獲り雑誌の安易な指導にノセられた口かもな。そういう世界ならきっと本を読む人間も少ない。おだてられて書いてみる気になった。そんなとこさ」

推薦しておきながら職業や年齢を知って私の興味は急速に薄れていた。バカにする気はないが、やはりプロレスラーと作家はどうしても結び付きそうにない。

「プロレスを辞めて今はなにを？」

たばこに火をつけて私は質《ただ》した。

「無職。連絡先もアパートの管理人の部屋の電話番号だった。いまどき電話のない暮らしってのも変わってる。それで面白そうな人間じゃないかと睨んだ」

「携帯もなしか」

「だろう。持ってたらきっと記入する」

「選考会の結果を知らせたときの対応は？」

「特に印象にない。惜しかったら次回のこともあるんで欠点やら長所を詳しく伝えるけどね。七本のうち真っ先に落とされたやつだろ。手短に口にしたら、がっかりした感じもなく頷いて受話器を置いた。こっちはあと何人かに連絡しなくちゃならない。ホッとした」

「住所は？」

「千住《せんじゅ》のどこかだ。最寄り駅は北千住。引っ越し先は管理人も知らない」

「プロレスの事務所に問い合わせれば？」

「したよ。知っていたのは千住の住所」

「熱心だったのは確かそうだ」

ずぼらで通っている田中にしては、だ。

「あれだけ書いたんだ。新堂さんだってなにか問い合わせてくる。そのときになにも知らんじゃこっちがだらしないと思われる」

「その気になれば捜せるだろうさ」

「どんな方法がある？」

「いくらでも。運送会社を当たってもいいし、プロレスの事務所にもう一度電話して仲がよかった人間を教えて貰えばいい。仲間なら引っ越し先を知っている」

「鋭いね」

「常識だよ。安直なテレビドラマでもその程度のことはやる」

「校了でちょいと暇がない。やってくれるか」

「なんでおれなんだ？」

「急ぎの仕事を抱えてるのかい？」

「でもないけど……面倒臭い」

「頼むよ。新堂さんの選評を読んで編集長までその気になったらまずい」

「引っ越したのは向こうの勝手だ。おまえさんの責任にゃならんだろうさ」

「捜せと言われるに決まってる。校了が済んだら女房と温泉に行く約束をしてる」

「温泉から戻ってからでいいと言うさ」

「言いたくないんだよ」

「家庭サービスが格好悪いか？」

「まぁ……ね。むずかしそうなら頼まんが、今の話を聞いた感じじゃ……」

「礼金くらい出してくれるんだろうな」

「二万でどうだ？」

「探偵社に頼めば五万は取られる」

「意地悪言わんでくれ」

「電話で直ぐに分かっても二万だな」

「事務所にはおれも訊いた。引っ越し先の見当がつきそうな仲間は居ないかって。だれも知らない様子だった」

「意地悪なのはどっちだ」

私は舌打ちした。

「詳しい経歴をこれからファックスする」

くすくすと笑いながら田中は、

「約束したんだ。なんとか捜してくれ」

念押しして電話を切った。

嵌《は》められた気分で私は待った。

が、私になにがしかの責任がないわけでもない。最終に絞り込む会議で私が強引に推さえしなければ今の状況はない。そのままシュレッダー行きとなった作品である。

ファクシミリ専用機の受信音がピーと鳴って受信モードとなった。紙がゆっくりと排出される。私は立って文字を目で追った。

切り取って椅子に腰掛ける。

風森大樹《かざもりたいき》という筆名は本名だった。本籍は青森県。書かれている細かい地名を見てもまったく見当がつかない。学歴はわざと省いたようで、いきなり職歴からはじめられている。運送業とか宅配、あるいは引っ越し会社を転々としてプロレスの世界に入ったのが二十四の歳。典型的な肉体労働者のイメージだ。リングネームも見当たらない。書いてもどうせ知らないと見たか、落選を予想して名を伏せたかのどちらかだ。添えられている顔写真にも見覚えはなかった。たぶん前者だろう。なかなか精悍な顔立ちをしている。これで人気が出なかったのが不思議なほどだ。とすると私が疎いだけなのかも知れない。

〈いつ数学を勉強したんだ？〉

書類のどこを眺めても手掛かりはない。その気になればテキストは書店で購入できる。独学も不可能ではないが、やはり普通では考えにくい。編み物やギターとはわけが違う。

〈替え玉ってことはないよな〉

さほど珍しいことではない。同人雑誌の中心人物であったり、地方の文学賞の受賞者ともなればそれなりの体面がある。替え玉を用いて応募するケースがあるのだ。落選しても気付かれない。授賞が決まれば当人が名乗りを挙げるつもりだろうが、そういう姑息な手段に出る者は結局落選の憂き目に遭う。それで世間に広まらないだけだ。

〈有り得ないか〉

私は苦笑した。あのレベルで替え玉を使っているはずがない。

〈見付けたとして、どうなる？〉

プロの物書きになれないのは明白だ。風森大樹への興味はまた強まったものの、後のことを考えると無意味な気もしてきた。

私は居間に戻って水割りを拵えた。

3

起きて時計に目をやると十二時近かった。ベッドに入ったのが朝の六時前後だったのだから眠り過ぎでもないが、世間に対してなんとなく申し訳ない気になる。こういう生活を十年以上も続けている。それなら申し訳なさなどなくなっているはずだが、そう思うことで辛うじて社会の一員という意識を保つことができる。ま、自分への言い訳だ。だいたい、書評家という仕事ですらまともなものと言えるかどうか。経済評論家はまだしも軍事評論家などまで居るのだから書評家もあって不思議はないが、好きなことをやっているだけという後ろめたさがある。文学研究者のように大学で教えているわけでもない。いくら本が好きでも、それこそ好きでもない本を月に七、八十冊も読まされれば辛い。そう説明したって、ただ本を読んでいればいいのだから羨ましいという顔をされる。一般の人間が趣味と思っていることを仕事にするのはむずかしい。遊びの延長としか見てくれないのだ。

倍量入れて濃くしたコーヒーを口にしながら私は大学時代の仲間に電話した。ぐずぐずしていれば昼休みでデスクには居なくなる。

「なんだ、珍しいな」

山本《やまもと》は陽気な声で応対した。銀行マンだ。

「風森大樹ってレスラー、知らないか？」

「なんだよ、いきなり」

「プロレス好きのおまえなら知ってるんじゃないかと思って電話した」

「風森って、あれだろ。逃げの風森」

「結構有名なんだ」

「有名じゃないよ。よほどのプロレスマニアじゃないと知らん名だ」

「逃げの風森って言ったな」

「ああ、強いんだか弱いんだかちっとも分からん男でね。相手の技から逃げるのだけが目茶苦茶上手い。一時期はファンもついていたが、なにしろ勝てないから飽きられた。最近は見なくなったな」

「やめたみたいだ」

「なんで風森なんかに興味を?」

「おれが少し関わっている新人賞に応募してきた」

「プロレスラーが小説の新人賞に」

山本は声にして笑った。

「独特の小説を書いてる」

「そりゃそうだろう。おれも読んでみたい」

「引っ越しして住所が分からない」

「所属事務所に問い合わせりゃ簡単だ」

「編集者がとっくに問い合わせた」

「そんなに才能があるのか?」

「いや、独特ってだけだ。文才はない」

「経歴が面白いってわけだ」

「居所を突き止める約束をしちまった。その前にどんなレスラーだったか知りたくてね」

「家に戻って古い雑誌をひっくり返せば写真やら記事が見付かるはずだ。と言ったって大したものは出てこないと思うがな」

「やめた理由なんかは知らないか？」

「知らんよ。ここんとこ仕事が忙しくてプロレスとは切れた。そろそろ大人にならんと」

「忙しいときにすまなかった」

「記事や写真はどうする？」

「いい。雑誌ならこっちで当たれる」

「そうか、そっちはプロだものな」

「プロってこともないが」

〈そろそろ大人にならんと、か〉

　自分に向けられた言葉のように感じた。たぶん山本のデスクには書類が山積みされているに違いない。そこにのんびりと私が引退したレスラーのことを問い合わせている。学生時代には山本の方が将来を案じられる男だった。それが今は一流銀行に勤めて、仲間の出世頭と見られている。

　居間のソファに腰掛けてあらためて部屋を見回す。仕事場から食《は》み出た本がソファの脇にまで積まれている。客を迎えられる部屋ではない。床がぎしぎし鳴るのも本の重みのせいだ。三十八にもなってろくな蓄えもなければ決まった女も居ない。

〈風森もおなじ歳か……〉

風森も大人にならなければと考えてプロレスラーから足を洗ったのではないか。小説は学歴や資格と無縁だ。案外本気で取り組んだのかも知れない。

風森が身近な存在に思えてきた。


田中には簡単だと安請け合いしたものの、事務所の線が途切れると、なにから手をつけていいものか……レトルトのカレーをスープ代わりにトーストを食べながら考えた。引っ越し業者を当たるのは大変そうだ。警察のように人数で手分けしてかからないと無理という気がしてきた。管理人が業者の名を記憶していれば別だが、それなら田中が引っ越し先を訊ねたときに教えているだろう。

〈本名が風森なら〉

ふと思い付いた。田中から送って貰った風森の履歴書には本籍が書かれてあった。青森県の郡部だ。そこの役場に問い合わせれば風森の実家を突き止められる。親や兄弟だったら風森の現住所を知っていると思われる。

自分の賢さに拍手したくなる。

直ぐに電話局に問い合わせて本籍地のある役場の電話番号を聞き出した。

その番号を押して、戸籍課に繋《つな》いで貰う。

それで大方は片付くはずだったのに——

「そういう人はおりませんね」

やがて素っ気ない返事が戻った。

「いや、居ないのは分かっています。風森大樹さんの身内の連絡先を知りたいんですが」

「身内どころか、その人の戸籍が当村にはないと申し上げているんです」

「あの、結構有名なプロレスラーですけど」

「検索してみましたが、見当たりません」

相手はうるさそうに電話を切ろうとする。

「風森さんというお宅は何軒くらい？」

「さぁ……ここはそういう部署じゃないので」

「だったらこの本籍地が間違いだと？」

「知りません。それもそちらの問題でしょう」

それはそうだ。が、私は食い下がった。

「こういう番地はあるわけですね？」

「窪《くぼ》ケ原《がはら》という場所はないです」

そこまで言われたら諦めるしかなかった。出鱈目な本籍地と考える他にない。

〈なんなんだ〉

無性に腹が立ってきた。

私は田中の携帯に電話をかけた。

「ほいほい、どうした？」

田中は私と知って呑気な口調となった。

「どうしたじゃないよ。風森ってのはどういうやつなんだ。本籍地も出鱈目だぞ」

「どういうことよ」

「戸籍があるはずの役場にたった今問い合わせた。該当者なしって軽くあしらわれた」

「嘘を記入してたってこと?」

「そうだよ。調べなかったのか」

「調べないよ。入社試験じゃないもの」

「それにしたって……」

「いや、それってさ、日本人か外国人かを確かめる程度のことで、あんまり意味がない」

「受賞して嘘がバレたらどうなる?」

「盗作でもない限り問題ないと思うけど」

「そんな程度のことか? 本籍地も偽るなんてよほどのことだぞ。犯罪者かも知れん」

「犯罪者が何年もプロのレスラーやって顔をさらけだしていたわけ?」

「他にどんな理由が考えられる?」

「分かんないけどさ……蒸発かなぁ……いや、それだとやっぱり顔をさらけだすわけないか」

「とにかく話はご破算だ。本籍地さえ出鱈目な男を捜すのに二万じゃ割りに合わん」

「こっちからあとで電話する。自宅だろ」

言って田中は電話を切った。

田中から連絡があったのは夕方だった。

印刷所に詰めている最中で動きが取れなかったらしい。九時頃までは暇ができたから飯でも食いながら話さないかと言う。新宿西口のいつもの飲み屋だ。私は承知して外に出た。

私の暮らす名ばかりのマンションから新宿には中野駅までの歩きも含めてだいたい四十分。店の戸を開けると田中が先に到着して飲《や》っていた。私もカウンターに並ぶ。

「本籍地が違うなんて前例がないそうだ」

田中は私のビールを勝手に注文して言った。

「もっとも、受賞者しかチェックしないから他の応募者についちゃ分からんけど」

「妙な話だよな。犯罪者以外に本籍地を偽る理由なんて思い付かんだろ」

とりあえず乾杯して私は首を捻った。

「ひょっとして日本人じゃないかも」

「そんな人間が新人賞に応募してくるか？」

田中は否定して、

「どんな応募者だって受賞したときのことを想定する。必ず嘘がバレると思うさ」

「けど、あの学歴を書かないところとか、職業が肉体労働ばっかりってのが気に懸かる。身元がはっきりしなくても働けそうな仕事が多い」

「数年前にどっかからふっと現われた人間だったらともかく、風森は十年以上もレスラーをやっている。それに潜入者ならそれなりにきちんとした戸籍を用意しているさ」

「だったら戸籍を忘れちまったとか？」

「そんなやつが居るもんか」

田中は笑った。

「いくらでも居る。おれだって今ここでと言われたら大雑把な地名しか言えない。本籍地なんてよほどのときしか書かない。免許証がなきゃ親にでも聞くしかない」

「……」

「その親も居なけりゃ適当に書くだけだ。うん、それが正解だろうな。もし受賞したときはちゃんと問い合わせれば済むことだ」

「戸籍が曖昧で暮らしていけるものかね」

田中は信じられないという顔をした。

「本人が曖昧というだけで戸籍はちゃんとあるってことだ」

「そういうことか」

田中も得心した。

「なんにしろ風森のことは忘れよう。その気があれば来年も応募してくる。最終候補に残ったんだ。その可能性は高い」

「ところがそうもいかなくてさ」

田中は渋い口調となった。

「あの選評を編集長が読んだ。新堂さんにその礼の電話を入れたら、特異な才能だって焚き付けられた」

「編集長の藤野《ふじの》さんがか」

「他社の連中にも新堂さんが吹聴《ふいちょう》してるらしい。選評で絶賛した手前もあるんだろう」

「引っ越し業者に手分けして当たるんだな」

「もちろんやるけど、このまま手伝ってくれ」

田中は片手で拝んだ。

「本気で育てるつもりか？」

「他のものを書かせてみてからだ」

「他社に抜け駆けされたくないだけじゃ？」

「それもあるが……」

「なんだよ、まだなにか隠してるのか」

「あの数式だ」

「……」

「数学科を出たやつがウチに居るって言ったろ。そいつが夢中になってね」

「解いたのか？」

「答えはあの小説の中に書いてある。問題にしてるのは途中の過程だ。風森は解法を省略して答えをあっさり記してある。どうせ読者にゃ退屈なだけだと見たんだろうな」

「だから、それがどうしたんだ」

私は生ビールのお代わりを頼んで質した。

「数式の立て方には疑問を挟む余地がない。難解そうだが解けるはずだ。そう思って取り組んだらしいが迷路に嵌まって抜け出せなくなった。会社の仕事そっちのけで、昼飯さえ忘れて熱中した。解けるはずだと確信があったからだ。けど、とうとう諦めて今も大学に残って数学を研究している仲間に連絡した。数式と解答だけ伝えたら向こうも乗り気になった。しかしその男も歯が立たない。解けるように見えて成立しない数式じゃないかという話になった」

「それじゃやっぱり適当な数式か」

「本題はこれからだ」

田中はにやりとして、

「二人は解く楽しみを優先させて自分の頭でやってたんだよ。それが成立する数式かどうかはコンピュータで確認できる。そこでその助教授は数式と解答の二つを大学のコンピュータにインプットして計算させてみた」

「ずいぶんと大袈裟な話だ」

「その数式でこの解答に至る方法があるかどうかを質問してみたそうだ」

「……」

「五、六分かかって正解が出た。信じられるか？　大学のコンピュータで五、六分だぞ」

「おれにはよく分からん」

「コンピュータでなきゃ二ヵ月かけても解けない超難問だってことだ。あの小説にゃそれと同レベルの数式が他にいくつもある。二人が仰天したのも当たり前だな。しかも風森はすべてに解答を出している。あの小説は本当のことを書いていたんだ。あのルールブックを理解できる人間なんてほとんど居ない。ゲームに挑戦できるのはこの日本で一人か二人だろう。これはマジな話だ」

言って田中はビールを飲み干した。

「この話、どう思う？」

「どうって言われても……数学はさっぱりだ」

凄い頭なのだろうとしか言えない。

「ただ、世の中にはそういう天才が案外多いそうだ。テレビでもよくやるじゃないか。小学生の子供が天文学的な掛け算とか割り算をしてみせる。あるいは三百年後の十一月十六日は何曜日に当たると瞬時に口にしたりする。あれって閃《ひらめ》きが大きいらしいんだよ。脳の奥底では複雑な計算をしているのかも知れないが、当人には答えが即座に浮かぶ。計算しているという意識もない。風森もそういう天才の一人じゃないかと言っている。解法を記していないのもそれで分かる。数式を見れば風森にはその答えが直ぐに出てくる。どうやって解いたと聞かれても当人には説明することができない」

「答えは偶然か？」

「いや、偶然じゃない。正解だ。解法については知らないというだけさ」

「どうも理解できん」

「直感に近い。直感の鋭いやつならおれたちの周りにいくらも居る。おれのカミさんもそうだ。目の動き一つで嘘と分かる」

聞き耳を立てていたのか女将が噴き出した。

「もっとも、それが当たっているのかどうかは分からない。想像してるだけだ。あんな数式を思い付いて、なおかつ解法まできちんと承知の人間だったら東大の数学科の教授になれるはずだってな。プロレスラーなんかをしているわけがないだろう。酷いことまで言ってたぞ。ぼかぼか頭を殴られて脳が異様に発達したんじゃないかって」

「東大の数学科の教授にだってなれる、か」

「ノーベル賞を貰ってもおかしくない頭脳だ」

「いくらなんでも……」

「だから一瞬の閃きで得たもんだろうと」

「答えはそれで説明がつくとして、数式を立ててるのはどうなんだ？　数式を考える方が大変だと聞いた覚えがある」

「それには確かに首を捻ってたけどな」

　田中も認めて、

「当人と会ってみなきゃなんとも言えん。が、風森が特別な人間だってのは分かるだろ」

「たとえノーベル賞ものの数学頭だとしても文才は別だぞ」

「捜し出すのは厄介か？」

「おれはそっちほど数学に興味を持ってない」

「前はあの数式に驚いてたくせに」

「小説に数式を持ち出してきたことにちょいと感心しただけだ」

「そりゃないよ。あんたが力説したから最終候補まで残った。責任を感じてくれ」

「本籍地の中にあった窪ヶ原って地名……」

「ああ」

「その村にはなかったが、おなじ郡の別の村にだったらある」

「調べたのか！」

田中の顔が輝いた。

「妙に具体的な地名だ。風森が本籍地を曖昧に覚えているかも知れんと言っただろ。それで青森県の地図を丁寧に眺めてみた」

「やるね」

「八甲田山《はっこうださん》の麓だ。弘前寄りの村」

「役場に連絡を取ってみたか？」

「してない。暇があったから地図を引っ張り出しただけで、あとはそっちの役目だ」

「なんだよ、冷たいじゃないか」

「話はご破算にしたはずだ」

「分かった。明日電話してみる」

「下の地名はちゃんと記憶していて、村の名を間違えたということが考えられる。村の名も一文字違いで似ている。不思議じゃない」

「おれもそう思うよ。これでなんとかなる」

田中は張り切った。

だが――

翌朝の十時に叩き起こされた田中の電話の報告は意外なものだった。

「もういっぺん言ってくれ」

ぼんやりした私の頭では整理がつかない。

「だから、そこは民家が一軒もない山ん中ってことだ。まともな道も通じていない」

「山の中に地名がつくのか？」

「つくさ。営林署の人間とかが名付ける。窪んだ原っぱだからそう呼ばれているんだろう」

「じゃあ今度も見当違いか」

「ところが……電話じゃちゃんと説明できそうにないが、戸籍はあった」

「風森の？」

まるでわけが分からない。

「はじめは有り得ないって相手にもしてくれなかったのに、しつこく頼んだら調べてくれた。役場の人間の方がびっくりしてたよ」

「なにに？」

「風森大樹の名を見付けたからさ。若い男だったが、上役に代わって謎が解けた」

「どんな風に解けた？」

「およそ五十年前のことになるが、風森の親父さんがその窪ヶ原ってとこで発見された。完全に記憶を失ってたらしい。山ん中を何日か迷い歩いているうちになったんだろう。役場もなんとか身元を明らかにしようと頑張ってたが無理だった。しかし、それまでの記憶がないだけで他はしっかりしている。それで新しい戸籍が作られた。窪ヶ原で見付かったんだから戸籍もそこさ。それから親父さんは弘前で何年か暮らした。そして結婚をして風森大樹の出生届けがなされたってわけだ。親父さんとおふくろさんの方はとっくに亡くなっている。なんにしろ小説みたいな話だ」

「記憶喪失の親父さんか……」

「役場の話だと風森大樹は若い頃に一、二度顔を見せた程度らしい。プロレスラーだと教えてやったら絶句してた」

「だろうな」

「興味が一気に膨らんでこないかい？」

「まあね」

「手掛かりがこれでまた途切れた。あの様子じゃ役場はなにも知らん」

「おれにやれって言うのか？」

「どうしても捜し出して会ってみたい。窪ヶ原のことでここまでやれたのもあんたのお陰だ。二万なんてケチは言わん。編集長も面白がって経費を出すと請け合った」

「……」

「なんか裏にとんでもない秘密が隠されているような気がする」

「ヤバくないか？　こんな話、聞いたことがない。その親父さんてのも不気味だ」

「だから編集長も乗り気になったんだよ」

「も少し考えさせてくれ」

即答は危険だと思った。冒険小説は好きでも現実となると別物だ。腕にもまったく自信がない。学生時代にやっていた運動らしきことと言えば麻雀の牌を掻き混ぜていたくらいのものだ。

〈どんな人生を過ごしてきた?〉

仕事机の上に置いてある風森大樹の履歴書の顔写真を眺めて思わず内心で問い掛けた。

風森大樹は神妙な顔で私を睨んでいる。

4

二日後の午後遅く。

私は弘前のバスターミナルに辿り着いた。

新幹線で盛岡《もりおか》下車。高速バスに乗り継いでのことだ。東京からおよそ五時間半。やはり東北はまだまだ遠い。

隣接したショッピングセンターの喫茶店に落ち着いて風森大樹の戸籍のある村の役場に連絡を取った。三十分後に出るバスに乗れば役場の業務時間に楽々間に合うはずだが、肝心の窪ヶ原は無理と分かった。窪ヶ原にはその村からは八甲田山を回り込んで青森方面に向かうバスを用いなければならない。なのに最終便が出てしまった後だと言うのだ。まだ四時前だ。信じられない。レンタカーを借りて行くと言うと、今度は村にろくな宿がないという素っ気ない返事が戻った。

「窪ヶ原の近くに温泉があるはずだけど」

その程度は調べてきている。

「行ってどうする気なんです？」

役場の男は訝しんだ。

「窪ヶ原はバス路線から山に相当入ったところです。これからだと真っ暗になって危ない。明日の方がいいでしょう」

「どうせなら弘前のホテルより鄙《ひな》びた温泉宿の方がいいかと思って」

それで相手も納得した。温泉宿の電話番号を教えてくれる。

「役場に風森さんの両親のことをご存じの人がおられましたよね。確か千葉《ちば》さんとか」

「千葉は出張中で明日じゃないと役場に出てきません」

私は吐息した。行けばなんとかなるだろうと甘く考えていた私が悪い。

「両親は弘前に住んでいたとか。どこなのか教えて貰えば助かると思ったんだけど」

「そんなにお急ぎですか」

「いや……ちょうど今弘前に居るもので」

相手の呑気な応対に少し苛々する。

「でしたら千葉の携帯番号をお教えします」

ありがたい返事が戻った。都会の役所だとここまで親切にはしてくれない。

千葉は弘前近くの村の文化会館での会議に出席していた。会議も終わり、そろそろ戻るところだったらしい。どうせ弘前を通るので直接会って説明してくれると言う。私はおなじ喫茶店で待つことになった。

二十分後に千葉が現われた。

客が少ないこともあるが、テーブルの上にカメラを置いてあると言っていたので千葉はそれを目印にしてすぐ声をかけてきた。人懐こそうな小太りの男だ。役場の人間というより商店主のように如才ない口利きをする。

「雑誌、ときどき拝見してますよ」

千葉は田中が拵えている雑誌の名を口にした。それでこの態度も得心できた。最初に電話したのが田中だったから私もその編集者仲間と信じ込んでいる。書評欄を毎月受け持っていて無縁でもないので曖昧にしておいた。

「びっくりしましたな。あの風森さんが作家になるなんてね。プロレスラーだったのにはもっと驚いたけど」

千葉はわははと豪快に笑って水を飲んだ。

「なんで現役のときに教えてくれなかったんですかね。そしたら村の後援会を結成できたかも知れんですわ。試合を開催してもよかった。なんてったってプロレスだ。村のじいちゃんばあちゃんが結構好きなんですよ。力道山の時代からね。これで作家として有名になったら大変なもんだ。村出身の有名人第一号」

千葉はメニューも見ずにコーヒーを頼んだ。

「風森さんに会ったことがあるとか」

「はいはい。親が亡くなったときに、その手続きで役場の方へ。親父さんのことを知っていたもんだから私が会ったんですわ。そういえば体も大きかったですな。もうプロレスラーやってたのかな」

千葉の返事は長くなる。

「何年前です?」

「十七、八年になるでしょう」

「だったらまだデビューしていません。彼がプロレスの世界に入ったのは二十四歳で、十四年前のことです」

「いや、その頃かも知れん。なんせ古い話だ。歳だね。物忘れが酷くなって。彼とは二回会っておるんですよ。親は二人だからね。死んだのはおふくろさんが先で、親父さんがあと。三年くらいしか間がなかったんじゃないかね。仲のいい夫婦だったんだなって言ってやった覚えがある」

運ばれてきたコーヒーを千葉は啜った。

「彼の親父さんとはどういう知り合いでした」

「うちの親父が見付けたんだ。あの人とは歳が十五ほど離れてたはずだから、私が四、五歳くらいの頃だ。最初にうちに連れてきたってことだが、それは覚えてない。そういう関係でたまに弘前から戻れば必ず親父んとこへ挨拶にきてた。なかなかいい人だった。弘前で一緒になったおふくろさんも美人でね。風森君はきっとおふくろさん似だな」

「生きていれば何歳になります？」

「親父さんかい？　だからこっちが五十五になるんで、七十か。ああ。そうすりゃやっぱり死んだのは十八年くらい前の計算だ。五十をちょっと過ぎたぐらいで勿体ないなと彼に話した。五十一、二じゃ早いよね。なるほど、今の私より若かったんだ」

千葉はまたコーヒーを啜って感慨に耽った。

「結局、記憶は戻らなかったんですか？」

「そこんとこは……聞いてないからそうなんだろうね。五十年前に二十歳として……戦争中は十四、五歳か。徴兵逃れで姿をくらましてたってこともなさそうだ。嘘をついてなかったら、記憶が戻りゃ皆に言いそうなもんだ」

なるほど、と私は頷いた。

「弘前ではどんな仕事を？」

「便利屋って知ってる？」

千葉は逆に訊ねた。

「今の宅配みたいなもんでしょう」

「若いのによく知ってる」

「若くはありません。三十八です」

「宅配よりはもっと重宝でさ、届け物ばかりか買い物までしてくれる。大きな荷台を取り付けた自転車で町と村を往復する。そりゃ格好いいもんだった。体も使うが頭も要る。要領よく回らないと時間の無駄になる。頭のいい人間は一回の往復で済むところを、馬鹿は二回も三回も行ったり来たりする。バス路線が充実して廃《すた》れちゃったが、面白そうな仕事だった。タクシーと一緒で道をすっかり覚えてないと務まらない」

「風森さんも若い頃には宅配をしてました」

「へーえ、そういうとこ似るもんなんだな」

千葉は妙に感心した。

「便利屋のあとは？」

「弘前の大きな印刷所で働いてた。植字工だったな。活字を拾うのがとてつもなく速かったそうだ。それを数年やって……あとはよく知らん。そして村に戻った。村じゃ野菜を作ってた。それこそ窪ヶ原の近くでね」

「村に戻ってからの付き合いは？」

「なかった。こっちが村を出てたもんで」

「すると風森さんの実家があることに？」

「親父さんが亡くなった時点で整理した。村に住む気がなけりゃ残してもしょうがない」

「それで無縁になったわけか……」

「あの家、今は崩れてしまってるよ。だれも住まん場所だもの」

「風森さんも村に暮らしていたんでしょうか」

「何年かは居たと思うが……分からない」

「実家がなくなっているんじゃ戻ってきそうにないですね」

「と思うよ。知り合いもおらんはずだ」

頷いた千葉だったが、

「それにしてもやけに熱心なものだ」

疑いを交えた目で口にした。

「本当に彼に作家の才能が？」

「新人賞の最終選考に残すよう、しつこく推したのは私です」

仕方なく私は最初の段階から打ち明けた。


「東大の教授にでもなれる天才か……」

聞き終えた千葉は盛んに首を捻った。

「やはり気になるでしょう？　どこで風森さんが数学を学んだものか……」

「プロレスラーで作家の才能があって、今度は数学の天才。なにがなんだか……」

「だからなんとしても捜し出して彼と会ってみたいんです。どこに消えてしまったのかまったく手掛かりがありません」

「うちには確か風森の親父さんから届いた手紙やらがあったはずだ」

「千葉さんのお父さまは？」

「とっくに死んでる。もし手紙なんかを見付けることができたら宿の方に持って行くよ。温泉宿に泊まるんだろ」

「どうしてそれを？」

「あんたの前に役場から電話が入った」

「手間をかけてしまうことになりませんか」

「村の出身者のことだ」

当然の顔をして千葉は協力を約束した。

「車に乗せてやってもいいが、それだと明日の足に困るだろうからね。村にゃレンタカーがない。タクシーで回るのは大変だ」

「ご心配なく。宿には一人で行きます」

腰を浮かせた千葉に本心から礼を言った。

「なに、こっちも少し当たってみる。彼が村に居たのはたぶん小学校の頃だ。ひょっとすると覚えている人間が居るかも知れん」

千葉は私が手にした伝票に目を動かし、

「ご馳走さん。またあとで」

と陽気な顔で店を出て行った。

5

紅葉の時季と重なっていて宿はそこそこ繁盛していた。駐車場には東京やら茨城といったナンバーの車が並んでいる。ランプで入る風呂というのが都会の人間には売りとなる。もっとも、ロビーの帳場にはちゃんと蛍光灯が点《とも》されていた。自家発電だろう。

案内された部屋にも電球が輝いていた。

「十時になれば消えます。それからはランプで我慢してください」

宿の女はチップを待つ様子もなく去った。

テーブルも畳も古びているが、妙に懐かしい気のする部屋だ。大正からのものを三十年前に建て直したと帳場で聞いた。私が八歳のときだ。その時代の匂いが安らぎに誘っているに違いない。この白い笠を載せただけの裸電球も今ではすっかり見られなくなった。立て付けの悪い窓を開けると山の空気が入ってくる。窓際の籐椅子もきっと今の若い連中の体格には窮屈に感じられるだろう。それに腰掛けてゆっくりとたばこを味わった。ここに来られただけで足を運んだ甲斐がある。風森だって何度かここの風呂に入ったはずだ。それを思うと不思議な気がする。

一服してから浴衣に着替え、手ぬぐいを肩にかけて風呂に向かった。

狭い脱衣場のガラス窓から覗く浴場は幻想的だった。ランプの明かりが湯気に包まれている。入浴している者はだれも居ない。なんだかわくわくした。

ぬるぬるした床に足を取られないよう気を付けて大きな浴槽に近付く。檜の浴槽と説明にはあったが、湯の匂いに負けている。白みがかった、いかにも温泉という湯だ。それに温度もちょうどいい。私は肩まで浸かった。

極楽、極楽と定番の言葉が思わず出て、我ながらおかしくなった。とりあえずビール、だとか、椅子に腰掛けるたびにどっこいしょと口にするようになれば年寄りになった証拠だ。気を付けているのだが無意識に出る。

〈とは言っても〉

極楽以外に今の気分を伝えられない。

普段は温泉など行きたいとも思わないが、こうして来てみれば別だ。疲れが取れる。

部屋に戻ると食事の支度ができていた。

鮎の塩焼きに芋の子汁がメインだ。ぐうっと腹が鳴った。この健康な空腹感も仕事場に籠りきりの私には滅多にないことだ。

「さきほど千葉さんから電話がありましたよ」

給仕に現われたおばさんが言った。

「三十分やそこらで来られるとか」

だとしたらなにか見付かったに違いない。

「千葉さんをよく知ってるの?」

「そりゃ村の人間ならだれだって。文化課じゃなくて宴会課の課長だと皆から言われてます。ここにもしょっちゅう」

「賑やかな人だものね」

「二人泊まるから酒の支度をしてろって」

「だったら食事はあとにしようかな」

「ええですよ」

おばさんは苦にもせず腰を上げた。

「千葉さんはときどき泊まるわけ?」

「ここらへんは飲む場所が少ないんでね」

それで私にも納得がいった。

どうも、どうもと千葉は相変わらずの陽気な笑顔で入って来た。私と同世代ぐらいの男を引き連れている。

「や、まだ食事を済ましとらんでしたか」

「せっかくですからご一緒しようと思って」

「それは気を遣わせちまって」

千葉はテーブルを挟んで向かい合った。

「甥です」

千葉は紹介した。甥が頭を下げる。

「なんのことはねぇ。政夫《まさお》が風森さんの小学校の同級生だったんですよ。世の中は狭い」

「村が狭いんだ」

政夫に私は笑った。その通りだろう。

「手紙も簡単に見付かってね。女房が親父のものを一纏《ひとまと》めにしてくれていました。それで今夜は湯に入って飲むかということに」

帳場で注文してきたらしく酒が運ばれた。

「作家になれりゃ大したもんだ。村長に連絡したら、きちんと接待しろと」

わははは、と笑って千葉は私のグラスに燗酒をたっぷり注いだ。

「遠慮なくやってください。明日もこの政夫に案内させます」

「手紙でなにか分かりましたか？」

「うちの親父がこの村での身元引受人になってたのが分かりました。それで何十通も手紙を寄越してたんですな。はじめて知りましたよ。親のことなのに案外分からんもんだ。親父が弘前の女とずいぶん長い間くっついてたってのも葬式のときに知った。あのときゃ参ってね。わざわざ拝みにきたんだ。追い返すわけにもいかんでしょう」

「関係ねぇ話したってしょうがねえ」

政夫は困った顔をした。

「なに、夜は長ぇんだ」

私も笑うしかなかった。

「弘前じゃずぅっと手島って人の世話になってたようだ。三十年も昔の話だからその住所に今も居るかどうか分からんですがね」

「すると風森さんも今そこに」

「連絡取っていてもおかしくない。ま、その人が死んでるってことも考えられるが」

「手島なんと言うんです？」

「ちょっと待ってくださいよ」

千葉は風呂敷を開けて手紙を手にし、何通かに目を通した。

「手島喜久治《きくじ》という人だ」

千葉はその部分を私にも示した。

私はバッグから携帯を取り出した。

「ここは携帯が通じないとこでね」

政夫が首を横に振った。

「それなら帳場で調べてこよう」

「なにを？」

千葉は立った私に怪訝な顔をした。

「弘前の電話番号を問い合わせるんですよ。手島喜久治の名で登録されているかどうか」

「なるほど、そりゃ気付かなかった。政夫、帳場から電話帳借りて来い」

千葉は命じた。頷いて私は座り直した。

半分以上は諦めていたのに、手島喜久治の名は簡単に見付かった。住所は違っていたが、町名変更だとか転居も考えられる。手島喜久治の名はありふれたものと思えない。

「ちょっと電話して確認してみますよ。まだ八時前だから迷惑にならないでしょう」

「都会の人は大したもんだな」

千葉はしきりに感心した。

「よく咄嗟《とっさ》に思い付くもんだ」

それに政夫も頷いた。

私は帳場に出掛けて電話を借りた。

風森の父親が世話になっていたというなら手島はいったい何歳なのだろう。少なくとも八十にはなっていそうだ。それが案じられる。

しばらく呼び出し音が鳴って相手が出た。

若々しい声だった。

「あの、夜分失礼します。手島喜久治さんのお宅でしょうか」

「そうですが」

「喜久治さんはいらっしゃいますでしょうか」

「なんのご用です?」

「風森さんという方のことで伺いたいことがありまして」

相手は無言となった。

「実は風森大樹さんの居場所が知りたいんです。風森さんのお父さまと喜久治さんが親しかったと耳にしたものですから、あるいはご存じではないかと思いまして」

「知りません」

相手はいきなり電話を切った。

私は慌てて電話に呼び掛けた。

やはり切られてしまっている。

〈どういうことなんだ?〉

わけが分からない。

「借金の保証人にでもなっているんじゃ?」

戻って説明すると千葉は言った。

「全部きちんと説明してから居場所を問い合わせればよかったかもな」

「明日、訪ねてみますよ。突然の電話でびっくりしただけかも知れないし」

「それにしたって当人でもないのに知らないって切るのは乱暴な話だ」

私も千葉に頷いた。あの声の感じでは息子か孫だろう。電話に出られない状況であっても訊いてくれるぐらいしてもいいはずだ。

「借金取りに間違われたんだよ。本人がすっかり姿をくらませたってのも怪しい」

千葉は決め付けた。

「せっかくいい話だってのにな。これで自殺でもされたら勿体ねぇ話だ」

そういうことも有り得る。私は吐息した。

6

「ちょっと気味悪いやつでね」

弘前に向かう車の中で、助手席に乗っていた政夫がぽつりと呟いた。

「だれが？」

「風森。名字がそうだから、皆はあいつのこと又三郎って呼んでた。風の又三郎」

「風の又三郎って、気味が悪いか？」

私は首を捻った。

「今なら超能力って言うんだろうけど、そういうとこ、あいつにあった」

「超能力？」

「親の転勤でもねえのに、あいつ、一年ずつくらいで学校を変わってたって。たぶんどこでも気味悪がられてたんじゃねえかな。それで仕方なく転校を――」

「どんな超能力だい？」

「隠してたけど。おれたちにゃ分かった。次になにが起きるか知ってる感じだった。だれかが転んだり、野球のボールがどこに飛ぶかをさ。雨になるのも知ってた」

「そんな程度か」

「側《そば》で見ているおれたちには怖かった」

「本物の超能力者なら新人賞に応募したって落選するのが分かる。なのに応募してきた」

「だから、何日もあとのことは分からないんだよ。分かるのは直前なんだ」

「なるほど」

だとすればリングの上の奇妙な才能にも頷ける。風森大樹は相手の攻めを避けるのが異常に上手かったらしい。次にどう仕掛けてくるか分かっていれば簡単なことだ。

「学校の成績は？」

「普通。直前に試験問題が分かったって、そこを勉強してなきゃ答えは出せないしね」

「なんだか情けない超能力者だ」

私に政夫もげらげら笑って、

「又三郎って仇名なら仲間のだれもが覚えてる。けど、親しかったやつはだれ一人として……変なやつがクラスに居たなって程度だ」

「プロレスラーになるくらいなんだから体は大きかったんだろう？」

たばこに火をつけて質した。政夫の教えてくれたのは裏道で、対向車もほとんどない。

「どうだったかな……そういや大きかったかもな。いっつも縮こまってた気がする。よそから移ってきたせいだ」

「風森は本名でリングに上がってた。なのに村の人間がだれも知らなかったのは不思議だ」

「青森じゃ放送してなかったと思うよ」

「そういうことか」

「こっちじゃやってない番組がいくらもある。子供のときは悔しかったな」

「スポーツ紙を賑わすほどの人気があったわけでもなさそうだしな」

「同級生ったって、たった二十三人。上と下の学年のやつはきっと名も知らねえ」

「それじゃ気付かれないで当たり前だ」

私は納得した。

「あいつが姿を消した理由がホントにサラ金辺りからの借金だとしたら、サラ金の連中も大したもんだ。プロレスラーでさえ脅しにかかるってわけだ」

「そりゃそうだろう。そこがプロだ。リングと違って相手も本気で攻めてくる」

「行方を探すのだってプロだ。どこに逃げても追いかけてくるって話だ。あんたより先に見付けたってことも考えられる」

「それなら弘前の手島という人があんなに警戒するとは思えないな」

「保証人になってりゃ別さ」

「風森が捕まって殺されたとでも？」

「やり合ったのかも知れんよ」

政夫の言葉に私は吐息した。有り得る。

「だいたい、あんただって二日やそこらでここまで突き止めたんだろ。金貸し連中が見付け出さねえ方がおかしい」

「借金で逃げたとは決まっていない」

反論したものの、政夫の意見に私も半ば傾いていた。失踪の原因は大方は金絡みだ。

「あいつがもし殺されたとしたら……関わり合いになるのはよした方がいい。下手すりゃあんたも狙われる羽目になるぜ」

「どうして？」

「嗅ぎ回りゃ犯人が気にするだろう」

「テレビの見過ぎだ」

私は苦笑した。

「第一、そんな連中がいつまでも弘前に居残っているわきゃない」

「おれがあんたの代わりに会おう。その方が安心だ。同級生だと言えば向こうも信用する。居場所を知ってたら教えてくれるかも」

「それじゃ悪い。これはおれの用件だ」

「電話を切った相手だろ。あれこれ説明しているうちに追い払われちまう」

「なんて言って聞くつもりだ？」

「クラス会をしたいぐらいじゃだめかね」

「案外あっさり片付くかもな」

私も頷いた。風森の身上調査に行くわけではない。居場所さえ分かればいい。

控えてきた電話帳の住所を頼りに、その区域の交番で訊ねると手島喜久治の家は直ぐに知れた。庭に大きな銀杏《いちょう》の樹のある古い屋敷だと言う。その銀杏を目印にして捜す。やがて捜し当てることができた。

想像より遥かに立派な洋館だ。

相当な金持ちと思われる。

門扉《もんぴ》から玄関まで長い石畳が続いている。

「風森の親父さんとどういう付き合いだったんだろうな？」

私は運転席から広い庭を覗き込んだ。

「勤め先の社長とかじゃ？」

シートベルトを外して政夫が言った。

「一緒に行ってもいいぞ」

「いいって。任せてくれ」

政夫は車を下りて門に向かった。呼び鈴《りん》がないらしく、政夫は門扉を勝手に開けて石畳をのしのし歩いて行った。無口で頼り無さそうな昨夜の印象とは大違いだ。

私はたばこに火をつけた。

雨を含んでいそうな黒い雲が広がりはじめている。城跡に近い住宅街だというのにひっそりとしている。車もほとんど通らない。東京の喧騒が嘘のように思えてくる。

喫《す》い終えて灰皿に揉み消しているところに政夫が戻った。

しかめ面で助手席に腰掛ける。

「どうだった?」

「外れ。手島喜久治という人は死んでた」

「冗談だろ。おれは昨日電話で——」

「その相手はおれが今会った息子だ」

「だったらなんで死んだと言わない。そんな感じじゃなかった」

「生き死にのことで嘘を言うか? 十年以上も前に死んだそうだ。息子は風森のことなんかなにも知らない。それについては本当かどうか分からんけど、引き下がるしかなかった」

「十年前なら、なんで電話帳にその名が載ってる。おかしいじゃないか」

「そうか……そりゃそうだ」

政夫も首を傾げた。

「交番でも手島喜久治の名で問い合わせた。死んでいればきっと教えてくれる」

「交番はそこまで親切じゃねえだろうが、電話帳は確かに変だ。息子も喜久治を名乗ってるのと違うか？　引き継いでさ」

「途中に古そうな酒屋があった。あそこで訊いてみよう。きっとなにか分かる」

私は車を発進させた。

「あんた、探偵みたいに気が付く人だな」

政夫は感心した顔で言った。


ウィスキーの小瓶を買って私は訊いた。

「手島さん？　どうかしたのかい」

釣りを渡しながら小太りの主人が私を見た。

「行方が知れなくなった友人の消息を尋ねて弘前まで出掛けてきたんですけど、彼の親代わりだった手島さんが亡くなったとか」

「まさか。だれがそんなこと言った？」

「息子さん」

「息子さんって……手島さんはあの広い屋敷に一人住まいのはずだがな」

「いや、おれが訪ねてきたのはその人の父親の方です」

「ああ、そういうことかい」

主人は小さく頷きを繰り返した。

「電話帳に名前があったから亡くなったなんて想像もしなかった」

「おなじ名前なわけだ」

この様子だと大したことを知っていそうにない。私は失望した。

「けど、亡くなったってのはいつの話？」

逆に主人が訊いてきた。

「十年ぐらいになるとか」

「そういう親父さんが手島さんに居たんだ」

「会ったことはないですか？」

「一度も。だから手島さんはずっと一人さ」

「ずっとって、いつからです？」

「おれの子供の頃からさ」

「当時から名は喜久治でしたか？」

「そりゃそうに決まってる」

主人はげらげらと笑った。


「変だと思わないか？」

車に戻って今のやり取りを政夫に伝えた。

「別に。親父とは別居してたってことなんだろ。名前がおなじだったんであんたは息子を親父と思い込んだ。それだけだ」

「ずっと前から喜久治の名だった。親父さんの方は十年前に死んだと言う。だったら十年前まで二人とも喜久治ということにならないか？　親の名を継ぐのは死んでからが普通じやないか」

「あ」

政夫は絶句した。

「外国にゃジュニアという名の付け方があるから皆無とは言い切れないが、おれは聞いたことがないな。絶対におかしい」

「紛らわしいもんな」

「親父さんが何十年も前に死んで名を引き継いだとしたら……死んだのが十年前だなんて嘘をつく必要もない。なにがなんだか……」

「何十年も前に死んでるわきゃねえさ。風森の親父さんが頼りにしてたってんだろ。風森の親父さんが死んだのは十八年前だ」

政夫に私も頷いた。

「ひょっとして同姓同名ってことは？」

「……」

「それしか考えられねえんじゃねえの」

「手島喜久治の同姓同名ね……」

私は腕を組んだ。

「それなら風森のことを知らなくて当然だ」

「だが、さっきは手島喜久治の名を出して訊ねたんだろ？　それに対して親父は死んだと言ったんなら——」

「いや、どうだったかな」

政夫は考え込んだ。

「名は出さなかった」

政夫は口にした。

「身内と思ったんで、親父さんに会いたいと言ったんだ。風森の小学校のときの同級生と名乗ってな。そしたら十年ほど前に死んだと」

私は唸った。

「もう一回行ってみるか。親父さんの名が違ってりゃ、とんだ勘違い」

「今度はおれも行く」

私は車を発進させた。

・

玄関の呼び鈴を押して政夫が名乗ると、渋い顔をした男がドアを開けた。五十代前半と私は見当をつけた。浅黒い肌をしている。

「何度も申し訳ないです。こっちの勘違いだったかも知れないいんで」

頭を掻きながら政夫は男の父親の名を訊いた。男は無言のまま政夫を睨み付けている。

「あんたは？」

やがて男は私に目を向けた。

「昨夜電話した者です」

「……」

「風森大樹さんが私の関わっている雑誌の新人賞に応募してきました。とてもいい作品だったので是非お会いしたいと思いまして」

「居場所など知らない。何度言えばいいんだ。迷惑だから帰ってくれ」

男は乱暴にドアを閉めてロックした。

「嘘じゃありません。雑誌社に問い合わせてくだされば本当のことだと――」

ドア越しに叫んだが無駄だった。

「同姓同名なんかじゃない。なにか理由があっておれたちを拒んでる」

それに政夫も同意して、

「あいつ、本物かね？」

疑わしい目をした。

「一人暮らしの年寄りを殺して財産を奪うやつがいるだろ。殺して手島喜久治になりすましてるのと違うか？」

「いくらなんでも」

「あの態度は妙だ。こっちは風森の居場所に心当たりがないかと訊いてるだけだぞ。風森のことより、あいつになにか隠しごとがあるとしか思えねぇじゃねえか。親子の名が一緒なのもやっぱり考えられねぇよ」

「といって、会ってくれないんじゃどうしようもない。諦めるしかないな」

私は車に乗り込んだ。

「迷惑をかけちまったな。飯をおごる」

私は政夫に謝った。

「おまわりに言っても無駄かね？」

政夫は苛々とたばこに火をつけた。

「交番に行って、なんと言う？」

「親子の名がおなじなのは変じゃねえかと言ったって……動いてくれそうにねえな」

政夫は溜め息を吐《つ》いた。

「警察は事件が起きたり発覚してからじゃないと腰を上げてくれない」

「まったくさ。そのくせ検挙率も悪い。未解決の事件がここらにゃいくつもある」

「明日は東京に引き返す」

「窪ヶ原もやめるのかい？」

「馬鹿馬鹿しくなってきた」

「テレビみたいにゃいかねえか」

政夫は陽気に笑って、

「テレビならここであいつに食い下がる。実際はこれだもんな」

「弘前の美味い店に案内してくれ。今夜は厄落としとしよう」

私は今日一日で政夫に親しみを感じていた。

レンタカーを返してから繁華街に近いホテルにチェックインする。荷物だけを部屋に置いてロビーに戻ると政夫が袖を引いた。壁に身を隠すようにして外の通りを示す。一台の車が道の反対側に停車していた。

「運転してるのはあいつだ」

政夫が耳元で言った。

「尾《つ》けてきたんだよ」

「おれたちをか？」

「睨みが当たった。怪しいやつだ」

「尾けてどうする気なんだ？」

「警察に駆け込むとでも思ったんじゃねえのか。でなきゃ慌てやしねえ」

「あの程度のことでおれたちが警察に？」

信じられない。

「すねに傷を持ってる証拠だ。ちょっとしたことにもびくつく。もしかして風森を匿《かくま》っているのかも知れん」

「テレビドラマを笑えない状況になってきたな。こんなことははじめてだ」

「殴り合いしたことはあるか？」

「ない」

「あいつ、結構強そうだからな」

「こっちから仕掛けるつもりか？」

「どうすりゃいいか考えてたんだ」

「おれが本当に出版社と関係あるか調べているだけかも知れん」

「知らんふりして出て行こう。あとは出たとこ勝負。町の真ん中で襲っちゃこねえさ」

「なんでおれたちが襲われる？」

「あいつもなにか勘違いしてるみてえだからな。なにをしてくるか油断ならねえ」

「飲む気分じゃなくなってきた」

「このホテルの中にも店がある」

「そうしよう」

私は頷いた。相手の考えが読めないでは不安が付き纏う。君子危うきに近寄らずだ。

〈しかし……〉

この先どうなるのか、と思った。

7

翌日の夕方、私は東京に戻った。中央線に乗り換えて新宿で下りる。西口の飲み屋で田中と待ち合わせしている。まだ約束には早かったので本屋で時間を潰して店に向かった。

田中は一人で先に飲《や》っていた。

「ご苦労さん」

田中は女将からグラスだけ貰ってビールを注いだ。とりあえず乾杯する。

「無駄足だった。というよりこれ以上は無理だ。風森からの連絡を待つしかないと思う。

もし風森が新堂さんの選考評を読めば喜んで連絡してくるかも知れん」

「こっちもこんな面倒なことになると思わなかった」

田中はビールの追加と肴をいくつか頼んだ。

「結局、その男はなんだったんだ？」

田中は質した。ここでの待ち合わせを決める電話で経過を手短に伝えてある。

「分からん。ホテルの中の店で飲んでいるうちに姿を消していた。本当におれが東京から来たのか確かめに足を運んだだけなんだろう。深入りしてもろくなことにならん。気にしないことに決めた」

「やっぱり借金絡みとしか思えんね」

「領収書は新幹線の中で全部整理してきた」

私は一纏めにしたものを田中に渡した。

「明日にでも口座に振り込む。礼の方は六万でいいか？　一日二万で三日分」

「それでいい。見付けられなかったんだ」

「借金で雲隠れの最中なら簡単に連絡をしてきそうにない。詰まらん仕事を押し付けた」

田中は神妙に謝った。

「結構スリリングではあったけどね。あいつが尾けてきたと分かったときは寒気がした。面白い経験をしたと思えば我慢できる」

「尾けてきたってことは風森と間違いなく関係あるってことだな」

「そうだろう。なにかを隠しているのは確かだ。弘前を案内してくれたやつは裏を探ると張り切っていたが、危ないから止めさせた」

「なにしてる男だ？」

「暇を持て余してる水道工事屋。小さな村じゃ月に半分も仕事がないってぼやいてた」

「それで暮らしていけるんなら羨ましい」

田中はくすくすと笑った。

「風森には超能力があったらしい」

「超能力？」

「先になにが起きるか分かったんだそうだ。せいぜい三十分とか一時間以内のことみたいだが」

「冗談だろ」

「本当だと思う。相手の攻めを楽々と擦り抜けたってのもそれさ」

「そんな超能力がありゃ金に不自由しない」

「いや、だからせいぜい三十分程度だ。ずっと未来までは分からない」

「三十分でも競馬にゃ悠々間に合う。麻雀だって二、三巡先まで見えるってことだ。いくらでも金は手に入れる方法がある。痛い目をしてプロレスを続ける必要がない」

「今は力を失ったってわけか」

私は頷いて肉じゃがを頬張った。

「あるいはほんのわずか先が分かるって程度だな。それなら確かにプロレスの攻めを防ぐのが関の山ってとこだ」

「十秒ぐらいなら他になにができる？」

私は質した。咄嗟には思い付かない。

「戦場だったら弾を避《よ》けられそうだが……十秒先が分かっても意味はないな」

「疲れるだけかも知れん」

「まったくだ。だいたい超能力ってやつにゃ無意味なものが多いよ。使えるスプーンを曲げてどうする？　念写にしてもピンボケの写真ばかりだ」

「あれは超能力があるってことを他人に示すためにしているだけだ。力がなきゃポラロイドのフィルムに感光なんかできやしない」

「信じている口か？」

「必要がないから退化した力という説がある。実際に鍛錬しないとなんでも衰える。胎児の頃は全員が羊水の中で生きてたはずなのに、生まれると泳げなくなるやつが出てくる。あれだって退化の一種だろうさ。車社会がもっと進めば、二、三時間も歩けるやつが超能力者と言われるようになるかも知れんぞ」

「昔は皆がスプーンを曲げられたと？」

「だからスプーンにこだわるなって」

私は苦笑した。

「じゃ、なにができたんだ？」

田中はビールを注いで訊ねた。

「狩りのときの短い意思の伝達とか……水の匂いを嗅ぎ分けたりとかだ。アフリカの原住民がそうやって地下水を掘り当てるのをテレビで見たことがある。二、三十センチ掘っただけで水が湧いてきた。もともと人間には生きるためのさまざまな力が備わっていたのさ」

「おれにはなさそうだな」

「安くて旨いお店を探す天才じゃないか」

本当に田中にはそういうところがある。見知らぬ土地に行っても外すことがない。

「ラーメンのスープにどんな材料を使ってるか細かく言い当てるやつも居るだろう。あれも舌よりは直感の働きが大きい」

「それも超能力って言うんなら、そうだな」

田中も認めた。

「猫は敏感に危険を察知する。風森の能力はそれに近いのかも」

「例の数学の才能とも関係あるのかね」

「なんとも言えんが、他に違う能力を持っているとしても不思議じゃない」

「惜しいことをした。もっと頻繁に連絡を取っておくべきだった」

田中は悔しそうな顔をした。

8

目が覚めたのは昼近くだった。

喉がからからに渇いている。

牛乳を大きめのグラスに注いで飲み干す。

それでも足りない。さらに注いで飲みながら仕事場の椅子に腰掛け、政夫に電話した。

「ああ、あんたか」

政夫が直ぐに出た。

「風森のことは諦めた。それが言いたくて」

「こっちも電話しようと思ってた。やつが村に姿を見せたぞ」

「手島か？」

「昨日の午後だ。おれは風森の同級生で、この村に住んでると言った。そいつを確かめにきたんだろう。だれかからおれの店の場所を聞いたらしくて、前の道を行ったり来たりしてた。車でやつだと分かったよ」

「なんのためにそこまでする？」

「そっちに怪しい気配は？」

「ない……と思う」

「いくらなんでも東京までは行かねぇか」

「嘘だと疑ってたんなら、それでやつも安心したはずだ。放っておく方がいい」

「なんか腹が立ってきたな。やつの正体を暴いてやりてぇ気分だ。借金の保証人になってるぐれぇでここまではしねぇさ」

「だから関わり合うのは危険だ」

「風森はあの屋敷に居そうな気がする」

「居たとしても、もうどうでもいい」

「危ない真似はしねぇ。なんか分かったら連絡する。これから出掛けるとこだ」

「手島のとこじゃないだろうな?」

「少し見張るだけだ。心配するなって」

政夫は言って電話を切った。


「妙なんだよ」

と政夫が電話してきたのは三時間後だった。

「何人もの連中が出入りしてる。空のダンボール箱を抱えてるとこを見りゃ引っ越しだ。ついさっきトラックもやって来た」

「……」

「おれたちのせいと違うか? うるさくなりそうだと見て逃げる気だ」

「大したことはしていない」

「だよな。けど、そうとしか思えねぇ」

「聞いただけで鳥肌が立ってきた」

「偶然じゃねぇのは認めるだろ?」

「認めるが、もう手を引いたらどうだ」

「引っ越し先だけは見届ける」

「馬鹿は止めるんだ。なにが起きるか――」

「ガキと違う。心得てるさ」

ブザー音が鳴って通話が切れた。公衆電話からのものだ。待ったが、政夫は掛け直してこなかった。


それきり政夫から連絡はなかった。落ち着かない気分で食事に出掛けた。一人暮らしなので外食が多くなる。戻って留守録を再生しても政夫からは入っていない。手島はよほど遠くに引っ越したのだろうか。電話して店の留守録に、帰宅したら連絡をくれるよう吹き込んだ。あとは待つしかない。

十時を回った直後に電話が鳴った。

「もしもし、こちら千葉です」

名乗られてもピンとこなかった。

「この前、温泉でご一緒した千葉です」

「あ、どうも」

思わず受話器を握りながら頭を下げた。

「あの……政夫が死にまして」

「は？」

「これからいろいろと準備をするところです。政夫のとこに来てみたら留守録が入っていたもので、ご連絡しなければと思いまして」

「ちょ、ちょっと待ってください。政夫君、本当に亡くなったんですか！」

悪い冗談としか思えない。

「いねむり運転したらしく、弘前からの戻りに電柱にぶつかったんですよ。こっちも突然のことでどうしたらいいもんか……女房と政夫の親たちはまだ弘前に残っております」

「……」

「もしもし、どうかしましたか？」

「事故なんかじゃない。彼は殺されたんだ。そうに決まってる」

「殺されたって……だれにです？」

「おれと政夫君とで訪ねた手島という男」

「なんで政夫が殺されにゃならんのです」

「政夫君はやつを見張りに出掛けていた」

「どういうことなんですか？」

私は千葉に経緯を伝えた。

「とにかく警察に話した方がいい」

付け足すと千葉は唸って、

「しかし、警察は事故だとはっきり——」

「手島のことをなにも知らないからだ」

「急にそんなことを言われてもねぇ……」

千葉は困惑していた。

「明日行きます。二人で警察に話しましょう」

私に千葉も、よろしくと繰り返した。

電話で知らせると田中は仰天した。

「いくらなんでも殺しだなんて……」

「タイミングが合い過ぎる。絶対だ」

「けど、そうならマジにヤバくないか？　次に狙われるのはおまえさんだぜ」

「警察がその前に動く。だれが聞いたって妙な話だ。これで動かんなら警察は要らない」

「そうなった場合でも即座に逮捕ってことにゃならんだろうさ。もっと慎重にやらないと」

「……」

「警察に言うにしてもこっそりやる方がいい。下手すりゃ口封じに出てくる」

「いったい風森ってのはなんなんだよ！」

思わず声高となった。

「あいつのせいだぞ！　あいつの居場所を探ったために政夫を死なせるはめになった」

「済まん。おれに責任がある」

田中は懸命に謝った。

「おれも青森に行く。おまえさん一人じゃ心配だ。二人ならなんとかなるだろう」

「奥さんと温泉に行くんじゃなかったか」

「キャンセルする。明日は何時の電車だ？」

「ちょっと待ってくれ」

私は時刻表を調べて八時台の電車に決めた。この時間なら自由席も空いている。田中は必ず合流すると言って電話を切った。

私の興奮は治まらなかった。

ウィスキーをストレートで引っ掛けた。

カッと喉が熱くなる。

ストレートで飲むなど何年ぶりかだ。

〈くそっ〉

グラスを持つ手が震えた。あの政夫が死んだなんて信じられない。昼に話したばかりなのだ。その声が頭の中に甦る。

〈なにかを突き止めたのか？〉

そうとしか思えない。引っ越し先を知られた程度で手島も殺そうとは考えないはずだ。

〈仇はきっと取ってやるからな〉

立て続けにウィスキーを呷《あお》って私は政夫に誓った。警察を説得して動かしてみせる。

そこに電話が鳴った。

田中か千葉だろう。

受話器を取って耳に当てると無言だった。

「もしもし、どなたです？」

椅子の軋む音だけが聞こえる。

「だれなんだ？」

ただの悪戯電話とは思えない。心臓がどきどきしてきた。もしかして——

「手島さんじゃ？」

乱暴に電話が切られた。

受話器を持つ掌に汗が噴き出た。

受話器を戻してたばこに火をつける。

ジッポーの炎が細かく揺れた。

〈ふざけるな！〉

私は仕事場から手帳を持ち出した。控えてある手島の番号を怒りのまま押す。

心臓が喉から飛び出そうな緊張のまま受話器を耳に押し当てて待つ。呼び出し音は鳴り続けているが手島は出なかった。三十を数えたところで私は諦めた。

〈ここにはもう居ないのか〉

だが、本当に引っ越したなら回線を止めていそうなものだ。一時的に住まいを変えただけなのかも知れない。

もう一度電話してみた。

今度は五十回まで鳴らした。

やはり無人としか思えない。

〈逃げちまったときは……〉

警察に話しても無意味ではないかという気がした。一日や二日で見付かるわけがない。その間にこっちが命を狙われる恐れがある。政夫を手に掛けたのなら、二人目に躊躇はしないだろう。

〈田中の言う通りかも知れん〉

敵は間違いなくこっちを監視している。迂闊な動きは禁物だ。また心臓が高鳴った。

思い付いて慌てて電話のボタンを押した。

千葉は直ぐに出た。

「さっきの話……もうだれかに？」

「いや……あんたが明日来てからと」

「そうしてください。今さっき妙な電話がかかってきた。無言だったから手島かも知れない。こっちの様子を探っている可能性が――」

「考え過ぎじゃないんかね？」

「それならそれでいい。とにかく明日会うまでは知らん顔をしていてください」

「分かった。なにも言わん」

千葉は約束した。

電話を終えて私は大きく息を吐いた。

これでひとまずは安心というものだ。

それにしても昨日の夕方に弘前から戻って来たばかりである。政夫が死んだとなれば行くしかないが、気は重い。

頭も冴えて、眠れそうになかった。

9

一時過ぎに私と田中は弘前のバスターミナルに下り立った。直ぐにレンタカーを借りる。バスを当てにしては時間を無駄にする。

「最初に手島の家を当たってみよう」

発進させる前に私は地図を確認した。

「いきなりそっちかよ」

田中は吐息した。田中には新幹線や弘前までの高速バスの中で手島の怪しさを吹き込んである。田中には緊張が見られた。

「本当に無人のときは……踏み込む」

車中で考えていたことを私は口にした。

「そこまでやりゃ……まずいのと違うか」

田中は小さく首を横に振った。

「ただ政夫の通夜に参列しに来たんじゃない。おれが巻き込まなきゃ政夫は死なずに済んだ。警察が事故と決め付けてるんなら、証拠を突き付けてやらないと」

「分かるけど……踏み込むってのは乱暴だ」

田中はたばこに火をつけた。

「このまま政夫の村に行ったってどうにもならん。政夫はこっちで殺されたんだ」

「確実に留守と見極めてからにしてくれ」

諦めて田中は私に約束させた。

「ガラス切りやガムテープが要るな。それにゴム手袋もか」

私は車を発進させた。

「弘前にゃ十年ほど前、花見に来たことがあるよ。取材を兼ねてな」

静かな町並みを眺めて田中が言った。

「全然変わってない」

「なに呑気な話を」

「平静を取り戻したいんだ。平静をさ。おれたちゃこれから空巣狙いになるかも知れん。下手すりゃ会社だってクビになる」

「おれ一人でやる。見張っててくれ」

「バカ言うな。ここまで来ながら無関係でいられるか。それをやりゃ、おまえさんと仲間でなくなる。おれにだって覚悟はあるさ」

田中は自分に言い聞かせるように口にした。

私は手島の家の近くに車を停めた。最初に田中が一人で行って確かめることに決めた。

「気を付けろよ。十回かそこらベルを鳴らしたって留守かどうか分からん。返事がなくてもしつこいくらい押して様子をみろ」

車から下りる田中に私は念押しした。

「手島が居て……入れと言われたらどうする」

田中は不安な目で振り向いた。

「入らないと不自然だろう。おれから聞いて訪ねて来たとでも言え。風森の行方だけを問い合わせればいい。長居は無用だ」

分かった、と田中は頷いて向かった。

門扉に錠はかけられていない。

田中は押し開けて石畳を歩いて行った。

私は玄関を覗ける位置に車を移動させた。頭を低くして窺う。

田中がベルを押している姿が見えた。

あちこちの窓に私は目を動かした。人の居る気配はまったく感じられなかった。

田中は何度もベルを押し続けた。

やがて確信した顔で田中が引き返して来た。

田中を乗せて私は直ぐに車を出した。

「なんでだ」

「何人かにこの車を見られた。駐車場に入れてから引き返そう。広い庭だ。楽に入れる」

「なるほど、そりゃそうだ」

田中は感心して、

「まるで空巣狙いのプロみたいだな」

「ミステリーを何千冊も読んでりゃ自然に気が回る」

私と田中は車を置いて戻った。

今度ははじめから裏手に回った。狭い路地で人の姿もない。私たちは手島の家の裏門から素早く敷地内に潜り込んだ。ブロックの塀が完全に私たちを隠してくれている。ゴム手袋を嵌め、防犯装置の取り付けられていないのも確認して私はキッチンの窓ガラスにガラス切りを押し当てた。腕を通せるだけの輪を慎重に描いて、その上にガムテープを十字に貼る。力を込めて輪の中を拳で叩くと、その形にガラスが割れた。ガムテープを貼ってあるので中には落ちない。私はガムテープを剝がした。割れたガラスもくっついてくる。円く開いた穴に腕を差し込んで窓のロックを外す。簡単な仕事だった。こんなに楽にやれるとは自分でも思わなかった。

「なんか、経験でもありそうだな」

田中は驚いていた。

「入ってキッチンのドアを開ける。待ってろ」

私は狭い窓に手をかけた。

「キッチンのドアって……そんなに大胆にやっていいのか?」

「窓を破りゃおんなじだ。逃げ道の確保にもなる。それがプロのやり口だ」

田中に尻を押してもらって私はキッチンに忍び込んだ。鍋や食器がそのままになっている。すっかり引っ越したのではなさそうだ。シンクで靴を脱いで床に下り立つ。ドアを開けると田中が飛び込んできた。

「心臓がどきどきする」

田中はキッチンの椅子に腰掛けて深呼吸した。広いキッチンである。

「ゴム手袋、絶対に外すなよ」

私は田中に言い聞かせた。

「だれかに見られてて通報されたら絶対に終わりだな。言い訳なんか通用せん」

田中は何度も溜め息を吐いた。

「探偵なんか平気で忍び込むけど、ありゃあ嘘だ。震えが止まらん」

「行くぞ。ぐずぐずしてられん」

私は急《せ》かした。田中も重い尻を上げる。

「どんな証拠を探す気なんだ？」

田中は小声で質した。

「勘だが……政夫はこの家の中に引っ張り込まれた気がする。一度も車を離れなかったなら、なんの細工もできない。政夫の最後の電話はこの家の近くからだった。見付かって連れ込まれたんじゃないかと思う。その証拠でも残されていりゃ警察に話せる」

「空き巣狙いしたことを打ち明けてか」

「いくらでもごまかしようがあるさ。政夫がここへ踏み込むと言ったとでも伝えりゃいい」

「なるほど。ちゃんと踏み込んだ形跡もある」

苦笑して田中はさっきの窓に目を動かした。

「そっちは玄関脇の部屋で外を見ててくれ。手島が戻って来ないとも限らん。おれが他の部屋を探る。だれかが来たら声をかけろ。裏口から悠々と逃げられる」

「外を見張ってりゃいいんだな」

田中は安堵の顔で引き受けた。


薄暗い廊下にはダンボール箱がいくつも積み重ねられていた。運び切れなかった荷物と見える。梱包されていないものもある。私は中を見た。古い書類の束や本だった。

「こんなものがある」

田中が箱から雑誌を抜き出した。

プロレスの雑誌だった。

田中はパラパラと捲《めく》った。私も覗き込む。

お、と田中の手が止まる。

風森大樹の名をそこに見付けたからだ。デビューして間もない頃のインタビュー記事だ。

「これで決まった。やはり風森と手島は関係があった。同姓同名なんかじゃない」

私に田中も頷いて雑誌を箱に戻した。

「こいつは重い」

田中が引き出したのは小型のアルバムだった。黒い台紙にセピア色の小さな写真が貼られている。黴《かび》の匂いがした。暗がりに目が慣れてきたので写真もなんとか見られる。軍服姿の人間が交じっている写真が目立つので六十年くらい前のアルバムだ。不思議と山の中で撮影したものが多い。鉄砲を持っているから猟の記念写真なのだろう。

「ん？　これって」

私は一枚の小さなポートレートに目を近付けた。書斎で葉巻をふかしている写真だ。その男の顔が手島喜久治とそっくりだ。三日前に見たばかりの顔だから覚えている。目を他に向けると、何枚もの写真にその顔がある。

「じゃ、手島の父親のアルバムだな」

「親子ってこんなにそっくりなもんかね」

「おれだってそうだよ」

田中は頷いて続けた。

「死んだ親父の写真見るとつくづく感じる。目と口元は瓜二つだ。出っ歯のせいもあるけどな。血は水よりも濃しってやつだ」

「あんまり似過ぎて気味が悪い」

が、父親のアルバムなら今度の一件と無縁だ。私は腰を上げた。部屋を探るのが第一だ。私は先に二階を見ることにした。一階を後回しにする方が逃げるにも都合がいい。

「そろそろ見張りにかかってくれ」

田中に言って広い階段を上がる。

階段の踊り場には山を描いた古い油絵が飾られていた。真ん中の山の背後には八甲田山の山並みが見える。政夫の村から眺めた景色に似ていた。よほど山が好きな男らしい。

二階に上がると左右と正面に大きなドアがあった。右手の部屋から取り掛かる。

二十畳以上は楽にある応接間だった。

壁の中央に巨大な暖炉が据えてある。

古い革張りのソファが暖炉をコの字に囲む形で置かれてある。応接間というより会議室の雰囲気だ。十五、六人は座れるだろう。一人暮らしの手島を思うと奇妙な気がした。もっとも昔の応接間はこんなものだったかも知れない。左右の壁面は天井までの本棚となっている。半分以上が持ち去られてしまっているが、それでも壮観だ。よほどの本好きでないとこの広い壁面を埋めることはできない。商売柄私の目は本の背文字を辿る。わずかもしないうち、ここが宝の山だと分かった。大正や昭和初期のミステリーが大量に含まれている。何冊かを手にして調べたが、すべて初版本だった。乱歩《らんぽ》はもちろんのこと、夢野《ゆめの》久作《きゅうさく》やら小栗虫太郎《おぐりむしたろう》のものが無造作に並べられていて、しかも放置された形となっている。私に価値が分かるのはミステリー関係だけでしかないが、他にもっと貴重な書物が何百冊とあるに違いない。なぜか手塚治虫《てづかおさむ》のマンガまであった。それこそ本当の初期の作品だ。『新寶島《しんたからじま》』とか『ロストワールド』の初版がいかに高いか、私でも知っている。こういうものが弘前の古い洋館の中に眠っているなど、だれも想像しない。

〈手島って……なんなんだ?〉

まさかこれらの本の価値を知らないとは思えない。持ち去ったのはこれより遥かに希覯《きこう》本《ぼん》か、手島にとって大切なものだったのだ。もっとも、この家を捨てたわけではないだろうから、次に運ぶつもりとも考えられるが、それでも無人の家となる。盗まれても仕方ないと覚悟しなければここに残しはしない。

圧倒されてソファに腰を下ろした。何冊か持ち帰りたい誘惑にかられる。たぶん私が一生をかけたとしても入手できない本がここには何冊もあるのだ。

吐息して伸ばした指がソファの隙間に入った。固い物が指に触れた。取り出してみたら百円ライターだった。シールが貼られている。

ぼんやり見ているうち、突然に思い出した。これは政夫が用いていたものだ。政夫と一緒に泊まった温泉宿がサービスのために拵えさせたものなのである。政夫がそれを貰って翌日にも使っていた。シールにははっきりとあの温泉宿の名が印刷されている。この部屋に引き摺り込まれて抵抗しているうちにポケットから転げ出たとしか思えない。

〈どうすりゃいいんだ〉

私はライターを握って迷った。

これには必ず政夫の指紋が付着している。これを持って警察に訴えれば簡単だろうが、そうすると不法侵入のことも白状しなければならなくなる。それに警察が素直にこの家にあったものだと認めてくれるかどうか。私の作り話と取る可能性の方が大きい。政夫の血痕でもあれば別だが……。

〈他にベタベタ指紋があるのと違うか？〉

たとえば目の前の大理石のテーブルである。

もしあれば警察も認めてくれるだろう。

〈しかし……〉

大きな賭けだ。

手島がもし拭き取っていたなら、私と田中の不法侵入ばかり糾弾される結果となる。その上、手島は確実に命を狙ってくる。

とりあえずライターを隙間に戻し、私は立ち上がった。別の証拠を探すのが先だ。政夫が連れ込まれたのが確かなら、きっと他にも証しを探し出せそうな気がする。

応接間を出て、廊下を挟んで反対側の部屋のドアを押した。

カーテンはすっかり閉め切ってあるので暗い。天窓のある廊下の明りが頼りだ。ドアを開けたまま踏み込む。キャビネットがいくつも並んだ事務所のような部屋だった。大きな机には電話やパソコンが置かれてある。ブレーカーが落とされているのでパソコンもただの家具だ。

私はキャビネットを次々に開けた。それも綺麗に空となっている。ここにあった書類こそが手島には大事だったのだろう。

机の引き出しも確かめる。

ボールペンやら事務用品が残されているだけで目ぼしいものは見当たらない。

〈それにしても……〉

手島はなにをしていた男なのだろう。酒屋の主人の話ではなんの仕事もしていなかった様子だったが、これは明らかに事務室だ。

諦めて私は三つ目の部屋に向かった。

そこは寝室だった。

ベッドが二つ並んでいる。

一人暮らしの手島に二つのベッドとは、これも奇妙に映る。客用の寝室だろうか。

が、古いベッドの枕元のサイドテーブルには本や目覚まし時計が置かれていた。布団も半分めくれた状態になっている。だれかが寝ていたのは間違いなく、手島としか思えない。

もう一つのベッドにも乱れが見えた。

布団に凹みがある。

ということは布団の上にだれかが横たわっていたのだ。胸が騒いだ。

政夫だったかも知れない。

〈おれって探偵の素質があるかもな〉

我ながら感心した。

凹みだけでそこまで想像できる。

綺麗に人の形が残っているからには、おなじ姿勢で寝ていたということだ。睡眠薬か殴られて気を失っていた可能性がある。睡眠薬なら解剖で見付かるはずだから殴られたと考えるのが正解だろう。車の事故に見せ掛けるつもりなら多少の傷も気にせずに済む。

私は布団に鼻を近寄せて匂いを嗅いだ。

政夫は結構きついオーデコロンを使っていた。助手席から匂いが漂ってきた。歯槽膿漏らしく軽い口臭があったから、それを隠すためだろうと私は睨んでいた。

〈やっぱりだ〉

おなじ匂いが布団に染み付いていた。

〈本当におれって……〉

探偵の才能がありそうだ。まんざらでもない気分で布団から顔を上げると、田中の慌てた声が聞こえた。

だれかが来たらしい。

急に足に震えがきた。

私は必死で寝室から抜け出た。

「表にバンが停まった。門扉を開けてる」

それなら手島かその仲間に違いない。

「早くしろ。やって来るぞ」

田中は泣きそうな声で促した。私は階段を駆け下りた。田中はもうキッチンに逃れていた。寝室のドアを半開きにしてきたことが頭をよぎったが、どうせキッチンのドアも開いたままになる。

あとのことは考えず、田中に続いて家から飛び出した。路地に人の姿がないのを確かめて走る。冷や汗がどっと噴き出た。

心臓が破裂しそうな感じだった。

賑やかな通りに出て、ようやく生きた心地がした。振り向いても追手の気配はない。

「ゴム手袋を外せ」

私は田中に注意した。私は途中で外してポケットに入れている。田中は慌てて脱いだ。

「どうだった？」

田中は成果を訊ねた。

「政夫が連れ込まれたのは確かだ。問題はそれを警察に言うべきかどうかだ」

「なんの問題だ？」

「おれが見付けた証拠じゃ弱い。不法侵入したと名乗り出れば警察も動いてくれるだろうが、それ以上の証拠が出るかとなりゃ自信がない。こっちが窮地に追い込まれる」

「こんな苦労して無駄足かよ」

田中はがっくりと肩を落とした。

IO

もうやめよう、と田中は言い出した。

政夫の村に向かう車の中でのことだ。

「これ以上関わってなんの得がある？　ガキじゃないんだ。現実に戻ろうぜ」

私は無言で運転を続けた。

「なに意地張ってんだよ。おまえさんの勘が当たってるのは認める。政夫は間違いなく手島に殺されたのさ。絶対だ」

「それでも、やめると？」

「おれたちになにができるってんだ？　こいつは小説や映画と違うぞ。警察に知らせたくても証拠はほとんどない。そいつをやりゃ確実に手島らが狙ってくる。おまえさんにゃ悪いが、なんの関わりもないことで殺されたくねえよ。おれには女房も子供も居る。根性なしと笑ってくれ。おれはこの一件から降りる」

私は小さなドライブインを見付けて、その駐車場に車を入れた。こんな状態で車を走らせるわけにはいかない。田中も溜め息を吐いて車から下りた。寂れたドライブインで駐車場には他に一台の車も停まっていない。

がらんとした店内の一番奥の席に腰掛けてコーヒーを頼んだ。激辛ラーメンと焼き肉定食が自慢の店らしいが食欲など失せている。

「手を引けばそれで全部が白紙に戻るってんならおれもそうしたいが……」

落ち着かない様子の田中に私はたばこを勧めながら言った。

「手島という相手が居ることだ。こっちはその気でも手島が許してくれるかどうか。家に踏み込んだことはもちろん知られたに決まってる。政夫のことがあったばかりだ。手島はおれの仕業と睨んでいるだろう。ま……確かにおまえだったら抜けても大丈夫かも知れんな」

「そのことだが……」

田中は小首を傾げて、

「少しストレート過ぎるのと違うか」

「ストレート過ぎる？」

「もっと別の裏があるんじゃないかってことさ。家を見張ってた程度で政夫が殺されるなんて、あまり乱暴だ」

「……」

「手島にゃ他に敵があったんじゃないのか。政夫はその敵の仲間と間違えられたと考える方が自然だ。最初から考え直してみろよ。風森の消息を訊きに行ったぐらいで姿をくらまそうとすると思うか？」

「だとして状況がどう変わる？　政夫が殺されたのは事実だし、おれも目を付けられた」

「政夫の葬儀に出れば、な」

「なんのことだ？」

私は田中を見詰めた。

「手島はたぶん葬式に目を光らせている。そこにおまえさんが顔を見せれば、家に忍び込んだのもおまえさんと睨む。けど、出なけりゃ分からんぞ。他に敵が居るんなら、その連中の仕業と見るかも知れん。政夫が敵の仲間じゃなかったことはとっくに突き止めているだろう。政夫は行き掛かり上、やむなく殺された可能性が高い」

私は唸った。確かに言える。

「これ以上、首を突っ込んで貰いたくないと思ってるのは手島の方だろう。知らぬ顔で東京に引き返せば全部が終わるかも知れん」

「手島は昨日、おれのところに電話してきた。今度だって直ぐに電話しておれの留守を確認しているに違いない。甘くはないさ」

運ばれてきたコーヒーをブラックのまま喉に流し込んで私は言った。

「それだってはっきり手島と決まったわけじゃない。手島と名乗ったか？」

いや、と私は首を横に振った。そう直感しただけのことだ。

「手島とは限らない。ただの間違い電話だったとも考えられる。おまえさんがピリピリしてたんだ。そっちの方が有り得る」

「おれが主役だと思い込んでるだけだってことか？」

「そこまでは言わんが、手を引けば半々の確率で何事もなく収まるかも知れんだろ」

私はゆっくりとコーヒーを啜った。

「今、おれたちがしようとしてるのは、それこそ火中の栗を拾うようなもんなんだぞ。なんにも裏の事情を知らずに喧嘩を仕掛けてる。ここはしばらく様子見するのが賢明だ。政夫は気の毒なことをしたが、それが利口な判断てやつだよ。平気で人を殺す連中におれたちがどうやり合える？　ガンもナイフもない」

「葬式には出ると約束した」

「行けなくなったと電話すりゃ済む。だいたい身内の方は事故で死んだと思ってるんだ。おまえさんが葬式に出なくても変だとは思わんさ」

田中は落ち着きを取り戻していた。

「政夫はおれの役に立ってくれようとして殺された。なのに忘れて東京に引き返せと？」

私は田中を睨みつけた。

「自分が殺されても構わんと？」

逆に田中が睨み返した。

「構わんはずがない。死にたくはないさ」

「むきになるなよ。政夫のことだって、おまえさんが頼んだわけじゃない。あっちが勝手にしたことだ。そう思って諦めろ」

「だから……おまえは帰ってくれ」

これ以上の言い合いは無駄と悟って私は田中に言った。田中は完全に腰が引けている。

「帰れと言われたって……後味が悪い」

田中には迷いが見られた。

「おまえは政夫と会っていない。関わり合いになりたくないのも当然だ。別に嫌味を言ってるんじゃない。なにも無理して弘前に居残る必要はないさ。あとはおれ一人でやる」

「やるって……どんな手を打つつもりだ」

田中は私を見詰めた。

「手もなしに居残るんなら馬鹿だぞ。おれだって勝算があるなら帰るなどと言わん」

「手はない……出たとこ勝負だ」

私の言葉に田中は溜め息を吐いた。

「おれは帰るよ」

やがて田中は私から目を逸らして言った。

「申し訳ないと思うが、付き合いきれん。空き巣狙いをしただけでへとへとだ。ここからタクシーを頼んで弘前に戻る」

田中は財布を取り出すと私に十万を渡した。

「使ってくれ。何日居残るか分からんのだろ」

「いいのか?」

「本当に済まない」

泣きそうな顔で田中は私に頭を下げた。

「思えば……おれからはじまったんだよな。けど、おれにゃ覚悟がつかん」

「危なくなったら警察に駆け込む。おれもガキじゃない。そう心配するなって。電話で様子を報告する。一日に何回もな」

私に田中は何度も頷いた。

田中は肩を落としてタクシーに乗り込んだ。それを見送って私は車を発進させた。途中で思い付いて私は車を停めた。政夫の家に電話をかけた。知らない女性が出た。私は千葉が居るかどうか訊いた。少しして千葉が出てきた。

「そろそろ政夫の体が戻ってくるんですよ。今夜はここで通夜です。今はその支度の最中で……真っ直ぐ来られますか?」

「その件で相談を」

私は手短に手島の家でのことを伝えた。そのことを思えば、やはりうかうかと通夜や葬式に出るのはまずいのではないかと思いはじめたのである。忙しいようで苛々と私の話に耳を傾けていた千葉も、さすがに手島の家で政夫のライターを見付けたと知ると緊張の応答に変わった。

「詳しいことはあとで話しますが……通夜や葬式の出入りを手島が見張っている可能性がある。おれはよそ者だから目立つでしょう」

「来られんということですな」

「けど千葉さんとは会って話したい。政夫君への香典も渡したいし……」

「いま、どこですか？」

私は車の窓から見える食料品店の名を告げた。千葉は知っていた。

「そこから少し村の方に走ると右手にラブホテルがあるんですわ。村ん中にゃこの前の宿しかないし、あそこじゃ危険でしょう。格好悪いだろうが、そこに泊まってください。入ってから部屋の番号を教えてくれれば、あとで伺います」

私は了解した。

「女房にゃこのことを打ち明けてもいいんでしょうね？　甥の通夜の最中に抜け出てラブホテルに行ったなんてことが知れたら大変なことになる」

もちろん、と私は頷いた。

ラブホテルには簡単に行き着いた。広い敷地にピンクに塗られた小さな建物が立ち並んでいる。空室とあるのを確かめて私はその一つに入った。円いベッドに鏡張りの壁。一昔前の時代を感じさせる部屋だった。風呂もガラスで中が透けて見える。私は冷蔵庫を開けて缶ビールを取り出した。どっと疲れが出る。早朝の新幹線だったので昨夜はろくに寝ていない。この前の温泉に入りたかったと思った。このけばけばしい部屋に居ると休まらない。

しかし、ここなら手島の目も届かないだろう。その安心には替えられない。

夕飯はどうするか、と心配になった。

冷蔵庫の上に置かれたメニューを見ると焼きうどんとかおにぎり、カレーライスといった簡単なものだけが並んでいる。これなら田中と別れたドライブインまで車を走らせて焼き肉定食でも食うのが正解だろう。一人ラブホテルで味噌ラーメンなど食いたくない。

思い出して千葉に連絡を取った。

この部屋の番号を伝える。

「通夜の料理でよければ持って行きますよ。そこにゃ酷いものしかない」

なんだかおかしくなった。すると千葉はここをよく知っているということになる。


外に出るのは止めて、のんびりと湯に浸かり、大きな円いベッドに寝転んでテレビを見ているうちに眠ってしまった。携帯電話の音で慌てて飛び起きる。うっかりしないよう頭の側に置いていたのだ。腕時計に目をやると十一時を過ぎていた。出ると電話の主は千葉の家内だと名乗った。政夫の叔母である。

「主人がそちらに向かいました。遅い時間なので連絡しておくようにと言われて」

はあ、と頷きながら、またおかしくなる。千葉は会う相手が間違いなく私だと女房に示したかったに違いない。いくらなんでも身内の通夜の日に浮気する男は居ない。この様子だと千葉は女性の件では相当に信用を失っていると見える。

「政夫は事故で死んだんじゃないとか……」

おずおずと政夫の叔母は訊いてきた。

「千葉さんにしっかり説明しますので」

背後に大勢の声が聞こえるのが私には気になった。通夜の席からの電話だ。だれが政夫の叔母の側で聞き耳を立てているか分からない。

「分かりました。よろしくお願いします」

政夫の叔母は丁寧に言って電話を切った。私を探偵と同等に見做《みな》している感じだった。

起きたついでに私は派手な浴衣を着替えた。この部屋には窓がない。新鮮な空気が吸いたくて私は外に出た。夜空は見事に晴れ渡っていた。無数の星が輝いている。東京では絶対に拝めない銀河もはっきりと見える。飽かずに見上げていると車がやって来た。乗せて貰ったことのある千葉の車だ。私は手を振った。

千葉は持参した重箱を狭いテーブルに並べた。旨そうな煮染めや卵焼きがびっしり詰められている。稲荷寿司や漬物も食欲をそそる。

「ありがたいです。食ってないから」

私は早速煮染めに箸を伸ばした。

「政夫が戻ってきたのは夕方でね……独り身で死んじまうなんて、可哀相なことをした」

千葉は吐息した。私の箸も止まる。

「いいやつだったですよ」

「だから仇を取ってやりたい」

「警察はまるっきし事故と決め付けてる。まぁ、政夫に殺される理由もないしね」

千葉は沢庵を指で抓《つま》んでぼりぼりと齧《かじ》った。

「怪しい連中が見張ってる気配は？」

「どうだか……私は家の中だけに居たから。通夜に来たのは顔馴染みばかりだ」

「手島の家の寝室に政夫君が捕まっていた形跡があった。政夫君が使ってたオーデコロンの匂いが布団に染み付いていた」

「本当かね」

千葉は目を円くして私を見詰めた。

「彼と一日中一緒だった。匂いを覚えている。相当にきついやつだったから」

それに千葉も頷いた。

「昨夜の夜、千葉さんから電話を貰ったあとに無言電話が入った。手島だと思う。政夫君と一緒だったおれのことが気になったのかも」

「そこまで分かってるんなら警察に言うのがいいんじゃないかね」

千葉は膝を進めた。

「警察が事故じゃないと見ていれば話に乗ってくるかも知れないけど……第一、政夫君が同級生の消息を聞きに行っただけで殺されたなんて警察が信じるわけがない。こっちも不法侵入という弱味がある。もっと証拠を突き付けてやらない限り無理でしょう」

「しかし……ホントになんで政夫が殺されなきゃならねぇんだ？　手島ってのが怪しいのは分かったが……私にゃなにがなにやら」

それは私も同様だった。

私たちは同時に溜め息を吐いた。

II

明日の朝にまた来る、と言って千葉は重箱を風呂敷に包むと腰を上げた。私は外まで見送りに出た。建物のそれぞれに車庫が併設されている。幅広のベルト状の簾《すだれ》で中の車を隠す工夫が施されているものの、簾の長さが足りずにナンバーがはっきり見えるし、車種も分かる。なんとも半端な作りである。千葉が車を出すまでの間、私はなんの気もなしに周辺の車庫を眺め回していた。私が来たときはがらがらに空いていたのに、今は車の入っていない車庫の方が少ない。

一つの車庫に私の目が釘付けとなった。

見覚えのあるシルバーのベンツだ。

心臓がどきどきしはじめた。

出て来た千葉の車を私は慌てて制した。千葉は車を停めて窓から顔を出した。

私は車に駆け寄った。

「なにか？」

「手島の車らしいのがそこの車庫に」

私は千葉に耳打ちした。

「断定はできないけど、そんな気がする」

千葉は驚いて車を車庫に戻した。私は助手席に乗り込んだ。これだと声が外に洩れない。

「手島の車だなんて……本当かね」

千葉は溜め息をしながら口にした。

「旧い型だ。珍しくないにしても、状況を考えると赤の他人のものとは思えない。温泉じゃおれと鉢合わせすると思って、おれと同様にここへ泊まるしかなかったんじゃないかな」

「泊まりについては偶然ってことだね」

「だと思う。尾行された様子はなかったし、千葉さんがここに来る前から車庫に車が入っていた記憶がある」

「危ないとこだった。連中に気付かれんようにここへ泊まって貰ったってのに……考えてみりゃ村の近くで泊まるとこっていうと、ここと温泉しかないもんな」

千葉は吐息を繰り返した。

「車をこのまま貸してくれませんか？　手島はおれがここへ泊まってることも、千葉さんの車も知らない。おれの借りた弘前ナンバーの車だと心配だ」

私は思い付いて頼んだ。

「千葉さんはおれの車で」

「構わんけど、どうするつもりだ？」

「こっそり見張って、逆に尾けてみる」

「あんた一人で大丈夫か？」

「千葉さんは無理でしょう。火葬がある」

「あんたまで政夫のような目に遭ったら……」

千葉は案じた。

「手島がどこに姿をくらませたのか手掛かりがまったくない。絶好の機会だ。向こうは追う側と思い込んでいる。まさかこっちに追われるなんて考えてもいやしない」

「そりゃそうだろうが……顔を知られてる」

「ベンツは目立つ車だ。距離を取って走っても見失う心配がないでしょう」

「絶対に無茶はせんと約束してくれ」

私は千葉に請け合った。相手の怖さは千葉よりも私の方が承知している。

私はこっそりと車から出て部屋に戻った。

「一晩中見張るってのは大変だ」

「いくらなんでも朝の六時前には出ないはずだ。それまでは寝れますよ」

なるほど、と千葉も得心して、

「ここを出るときゃ連絡してくださいよ」

念押しして椅子から腰を浮かせた。レンタカーで立ち去る千葉を見送りつつ私は手島が泊まっていると思われる建物に目をやった。窓がないのでこちらの姿を見咎められる心配はない。ベンツもむろんそのままだ。本当に手島の車なのか近寄って調べたい衝動に駆られたが無理は禁物と諦めた。明日になれば分かることである。

目覚ましをセットして睡眠薬代わりのウィスキーをストレートで飲りながら、つくづくとフィクションと現実の違いを思った。小説や映画なら間違いなく手島の泊まっている部屋に踏み込んで一騒動起こす。あるいはこの部屋に謎の美女が訪ねて来たりする。なのに現実はおなじ敷地内の建物にこうしてひっそり息を詰めて酒を飲んでいるしかない。明日の尾行はもう少し小説的になりそうだが、それだとてただ見守るだけのものとなるに違いない。こっちにはなんの武器もない。

いきなり携帯が鳴った。

千葉かと思ったが田中からのものだった。

「たった今東京に戻ったとこだ」

私が電話に出て田中はホッとしていた。

「通夜はどうだった？」

行っていない、と応じて私はこれまでの経緯を詳しく伝えた。手島が間近に泊まっているらしいと知って田中は絶句した。

「そして……尾行するってのか」

「することは他にないだろ」

「おれのためにも止《よ》してくれ。おまえさんが妙なことになったら寝覚めが悪い」

田中は必死に訴えた。

「髭を剃ることにした」

私は刈り揃えている顎髭に手を当てて言った。

貫禄を出そうとして四年も馴染んだ髭だが仕方ない。これを剃れば立派な変装となる。

「どうしてもやる気か」

田中は声を落とした。

「車も手島が知らないやつだ。遠目じゃ絶対におれとバレない」

「おまえさんと分からなくても尾行が知れりゃ結果は一緒だ。どんな目に遭うか」

「せめて引っ越し先を突き止めておかないと、なんの手も打てん」

「ホントになんのためにそこまでする？」

「分からん」

「分からんって……命が懸かってるんだぞ」

「政夫は張り切ってた」

「なんの話だ？」

「だから、政夫がおれに最後に電話をかけてきたときの様子さ。おれが止めても聞く耳を持たなかった」

「おまえさんは止めたんだ。責任を感じることは——」

「そういう意味じゃない」

私は田中を遮って続けた。

「政夫はなにかに自分をぶつけたかったんだ。まさか殺されるとは思ってもみなかっただろうが、政夫に引く気はなかった。引けばこれまでとおなじ日常に戻る。おれにもその気持ちが分かってきた。政夫は確かめたかったんだよ。自分がなんであるかをな」

「……」

「馬鹿なことをしようとしてるのはおれにも分かってる。けど、引く気になれん」

「おれにゃ……なんて言えばいいのか……」

「おれが決めたことだ。気にするな」

「死なんでくれよ、頼むから」

田中は声を詰まらせた。

私は約束して電話を切った。が、その約束になんの価値もないことは自分でも知っている。決めるのは手島の側なのだ。


激しく鳴り響く目覚ましの音で飛び起きた。

ラブホテルにしては無粋な音である。

浴衣のままドアを細めに開けてベンツの有無を確かめた。ちゃんとある。さすがに安堵した。消えられていたら話にならない。

ドアの下にスリッパを挟んで外の音が聞こえるようにして私はバスルームに入った。洗面台には感心に髭剃りのクリームと剃刀が用意されている。それで私も髭を剃り落とす決心がついたのだ。顔を洗ってクリームを手に盛り上げたものの、多少は逡巡が生まれた。髭のない自分の顔が咄嗟には思い出せない。ままよ、と鼻の下から顎にかけて塗りたくった。サンタクロースのようになる。ぐずぐずしていれば手島が出て来ないとも限らない。思い切って剃刀を滑らせた。痛さを堪えて私は没頭した。鏡を見るたび違う自分に生まれ変わっていく気分になった。

こんな顔だったか、と思うほどに髭のなくなった自分は違っていた。童顔が嫌で生やした髭なのに、ちゃんとそれなりに歳を取っていたということだ。これなら間近で擦れ違ったとて手島は私とは思わないはずだ。だれでも私を髭で見分けている。

浮いた気分で着替えを済ませ、またベンツを確かめる。まったく問題ない。

トマトジュースを飲んでからフロントに電話して精算を頼んだ。このラブホテルは林に囲まれている。だったら先に車を出して外で見張っていればより安全であろう。出入り口は一つなのだから見逃すわけがない。

早過ぎて迷惑かと思ったが、私は政夫の家に居るはずの千葉に電話した。政夫の村は携帯が通じないのでここから連絡するしかない。

千葉が直ぐに出た。

「これからチェックアウトします」

「こんなに早く？」

「慌ててあとを追えば怪しいと思われる」

「気を付けてくださいよ」

「火葬が先なんでしたね。何時からでしたっけ」

「十時。葬式は三時からということに」

精算を済ませて私は車に乗った。道に出て隠れる場所を物色する。村に向かう方角に格好の木立ちがあった。

どうやら神社らしい。

あの境内に潜んでいればラブホテルの出入り口を見張ることができる。木立ちの中は薄暗くて、ここからはよく見えない。そう決めて私は車を木立ちに向けた。

境内はまったく好都合な場所だった。

部屋で聞き耳を立てているよりずっといい。

しかし、時間は七時半を過ぎたばかりだ。

ここでどれだけ待つことになるのだろう。

たった一人の見張りなので辛い。

せめてもの救いは部屋の冷蔵庫からコーラやミネラルウォーターをある限り調達してきたことだ。きっと我慢較べとなる。

ダッシュボードにテープがあったのを思い出して探した。ほとんどが演歌だった。石川さゆりと坂本冬美が多い。石川さゆりのライブを選んでかけた。大音響に慌ててボリュームを下げる。『天城越え』だ。まんざらでもない。つい一緒に歌ってしまう。ミネラルウォーターを一口飲って私は楽な姿勢を取った。

ベンツが朝の光を輝かせて姿を見せたのは九時を回った頃だった。睨み通り村を目指している。火葬場に先回りする気だろう。私の潜んでいる神社の前を通過した。私は車内に目を凝らした。二人が乗っていた。ちらりと見えただけだが、どちらも手島とは思えなかった。若い感じがする。

〈手下に任せたか〉

舌打ちしてから、むしろ幸いと思った。面識のない連中は髭を目印に私を探すはずである。村まではしばらく一本道が続く。私は十分に距離を見て境内から道に出た。遥か先をベンツが走っている。これなら絶対に尾行とは思われない。私はスピードを上げた。

私は途中で考えを変えてコンビニの前で車を停めた。確実に連中は火葬場を目指している。だったら尾行をする必要はない。私の目的は彼らの戻る場所を突き止めることにある。滅多なことでは正体を気取られないにしても、周りをうろちょろするのは利口なやり方と言えない。

「そろそろ火葬場に行く時間ですわ」

電話に出た千葉は慌ただしく応じた。

「ベンツがそっちに向かってます。二人が乗っている。手島とは違うみたいだ。きっと手下でしょう。連中は火葬場と葬式の出入りを見張るつもりに違いない。下手に近付けばまずいんで、おれは行かないことにしました」

「じゃ、その間どうする気で？」

「役場の近くに食堂がありましたね。とりあえずそこに向かう。なにかあったら連絡をください。今はそれで大丈夫だと思う」

私に千葉は了解して電話を切った。

期待していた食堂は開いていなかった。

十時半からと看板に表示されてある。

朝の六時に起きているので看板に書かれているカレーライスやカツ丼の文字が恨めしい。

まだ四十分は時間がある。仕方なく駐車場で待つことにした。千葉はもう火葬場に着いたはずだ。連絡もできない。政夫を思い出してやるせない気持ちになった。ここまで来ていながら顔も見ていない。葬式に出るつもりで足を運んだのに、振り回され続けている。

〈焦るな〉

いっそのこと火葬に立ち会おうか、と思った自分に私は言い聞かせた。ここで方針を変えれば全部が無駄となる。敵は間違いなく存在する。そいつを忘れてはならない。

そこに一台の小型車が入って来た。

若者が車から下りて近付いた。

「千葉から頼まれてきました」

私は曖昧に応じた。

「あっちの車に乗り換えて貰いたいってことです。使う予定があるそうなんで」

私は何度も頷いた。

「向こうなら明日まで好きに乗ってください」

私は荷物を手にして車を明け渡した。

「それと、おれに付いてきてください。開いてる店に案内しますから」

若者に私は感謝した。千葉の配慮だろう。

居酒屋か食堂か分からない店だったが、生姜焼定食はなかなか美味かった。コーヒーのお替わりを頼んで新聞に目を通していると店の電話が鳴った。火葬場で骨上げを待っている千葉からのものだった。

「あんたの言う通り、二人が来た。政夫の知り合いのふりをして現われた。あんたに教えられていなきゃ信用した」

「それでその二人は？」

「葬式にも出ると言って消えた。あんたをそこに案内した甥の広司《ひろし》に尾《つ》けさしている」

「危険だ」

思わず声がうわずった。

「言葉だけで帰っちまうかも知れん。どっかで時間潰しする様子なら見届けて戻れと言ってある。そんなに心配しなくても──」

そこにバタンと車のドアの閉じられる重い音がした。私は窓の外を見た。

ベンツが停められていて、下りた二人の男がこの店に入ってくるところだった。

「ここに来た」

私の言葉に千葉は仰天した。

私の心臓も早鐘のように鳴っていた。

12

〈こんな偶然が！〉

店内に入って来る二人に背を向けて私は席へ戻った。心臓の動悸が止まらない。が、さほどの偶然ではないかも知れない。狭い中心部である。食事をする場所は限られている上に早い時間なのでまだ開けていない店が多い。自分が連中でもこの店を選びそうだ。偶然と言うなら二人が私の隣の席に腰掛けたことの方だ。一人が私に目を注いだ。緊張を悟られないよう私は飲み差しのコーヒーをゆっくり口に運んで新聞に読み耽った。文字を追うのがせいぜいで内容は摑めない。それでもボロは出さなかったらしく、視線を注いだ男はコーヒーとカレーライスを注文して仲間と雑談にかかった。私は聞き耳を立てた。

「まだまだ時間はあるな。どうする？」

「どうするって、待つだけだ」

「パチンコでもするか」

「あるわきゃねぇだろ、こんな村に」

「少し戻ればある」

「知れたら怒鳴りつけられるぞ」

「来ねぇよ。来てたら火葬に出る。葬式だけってことはねぇさ」

「東京のやつだ。午後にしか来れねぇってことがあるだろう」

間違いなく私のことを口にしている。箱から出して口にくわえたたばこが震えた。

「来たとして……痛めつけりゃかえって面倒にならねぇか？」

「捨て置くわけにゃいかん」

「始末した方が簡単だって言ってるんだ」

言って若い男は私をちらりと見た。これ以上は耐えられそうになかった。私はコーヒーを飲み干すと、なに食わぬ顔を装って席を立った。男の目が私を追っている。私はレジで勘定を済ませた。すでに男の視線は私を離れ、仲間と話し込んでいる。私は縺《もつ》れる足を必死に動かして車に向かった。ドアを開けてシートに腰掛ける。安堵の息が洩れた。体を少し沈めて店内を盗み見る。二人は外など気にせずコーヒーを飲んでいた。

気を落ち着かせて辺りを見回す。店から見えない位置に一台の車が停まっていた。運転席にはこの店へ私を案内した若い男の顔があった。千葉の甥で名は広司と聞かされている。広司はずっとこちらを見ていたようで、目が合うと腕を振ってバックをはじめた。付いて来いということだろう。私は車を発進させた。

車はバックのまま近くの空き地に入った。

私は車を並べて下りた。

「とんでもないことになったね」

助手席のドアを開けて広司は言った。

「まさかあいつらがあの店に入るなんてさ」

広司は火葬場から二人を追って来たのだ。

「きんたまが縮み上がった」

　正直に私は告白した。

「あいつら殺した方が簡単だと言ったぞ」

「マジで？」

　広司は目を丸くした。

「おれとは知らずに話し合っていた。やつらが手島の手下ってことは間違いない。やっぱりおれが来るかどうか確かめに現われたんだ」

「他にはなにか？」

「聞いてない。それどころじゃなかった。正体を気取られたらどうなったか」

　それに広司も頷いた。

「千葉さんに伝えてくれ。ここで顔を合わせた以上、おれがあいつらの前をうろちょろするのは危ない。おれはこのまま村を出て弘前に向かう国道の脇で見張ることにする。一本道だ。あいつらもきっとそこを通る。そうやって尾行するのが一番だ。あいつらもおれが葬式に出なかったことで油断する」

「殺すって本当に言ったの？」

「痛めつけるより面倒がないってな。手島はおれを痛めつけるだけにしろと命じたようだ」

「政夫もやつらに？」

「たぶんそうだろう」

「今なら人を集められる」

広司は怒りの目で言った。

「十人も居りゃなんとかなる」

「まだなんの証拠も握っていない。それをやったからって、どうにもならん」

「手島ってやつの家に政夫が捕まってた気配があったって聞いた」

「警察を動かせる状況じゃない。だからやつらを尾行しようとしてるんだ」

「口を割らせるって手がある」

「……」

「政夫はおれの従兄だ。仇を取る」

「その後がどうなるか分からん」

私は首を横に振った。

「君たちの前では口を割るかも知れないが、警察では知らぬ存ぜぬを通すに決まってる。政夫君のことはそもそも事件扱いされていないんだ。反対に暴行されたと君らを訴えるかも知れない。それを受けて手島も報復に出る。どう考えても今それをやるのは無意味だ。もっとやつらのことを調べ上げる必要がある」

「だったら今からはおれも手伝いますよ」

「ありがたいが、政夫君とおなじようなことにでもなれば千葉さんに申し訳が立たない」

それに広司の顔は二人に知られている。

「一人じゃ無理でしょう。二台で追いかけりゃいろいろな手が打てる。村を出れば携帯を無線代わりに使えるし」

うーむ、と私の心は動いた。その通りには違いない。それに心強くもある。

「昨日泊まったラブホテルの側に神社がある。おれはそこで連中を待つ。千葉さんと相談して、オーケーが出たらそこに来てくれ。ただし無理は禁物だ。甘い連中じゃないぞ」

「猟銃、持ってく方がいいよね」

「猟銃!」

「なにが起きるか分からないしさ」

「撃てるのか?」

「ここらじゃ珍しくない道具だ」

躊躇はあったが、私は頷いた。あの二人が武器を持っていないとは断言できない。

私は朝と同様に神社の境内に車を停めて、ひたすらベンツの戻りを待った。

〈それにしても……〉

つくづく自分の情けなさに腹が立つ。気付かれてはいなかったのに、始末するという言葉に恐れをなして逃げ去って来たのだ。あのまま居残っていればもっと重大なことを聞けたかも知れない。結局は遠巻きにして探ることしかできないでいるのだ。こんな自分がよく手島の家に忍び込めたものだと思う。いや、あのときはまだ手島の本当の怖さが分かっていなかったからだろう。ラブホテルの車庫で手島のベンツを見掛けたときから薄気味悪さが強まっている。

一時間もしないうちに広司がやって来た。

広司は喪服からラフな服に着替えていた。

葬式もまだはじまっていない時間だ。

「千葉さんがいいと言ったのか？」

車から下りた広司に私は質した。

「絶対に危ない真似はするな、って。続けて葬式は出したくないってさ」

「だからおれが一人でやる」

「一人だとどこかに消えても分からなくなるでしょう。おれはその見張り役。なにかあったら警察に直ぐに駆け込む」

「分かった。ベンツには近付くなよ。おれが尾けて位置を知らせる。一キロも離れていればそっちが巻き込まれることはない」

「手島の引っ越し先を突き止めたら？」

「その先までは考えちゃいない。今日はそれだけのことになるだろうな」

なんだ、という顔を広司はした。

「こういうこと好きなのか？」

「喧嘩なら慣れてる」

意外な返事が戻った。真面目そうな若者という印象を抱いていた。

「昔はバイクを乗り回していてね。弘前には昔の仲間がいますよ。声をかけりゃ五、六人ぐらい軽く揃う」

「そりゃ頼もしい」

「あっちの人数を見極めたら踏み込むって手に出てもいいんじゃないですか」

「政夫君の仇を取ることだけが目的ならそれでもいいが……おれはなんで政夫君が殺されたのか理由を知りたい」

「縛り上げて聞き出しゃいい」

「今度のことにはとてつもない裏がある。でなきゃ無縁の政夫君が殺されっこない。ただの喧嘩とは話が別だ」

私は広司を車に招き入れて今日までの経緯を詳しく説明した。広司は仰天の顔をしたり、相槌を打ったりしながら耳を傾けた。

「それで、そのプロレスラーの風森大樹ってやつの行方は？」

広司は聞き終えると訊ねた。

「分からん。手島のところに匿われてた気はするが……そもそも姿をくらませた理由も不明だ。最初は借金の取り立てから逃れたと見ていたが……それもどうかな」

「政夫は借金の取り立てに間違われたとでも」

広司は私に質した。

「それはない。政夫君は小学校の同級生とはっきり名乗った。手島は即座に身元を確かめたに違いない。殺されたのは手島や風森の秘密を探り当てたからじゃないのか？」

「探り当てる時間なんてあったのかな」

広司は首を捻った。一人で接近したその日のうちに殺されている。

「いいやつだったけど、そんなに頭の働くやつじゃなかった」

「それはおれも不思議に思ってる」

「やっぱり仲間に声をかけますよ」

「……」

「手島の隠れ家を探し出せたらそのまま見張りましょう。一人か二人で出て来るやつがいたらとっ捕まえて政夫のことを白状させる。そいつが手っ取り早い」

「おおごとにならないか？」

「もうなってるじゃないですか。政夫はやつらに殺されたんだ。話を詳しく聞きゃそうとしか思えない。警察なんてアテになりゃしません」

「それは同感だが……」

「なにを気にしてるんです？」

「証拠もないのにそこまでやるのは……」

「ないからやるんじゃないですか。そっちも一度は家に忍び込んだんでしょ」

「どうなるか責任は持てない。仲間のことだ」

「そっちなら心配ない。皆なにかをしたくてうずうずしてる」

「平気で人を殺す連中だ」

「ますます張り切って駆け付ける」

「そう簡単にいけばいいけどな」

私は吐息した。

「リーダーだったやつに頼みます。あいつが動いてくれりゃ十五、六人が飛んで来る」

広司は請け合った。

「仲間はまだバイクを乗り回してるのか」

「皆、身を引いちまいましたけどね。リーダーだって弘前で車のセールスをやってる。けど気持ちは昔と変わらない」

「悪いが、そういうイメージじゃないな」

「おれですか」

と広司は笑って、

「今は親父と一緒に木の椀や盆を作ってますからね。バイクを飛ばす暇もない」

「そういう仕事か」

「その仕事を継ぐのが嫌で派手に暴れまくってた。でも後悔はしていない。バイク仲間はおれの大事な友達です」

「上手くいきそうな気がしてきた」

本心から私は思った。


となりの車に居る広司が低くクラクションを鳴らした。私は頷いた。その合図がなくても国道を走り抜けるベンツが私にも見えていた。私は静かに車を出した。広司が手を小さく振って私を見送る。距離を置いて私を追う段取りとなっている。

当分は一本道のはずなので焦ることはない。が、ベンツの速度は速い。この小型車では振り切られてしまう恐れがある。私はアクセルを踏み込んで追いかけた。広司が無事に付いて来てくれるかどうかは携帯が通じる場所に出ないと確認ができない。くねくねした山道を下って田圃が広がる一帯に差し掛かると、ようやく携帯の圏外の文字が消えた。私は片手でボタンを押した。

広司が直ぐに出た。

「今のところ道は外れていない。弘前方面に向かっている。気取られてもいないようだ」

「じゃあこっちもリーダーに電話しますよ」

「これが通じている限り安心だ。のんびりと付いて来てくれ。車の通りがほとんどない道だ。二台も続けば怪しまれる」

了解、と言って広司は携帯を切った。

ベンツが小さな点となって遥か前方を走っている。町中では見失う可能性のある距離が、この道ならまず大丈夫だろう。

留守電サービスに田中の声が入っていた。

昨夜から連絡を取っていない。

私は田中の番号を押した。携帯の通じるありがたみをつくづくと感じる。

「おう、無事みたいだな」

「でもない。今は敵を尾行中だ」

私の返答に田中は詰まった。

「二台で追ってる。おれになにかあればそっちが警察に駆け込む手筈だ。その点は安心だが、連中はおれを始末する気で来たらしい」

田中は唸りを発した。

「髭を剃ったお陰で助かった。でなきゃどうなってたか分からん。食堂で隣り合わせになってな。まさかおれが側に居るとも知らずに口にした。ビビったぜ。これでやつらが政夫を手にかけたこともはっきりした」

「だったら深追いなんかせずに警察に任せろ」

「確信できただけで証拠はない」

「もう十分だ。手を引け」

「連中はおれを始末する気だと言ったろ。これで引いても許すわけがない。東京にやって来るさ。けりをつけるしかないんだ」

言いながら私もそれに気付いた。そういうことである。葬式に出なかったことで追跡の手は緩むにしても見過ごしはしないだろう。

「おまえさん一人でなにができる？」

「頼もしい仲間ができた」

口にしながら私は慌てた。前を走るベンツが国道から右に折れるのが見えたのだ。

「これで切る。敵の動きが変わった」

田中の悲鳴のようなものが伝わった。通話を切って私は速度を上げた。ここで見失ってはなにもかも無駄になる。

「大きなコンビニのところから右に入った」

私は広司に連絡を入れた。

「そっちだと八甲田山の方角ですよ」

広司も戸惑っていた。

「なんでそっちに?」

「とにかく追うしかない」

焦りが私の中に渦巻いていた。

13

ベンツはどんどん山道に踏み入って行く。広司との連絡には携帯があるものの、圏外の場所が多いだろう。一番の心配は車の往来がほとんどなくなったことだ。広司の話では正面に見える八甲田山の麓をぐるりと辿って青森に北上する道ということで、時間帯によっては交通量も結構あるらしいのだが、近付き過ぎれば怪しまれる寂しい道である。

「心配ないです。酸ヶ湯《すかゆ》まで脇道がないっすよ。おれが追い越して酸ヶ湯に先回りします。そこで姿を隠して見張ってりゃ安心だ」

広司が提案してきた。

「そこからは脇道はあるのか?」

「青森方面と七戸《しちのへ》方面の分岐点です。まぁ、たいがいは青森に向かうと思うけど」

「追い越すならおれがやる」

「おれの方がいいでしょう。ずっと離れて走ってたから一度も見られてないはずだ。追い越すときに必ず相手に見られる。そっちだと後の尾行がむずかしくなりますよ」

「そりゃそうだろうが、危ない真似をさせちゃ千葉さんに申し訳ない」

「追い越すだけの話じゃないですか」

携帯のやり取りの最中にクラクションが鳴った。振り向くと広司の運転する車がいつの間にか接近していた。だいぶ後ろを走っていたはずである。広司は鮮やかなハンドル捌《さば》きで私の車を追い抜いて前に出た。

「上手い運転だな」

考えてみれば広司は暴走族上がりの男だ。これなら任せられる。

「のんびり来てください。やつらの向かう方角を確かめたら道に出て待ってます。分岐点の先は両方ともまた一本道なんで追い付ける」

「気を付けろよ」

「ヘマはしません」

言うと広司の車はさらに速度を上げて見る見る小さくなった。

広司の手助けがありがたかった。一人では間違いなく尾行に気付かれていただろう。

私はたばこに火をつけて一服した。

見事な紅葉を眺める余裕も生まれた。

〈ん？〉

しばらく走って私は気が付いた。

慌てて私は広司に連絡した。

「なんです？」

「この道、窪ヶ原に通じてる道じゃ？」

「そうですよ。窪ヶ原は八甲田の麓だから」

「この前来たときに通った。村の温泉に泊まったときにな。けど酸ヶ湯とは違ったぞ」

「その宿なら酸ヶ湯のだいぶ手前です」

「広い村だな。この前は弘前から真っ直ぐ温泉宿に向かったんで分からなかった」

「面積だけじゃ日本でも有数の広い村ですからね。ほとんどが山だけど」

「連中の行き先、窪ヶ原じゃないのか？」

「まさか」

広司は笑って、

「なにもないとこだ。行ってどうします？」

「しかし、風森大樹の戸籍のある場所だ」

「戸籍って……その男の親父さんが見付かった場所ってだけのことでしょう」

「ペンションとか民宿は？」

「あるわきゃない。林と藪だけだ」

「かも知れないが――」

「連中の車に追い付いた」

広司は携帯を切った。

私もしばらく運転に集中した。

二十分ほど走ると前方に広司の車が見えた。広司は車から下りてたばこを喫っていた。

私が後ろにつけると広司は駆けてきた。

「どっちに行った?」

「それが……来ないんですよ」

広司は戸惑いの顔で応じた。

「来ないってのは?」

「だから、ここでいつまで待っても……途中で引き返したってことはないですよね」

「ない。ベンツだ。見落としゃしないさ」

「だったらどっかに消えたことになる」

「脇道はないって言ったぞ」

「まともな道は、ってことです。温泉に向かう道だとか狭い林道はある」

なるほど、と私も得心した。

「こんなことになるなんてなぁ。信じられないっすよ」

広司はたばこを捨てて乱暴に踏み消した。

「尾行に気付かれたんじゃないのか?」

「ですから、それなら引き返すでしょう」

「それもそうだ」

「脇道に入ったとしか……どうします？」

「とりあえずゆっくり引き返してみるしかない。脇道をチェックしよう」

私は狭い道に苦労しながらUターンした。広司は楽々と方向を変えた。広司が先に出る。

〈まったく――〉

思わず舌打ちが出た。広司に責任はない。それは分かっているのだが、あのまま慎重に尾行していれば脇道に入るのを見届けられたかも知れないのだ。ここで見失えば昨日からのことがすべて無駄になる。

広司は脇道を見付けると車を止めて確かめた。今は狭い林道でも舗装されているので判断が難しい。広司が見極めの材料としているのは落ち葉だった。ベンツのものかどうかまでは判定できないにしても、車が通れば落ち葉が押し潰される。

「これですかね」

やがて広司は林に消える脇道を示した。探しはじめて三十分が過ぎている。

「どこに通じているんだ？」

微かに見えるタイヤの痕跡に頷きながら私は質した。前には山が広がっている。

「さあ……行ってみないと」

「窪ヶ原とは違うのか？」

「近いけど、入る道とは別です」

「行くほかにないな」

「危なくないですか？　たぶん行き止まりになる。連中が用を足して戻って来たときは鉢合わせになりますよ。そうなったら終わりだ。言い訳が通じる場所じゃない」

広司は案じた。

「少し様子を見ようってことか」

「その方がいい。絶対に戻る」

言われて私は道を睨んだ。確かにそうとしか思えない。野宿する気もないだろう。私と広司は脇道から離れた場所に移動して見張ることにした。

が、三十分待ってもベンツは戻らない。

我慢しきれずに脇道へと引き返す。

「どうにも分からんな」

途方に暮れるとはこのことだ。

「この道じゃないかも知れませんね」

広司は自信を失った顔をした。

「落ち葉を踏んだ跡は新しい」

「営林署の車のものかも知れないっす。でもなきゃこんな道に踏み込むなんて」

「他の脇道を当たってみるか」

私に広司は同意した。

「要領は分かった。おれ一人でやる。君はこの道を見張っててくれ。万が一ってこともあるからな。そのときは連絡しろ」

私は車を発進させた。

脇道を見付けるたび私は下りて調べた。前に泊まった温泉宿に通じる道にはいくつかのタイヤ跡を確認できたが、これはむしろ当たり前過ぎて判断がつかない。宿に通じる道なら安心と言い聞かせて私は踏み込んだ。やがて宿に着く。宿の駐車場にベンツはなかった。隠す必要などないのだから、ここには来ていないと断定できる。私は引き返した。

結局、広司が見張っている脇道しかなさそうだった。私は溜め息を吐いた。もうかれこれベンツを見失ってから二時間近くにもなる。

「やっぱりここだと思う」

待ちくたびれた様子の広司に私は伝えた。

「知らないけど、どっかに通じてるんでしょうね。この時間まで待って戻らないってのはそうとしか考えられないっす」

「じゃ、取り逃したってことだ。今から追いかけても意味がない」

「一応は行ってみましょうよ」

広司は私を誘った。

「ひょっとして山小屋でもあったりして」

期待は薄いと思ったが私も同意した。他になんの手も思い付かない。

十分も進まないうち、道はなくなった。

鬱蒼とした森の手前で終わっている。

私と広司は車から下りて顔を見合わせた。

「まさかな」

この道なき森にベンツが入って行ったとはとても考えられない。営林署の車にしてもだ。

「あれは車が出て来た跡だったんですかね」

広司は参った顔をした。

「どこにも脇道はなかったよな」

私に広司も頷いた。

「とにかく調べてみよう」

私は森に足を向けた。広司も続く。

「あ」

広司が声を上げて私の腕を取った。

「あそこ」

広司は積み上げてある材木を指差した。

その後ろにベンツが隠されていたのである。

私たちはその場に固まった。

冷や汗がどっと噴き出る。

「大丈夫。居ないようです」

広司がうわずった声で私に言った。私も頷きを繰り返した。あの中に連中が居たら正面から対決しなくてはならなくなる。

「ここで下りて森に入ったってことか」

「まずいっすよ。今日のとこはこれで引き揚げましょう。明日出直す方がいい」

不気味さを感じてか広司は尻込みした。

「行かない方がいいっす。足跡がつく」

広司は私を制した。

「森に入りゃ迷う心配もある。山を嘗《な》めてかかると命取りだ。人数で繰り出さないと」

「ここまでの足跡はどうなる？」

すでに舗装道路からかなり食《は》み出ている。

「連中が暗くなってから戻りゃ見えない」

「そうか」

私も納得した。それを願うしかない。

広司は村の温泉宿に行こうと口にした。千葉を呼ぶと言う。

「手伝ってくれるかな？」

「おれが頼みます。きっと来て貰う」

広司は請け合った。


一週間も過ぎてない。宿の主人は私を陽気な挨拶で迎えた。その笑顔で人心地がつく。

広司はロビーから千葉に電話した。私はソファに腰掛けて待った。ここに泊まるかどうかは千葉の返事にかかっている。

「何人か集めて駆け付けるそうです」

広司の言葉にやはり安堵した。あの深い森だ。広司と二人ではどうにもならないと諦めかけていたところだった。

「七時頃になると言ってましたが」

「どうせ今日はもうなにもできないさ」

私は腰を上げて帳場に目をやった。主人が察して頷く。

「夕飯は何人分頼めばいいんだ？」

「おれたちも含めて六、七人ですかね」

広司は指折り数えて言った。


自分の足で山道を駆け回ったわけではないのに、湯に体を沈めると重い疲れを感じた。大の字に手足を広げてしばらく暗い天井を眺めた。明日を思えば気が塞いでくる。森の奥深くまで分け入ることになるだろう。

「結果が出りゃいいがな」

湯気で顔もよく見えない広司に声をかけた。

「なんだかくたびれてきたぜ」

「あの連中、何者なんです？」

「そいつが分かりゃ苦労しない」

「山菜採りってことはないでしょう」

私は思わず苦笑した。

「あんなとこになんの用事が？」

広司は首を傾げて質した。

「おれに訊かれても困る」

「たまたま入った脇道でもないですよね」

「だろうな」

「よほどこの辺りに詳しいやつらだ。考えるとだんだん気持ち悪くなってくる」

「千葉さんは窪ヶ原の近くに風森大樹の父親が家を建てて暮らしていたと言っていた。それとなにか関係があるんじゃないのか？」

「ずっと昔の話でしょ」

「ああ。けど繋がりと言ったらそれしか思い付かん。千葉さんなら家のあった場所の見当がつくはずだ。宿の主人に地図を借りて千葉さんに見て貰おう。廃屋になったと聞いたが、それだってはっきりしていない」

「そこに風森大樹が隠れているとでも？」

「かも知れん。だとすりゃ辻褄が合う」

話しているうちに確信に変わった。それ以外にあんな場所に踏み込む理由は考えられない。

「この辺りだった気もするが……」

到着するなり見せられた地図に目を通して千葉は腕を組んだ。同行した三人も覗き込む。

「ここいら、今は自然公園だからな」

千葉に皆も頷いた。

「昔と違って勝手に家は建てられん。風森のとこは廃屋になったきりだと思うがね」

「でも、連中の消えた場所と一緒だ。とても偶然とは……」

「とにかく明日行ってみりゃ分かる。ここであれこれ言ったってはじまらん」

千葉は用意されている席に移った。

「腹ぁ据えてかからんとね。全員鉄砲を持って来た。撃つことにゃならんだろうが」

笑って千葉は私に酒を勧めた。

仲間が居ることで千葉は強気になっている。

〈だといいが〉

本心から私もそうなることを祈った。

14

翌日は早朝から二台の車で現場に向かった。先導する広司の運転する車には私と千葉が乗り込み、他の三人は大型のランドクルーザーでついてくる。

「嫌な天気になりそうだな」

どんよりと曇った空を見上げて千葉は舌打ちした。今にも降ってきそうだ。

「ま、森に入りゃどしゃ降りでもない限り葉が防いでくれる」

「まだベンツがあったりしたら怖い」

広司に私も頷いた。

「居るわきゃねぇ。一晩もあそこでなにをする。なにもねぇ深い森だぞ」

「だから怖いって言ったんだ」

「居ねぇよ。居たとしたら、本当に森の中に隠れ家を建ててるってことだ」

「営林署に知られずに?」

広司は助手席の千葉を見やった。

「キャンプする場所と違うぞ。温泉宿も近隣にある。なのにそこで一晩過ごすなら、考えられるのは隠れ家しかねぇ。営林署の連中にしても見落としってのがある」

「信じられねぇな」

「だからおれも居ねぇって言ったんだ」

千葉は広司とおなじ口調で返した。

「伯父貴は昨日一緒に動いてねぇから呑気にしてられる」

広司は言って溜め息を吐いた。

「あいつら普通じゃねぇよ。政夫も間違いなくあいつらに殺されたんだ」

「おれもそう思って猟銃を持ってきた」

「伯父貴、ホントに人を撃てるのか?」

「……」

「後ろの人らだって怪しいもんだ」

「相手が向かってきたら、やるしかねぇ」

「もしベンツがあったら……警察に頼もう」

「警察になんて頼む？」

千葉は呆れた様子だ。

「政夫のことも証拠があるわけじゃねぇ」

「政夫のこと言わなくったって、森の中にベンツがありゃ警察も変だと思うだろうさ」

「山菜採りだと言われるだけだ」

「おれはまだ死にたくねぇよ」

「こっちは全部で六人だぞ。四人が猟銃持ってる。くだらねぇ話はやめろ」

「まず様子を見てからのことにしましょう」

私は割って入った。ベンツがあるかどうかは着けば分かる。

「案外意気地のねぇやつだな。昔は暴れ回ってたくせに」

千葉はにやにやとした。

「ホントにヤバいときは勘で分かる」

真面目な顔で広司は口にした。

例の脇道に入ると広司は慎重に車を走らせた。後ろの車が苛々した感じで従う。

ようやく道の途切れた場所に接近した。

「ない」

遠くから確認して安堵の声を発した広司は車のスピードを上げた。

車を停止させても広司は直ぐに外へ出ようとしなかった。辺りの様子を窺っている。

「降りるぞ」

我慢できず千葉は猟銃片手にドアを開けた。後ろの連中も勇んで車から飛び出した。広司も覚悟を決めて出た。私も続く。

「確かにここに停めてたようだ」

千葉はもうベンツが隠されていた場所に立っていた。

「道に戻った跡も新しい。タイヤにこびりついてた泥が乾いてねぇ」

千葉は舗装の道を示した。黒く湿った泥が綺麗なタイヤの跡をそのままに残している。

「ってことは？」

私は千葉に質した。

「ここから出てったのは、つい一、二時間前ってことじゃないかね」

私と広司は顔を見合わせた。

「で、どうする？」

広司は千葉に訊ねた。

「警察に頼む方がいいんじゃないかって広司が言ってるんだが」

千葉は三人の男たちに相談した。

「警察は駄目だ」

　一人が首を横に振った。

「簡単にゃ来てくれんし、待ってるうちに雨が降って足跡が消えちまう」

　残りの二人も同意した。

　ベンツが停まっていたところから足跡が森に繋がっている。これを辿ればベンツの男たちがどこに向かったか突き止められる。

「そういうことだ。荷物を取って来い」

　千葉は広司に命じた。車には宿で調達した握り飯やら飲料を積んできている。

「迷う心配は？」

　そちらの方が私には案じられた。

「白のスプレーがある。そいつで木に目印をつけてけば大丈夫だ。営林署の連中もそうしてる。それにこの三人は山に慣れてるしね」

　千葉は請け合った。

「何億もの札束が竹藪に埋められてた昔の事件を思い出すな。こっちも札束を見付けたりして」

　一人に千葉たちは笑った。

「いや、ねぇ話じゃねぇぞ。二人ってのはどうせヤクザかなんかだろう。ヤミ金で儲けた金でも隠しに来たのと違うか？　んでなきゃこんなとこに来るはずがねぇ」

　なるほど、と千葉たちは頷いた。

「それを言うなら、死体を埋めに来たのかも」

私の言葉に皆は嫌な顔をした。

突飛な想像でもないはずだった。隠れ家でないとすれば、あとは限られる。とすると前夜からトランクに死体が詰められていたことになるが、有り得ない話でもないだろう。

「だれの死体だ？」

一人が私を見詰めて訊ねた。

「さあ。けど、政夫君を手に掛けた連中だ。他にだれかを殺していてもおかしくない」

「死体の方がありそうだな」

それに皆は大きな吐息をした。

そこに広司がリュックを担いでやって来た。

「警察に一応連絡しとくか？」

千葉は三人の仲間に意見を求めた。

「今度はそういう話になってんの？」

広司は皆を見やった。

「死体を森に埋めに来たんじゃないかってことになってな」

広司は口をあんぐりと開けた。

「陰でなにをしてるか分からん連中なんだろ」

「そうか……そいつは考えなかった」

広司は何度も首を縦に動かした。

「喧嘩なら引き受けるが、死骸だとなぁ」

男たちには躊躇が生まれた。

強い雨がいきなり降り出した。

私たちは慌てて森の中に逃げ込んだ。生い茂った葉が傘の役目を果たしてくれる。

「ぐずぐずしてると足跡が見えなくなる」

雨の勢いに一人が口にした。警察を頼むとなれば宿に引き返して電話するしかない。どんなに早くても一時間半は待つことになる。

「死体だとしても土ん中だ。掘るのは警察に任せて、とりあえずは行ってみようぜ」

まだなんとか見分けられる足跡に目を動かして皆も仕方なく動きはじめた。

「札束を埋めているって話もでた」

並んで歩く広司に私は教えた。

「あ、それの方がありそうっすね」

広司は目を輝かせた。

「そのときゃどうする？　届けるか」

前を歩いていた男が振り向いて笑った。

「見付けたのがおれたちと知れたら、あっちがどう出てくるか」

広司は激しく首を横に振った。

「おれたちだけで見付けたってことにしてもいいぞ。千葉さんやおめぇの名が出なきゃ、向こうも疑いやしなかろう」

「そんなに甘い連中じゃない」

私は反対した。埋めた翌日にそれが発見されれば尾行されたと睨むに決まっている。

「せっかく見付けても放っておく気か。埋めたのはだれか分かってる。警察も裏を察して逮捕にかかるさ」

「どこのだれか、なにも分かっていない。手島の手下なのは確かだろうが、その手島も行方をくらました。どうやって逮捕を？」

「おれたちとは違う。その気になりゃ——」

「よした方がいい」

千葉が制した。

「ヤクザの金だ。ろくなことにならん」

それで男も押し黙った。

「金か死骸にしろ、適当な場所を探し歩いてる感じじゃないな」

私に広司も同意した。しっかりした足跡がそれを示している。

「いったいどこまで入る気だ」

足跡を追って先を進む男が溜め息を吐いた。森に踏み込んで三十分が過ぎている。

「この連中がつけた目印も見当たらん。ってことはちゃんと道が分かってたってことだ」

千葉も不思議がった。

「やっぱり先になにかあるとしか思えん」

「隠れ家かい？」

広司に千葉は唸りつつ認めた。

「よほど慣れてなきゃこの森は歩けん。どこを見たっておなじような木ばっかりだ。普通の人間なら必ず迷う」

千葉は一息入れて眺め渡した。私も朽ちた倒木に腰を下ろして一服した。六人が一緒なので不安は感じないが、ここに一人取り残されればパニックになる。怖くて右にも左にも進めなくなるだろう。鬱蒼とした森がどこまでも広がっている。

「なんか、引き返したくなってきた」

千葉の頼んだ男の一人が弱音を吐いた。

「並のやつらじゃなさそうだ」

「人殺しの片割れだって言っただろ」

千葉は、なにをいまさらという顔をした。

「金を隠したんじゃねぇのは確かだ。だったら他にどんなことが思い付く？　隠れ家としたら仲間が何人も居るかも分からんぞ」

「猟銃持ってきたのはなんのためだ？」

千葉は仲間に自信を持たせた。ここまで来て無駄足になるのが嫌なのだろう。

「たぶん水や食糧を届けに来たんだ」

広司の言葉に私と千葉は大きく頷いた。

「村で仕入れる時間はあった。どこかに帰るついでに届けて行ったのさ」

「そんなに大勢が居るわきゃない。せいぜい手島と風森大樹の二人ぐらいだ」

私に皆は安堵を浮かべた。

「けどよ」

一人が千葉に質した。

「そいつらが隠れていたとして、それからどうすんだ？　警察に引き渡すのか」

「様子次第だな」

「政夫を殺した証拠なんてないんだべ？　あっちが先に鉄砲でも撃ってくりゃ別だが、こっちが踏み込んで縛り上げる権利はねぇぞ。あとが大変になる」

「自然公園の中だ。勝手に小屋を建てるのは禁止されてる。そいつを言うしかねぇな」

千葉に男は一応納得した。

気を取り直して進んだ私たちだったが、唯一の頼みの綱だった足跡がふっつりと消えた。斜面となっている岩場の前で終わっている。

私たちは急な斜面を見上げた。

固い岩盤なので足跡が残らないのだ。

「ここ、登ったってか？」

まさか、という目で男の一人が口にした。相当にきつい崖である。雨のせいでさらに厳しく感じられる。

「広司、登ってみろ」

千葉に言われて広司はたじろいだ。

「足跡が見付かったらおれたちも登る」

「もうやめようよ」

「なに言ってるんだ。おめぇが来てくれって言ったからこうして助っ人を頼んだんだ」

「だって、なんでこんなとこに登るんだよ。理由がないだろ。気持ち悪くなってきた」

「そいつは最初からだ」

千葉は意地になって広司に命じた。諦めて広司は岩の崖を慎重に登りはじめた。たとえ足跡が崖の上に見付かったとしても私にはとても登れそうにない。広司は何度か落ちそうになりながらも攀《よ》じ登って行く。

「気をつけろよ」

さすがに千葉も広司の身を案じた。応ぜず広司は上を目指した。返事どころではないに違いない。うっかりすると墜落する。

なんとか広司はてっぺんに立った。

「どうだ！」

千葉は急かした。広司の姿が見えなくなる。足跡を探しているのだ。やがて広司が崖から顔を覗かせた。広司は盛んに首を横に振って、

「上も岩だ。それより妙なことがある」

「なんだ、妙なことってのは」

「わざわざこんな崖登らなくても、楽な道がある。ちょっと遠回りになるけどね」

「……」

「普通の背広でこんなとこ好きこのんで登るやつが居るとは思えないなぁ。伯父貴たちも来てみたら？　も少し進めば楽に上がれる」

言われて私たちは向かった。

広司の言った通りだった。しばらく進むと広司の立っている崖に通じる緩い坂があった。

「崖、登る必要はないですよ」

私は千葉に断言した。千葉も頷いたものの、

「しかし、そうなると連中の足跡の消えたのが分からなくなりますな」

小首を傾げた。

無駄と承知で私たちも崖に上がった。

手分けして探したが足跡は見当たらない。

私たちはそれぞれ岩に腰掛けた。あとはどうすればいいのか案が浮かばない。足跡を見失っては終わりだ。

「いくらなんでも、って気がするけど」

皆が無言で居るところに広司が言った。

「崖の真ん中辺りに人が潜《もぐ》れそうな亀裂があった」

「そこに入ったってのか？」

千葉は目を丸くした。

「やっぱ、考えられねぇよなぁ」

広司も苦笑して撤回した。

「いや、有り得る」

私の胸が激しく騒いだ。

「登る必要のない崖だ。なのに連中は登ったとしか思えない。崖そのものに理由がある」

「人が隠れられるような広い洞窟がその奥にあるってことか。それなら分かる」

千葉は腰を浮かせた。

「鍾乳洞ならいくらでもある。これまでに見付かってないやつもな。それなら隠れ家にもってこいだ。まず間違いねぇぞ」

千葉に助っ人の男たちも張り切った。

「小屋を建てて営林署に気付かれねぇわけがねぇんだ。絶対に当たってる」

千葉は崖の真上に立って斜面を覗き込んだ。広司が位置を指し示す。

「ある、ある。確かに人が潜れそうだ」

千葉と並んで私も見下ろした。崖の下からは見えない部分に黒い隙間が開いている。

「出直すしかねぇ。鍾乳洞に入る用意はしてきてねぇ。嘗めると命取りだ」

今にも崖を下りて行きそうな千葉の腕を取って一人が制した。

「広司、ちょっと入ってみろ。奥に道が通じているか確かめるだけでいい」

「またおれかよ」

広司はうんざりとした顔で千葉に返した。

「出直すにしても、肝心のそいつを見極めておかないとな」

広司は舌打ちすると腰を屈めた。こういう崖は登るより下りる方がむずかしい。

もしかすると崖の亀裂の奥には風森が息を殺して潜んでいるのかも知れない。

また私の胸が騒ぎはじめた。

15

私たちはいったん宿に引き返した。想像した通り、崖の中腹の亀裂の中は人が楽に入れるほどの洞窟となっていたのだ。となると装備を調えて出直すしかない。迂闊に見知らぬ洞窟に踏み込めば命取りになりかねない。

「なんか、とんでもないことになったな」

広司と湯に入りながら私は吐息した。洞窟の中は昼も夜も一緒だ。宿でゆっくり疲れを取って夕方から出掛けることにしている。まだ昼前なので四時間くらいは寝られる。

「秘密にしとくべ、なんて、伯父貴のやつ、なんか勘違いしてんだ」

「なんの勘違いだ」

「宝でも隠されてるんじゃねえかってさ」

「……」

「妙に張り切ってる。それよりはもっと人数増やす方がいい。六人じゃ危ない」

「そう思うか？」

「足跡、結構あった」

「前のやつが消えてないだけだろう」

埃の立たない洞窟の中である。ついた足跡はなかなか消えない。

「それだけに人数の見当がつかない。洞窟の中ならなにされたって分からないしね。この宿にだって場所を教えてないんだから、まさかのときの助けを期待できないですよ」

広司は本心から案じていた。

「確かに宿には我々がどこに行くか言っておかないと……」

頷いていたところに千葉が肥えた体を揺すって現われた。ざぶんと飛び込む。

「なんかガキの頃みたいに燃えるな」

言ってわはははと千葉は笑った。

「警察に声をかけるのがいいんじゃ？」

私は千葉に勧めた。

「行方不明者でも出ていなきゃ無理だ。それに未調査の洞窟と分かればいろいろと厄介になる。下手すりゃ立ち入りが禁止されることだって……知らん顔してるのがいい」

千葉はあっさり退《しりぞ》けた。

「せめて宿には行き場所を」

「あの辺りとしか言い様がないでしょう。ろくに地図がないとこだ。森に行くとだけは伝えてあります」

「広司君がやたらと気に懸けてる」

「心配ねぇって」

千葉は苦笑して、

「いつの時代だと思ってる。隠れてるにしても風森大樹ともう一人ぐれぇのもんだ。何十人もあんなとこに籠ってなにする？」

ごしごしと湯で顔を洗った。

「なんにも分かってないから気味悪いんだ」

「おれがなに分かってねぇって？」

「伯父貴のことじゃない。今度のことがさ。なんで風森大樹は居なくなった？　手島ってやつはどうして急に引っ越した？　なにも知らずにおれたちはただ追いかけてる」

「政夫が死んだのは確かだ。その仇を取る。他になんの理由が要る？　向こうがなにしてようと関係ねぇ。政夫のことがなきゃおれだって手を引いてる」

「ま、そうなんだろうけど」

広司は溜め息を吐いて頷いた。

「この人の手伝いをして危ない橋を渡ってるんじゃねぇんだ。そんなに気に懸かるんだったら宿に待機しててもいいぞ。朝までに戻らないときゃ警察に駆け込んで応援を頼め」

「行くよ。かえって気になる」

「皆こういうことにゃ慣れてる。洞窟が危ないのも承知だ。無理はしねぇさ」

「細かなにかで道順を？」

私は質した。

「どれくらい奥が深いか……あとで叱られるだろうが、蛍光塗料のスプレーにしようって決めました。それだと懐中電灯に光る」

なるほど、と私は得心した。

「それに足跡がある。それを辿ればこっちも迷わずに行けると思いますけどね」

「どうだか。足跡が見えたのは隙間から入った土砂があったせいだ。少し進めばなくなる」

広司は首を横に振った。

「おめぇホントに気が小せぇな。よくそれで暴走族なんかやってられたもんだ」

「足跡は当てにできないって言っただけだ」

広司はむきになって返した。

「広司君くらい慎重の方がいい。油断してると怪我人を出す」

小説や映画が私のテキストだが、たいがい油断が悲劇を生む。

「だいたい真っ暗な洞窟の中じゃ猟銃もむずかしい。懐中電灯片手にどうやって的を定めます？　洞窟が崩れる危険だってある」

「こっちは六人も居る。懐中電灯でだれかが照らしてくれてればいい」

うるさそうに千葉は口にすると湯から上がった。体を拭いてそのまま出て行った。

「こっちも心配し過ぎているのかも知れん」

私も湯から上がると縁に腰掛けた。温《ぬる》めの湯なのでのぼせはしない。

「奥さんとか家族は？」

広司が訊いてきた。

「居ない。女との付き合いは面倒臭い。第一、本の虫は今の時代じゃ敬遠される」

「結構好かれるタイプに見えるけどな」

「食わせてもいけない。安い原稿料だ」

「そうなんだ」

「好きなことをして食っていけるだけ幸せってもんだな。面白い小説に巡り合うと、この紹介で金を貰うのは悪いって気になる」

「何人くらい居るわけ？」

「書評だけで食ってるのは三、四十人のもんだろう。もっと少ないかな」

「凄いじゃないの」

「それだけ食えないってことさ」

私はまた湯に肩まで入った。


早めの夕食を済ませて私たちは宿を出ると森に向かった。私と広司とは違って千葉たちには高揚が見られる。

「新発見の鍾乳洞だと大変なことになるらしいじゃないですか」

私は千葉に言った。広司から聞いたことだ。

「観光客を呼び込めるくらいの大きさだったらね。それにしたって、その前の調査やら中の整備で五年やそこらはかかる。いや、もっとかもな。岩手辺りにゃ二十年も手付かずに放って置かれてる鍾乳洞もある。そもそも鍾乳洞だけじゃ観光客が来てくれるかどうか」

冷静に千葉は応じた。張り切っている理由はそれと無縁だったらしい。単純に冒険心を煽られているように思えた。未知の洞窟探検はいくつになっても胸をわくわくさせるものがある。そういうことなのだろう。

「それより、期待できるのは遺跡ですな」

「遺跡？」

「この近辺は縄文文化圏です。大集落で全国的に有名になった三内丸山《さんないまるやま》遺跡も近い。あれが発見されて以来、観光客の関心が全部縄文に向いてます。ただの鍾乳洞じゃどうにもなりませんが、もし縄文の遺跡が見付かりでもすりゃ大騒ぎとなる。村の名が一気に知られるようになるでしょう」

「なるほど。鍾乳洞は天然の住まいですからね。縄文人が暮らしていてもおかしくない」

「そういうことです。確実に人間が居たわけだから有り得ん話でもないでしょう。鍾乳洞から土器が出るケースはいくらもあります。なんたって夏は涼しいし、冬は暖かい」

「それで皆さん張り切ってるんだ」

「観光資源の乏しい村ですんでね。ま、ことのついでに見付かりゃ儲けもんという話だ。今までだれも知らなかった洞窟だ。可能性がないわけじゃない」

「呑気に構えてると泣きをみる」

広司は苦々しい口調で続けた。

「こんなときによくそんなことを考えられるもんだ。年寄りはしぶとい」

「悪い方に悪い方にって考えるよりゃよかろう。今の若い連中はなんでも直ぐに諦める。なんでこう夢を持たなくなったもんかね」

「伯父貴たちがこんな世の中にしたからさ。なんでもかんでも銭儲けに結び付ける」

「食っていくのが一番の基本だろうに」

「そうじゃないって思うやつが増えたから新興宗教が盛んになったんだぜ」

「おまえ、なんかに関わってるのか？」

「じゃねぇけど、こんな世の中って気持ちは分かる。頑張ったって伯父貴みたいな大人になるだけだからな」

私は思わず失笑した。

「暴走族やめたと思ったら新興宗教か」

「だから違うって。カラオケと酒だけが楽しみな大人になりたくないだけだ」

「仕事以外の楽しみだ。なにが悪い」

それに応ぜず広司はハンドルを切った。森に通じる脇道に車は入った。


崖にはなんとか夕日が落ちる前に到着した。が、装備を点検しているうちに辺りはたちまち暗くなった。万が一はぐれたときの用心にそれぞれが予備の乾電池を六個ずつバッグに詰める。蛍光塗料の目印をつける予定なので滅多なことではぐれそうにないが、大事を取るに越したことはない。

「いくらなんでも、と思うが、もし一時間進んでもなにもなかったときは引き返す。出直しだ。いいな」

千葉に皆は頷いた。

「一時間だとどのくらい進むんだろう」

見当がつかず私は口にした。

「中の状況にもよるけど、屈んで歩いたり、狭い穴を潜ったりしなきゃならないと、せいぜい七、八百メートルぐらいじゃないの」

広司が応じた。

「たったそんなもんか」

「七、八百メートルも奥が深けりゃ大洞窟だ。そこまでないでしょう」

「そうか。いかにもそうだ」

「あんたは真ん中に挟まってください」

千葉が私の順番を決めた。先頭には広司が立ち、後尾は千葉の仲間が受け持つ。

「いっつもおれが面倒を押し付けられる。こんなときだけガキ扱いだもんな」

広司はぶつぶつ言いながら崖を登った。

「遺跡が見付かったときゃ、おまえを役場の観光課の臨時職員に雇ってやるからよ」

千葉に皆は陽気な笑いを発した。

千葉に続いて私は亀裂から体を潜り込ませた。先に入った広司が足元を懐中電灯で照らしてくれている。想像していたより入り口内部は遥かに広かった。私を含めて六人が立ってもまだまだ余裕がある。

「これ、わざと塞いだ感じだな」

千葉に広司も同意した。入り口の亀裂のことである。言われて見れば二つの大きな岩を運んで蓋をしたように思える。

「中にも人の手が加わった様子がある」

千葉は懐中電灯であちこち照らした。削り落としたとしか思えない痕跡が見られた。

「けど、最近のものじゃない」

「大昔から人が使ってた穴ってことですな」

千葉は嬉しそうに返した。遺跡が見付かる可能性が強まったということだ。

「さてと、いざ出陣すっか」

千葉は皆を鼓舞するように口にした。

広司は洞窟の奥に続いている足跡を目印にして進んだ。多くの足跡が見える。

「横幅も広げてある。これなら楽だ」

千葉は広司の後ろに回った。

「あんまりでかい声出さない方がいい」

広司は千葉を振り向いて制した。

「洞窟の中は声が響く。隠れてるやつらに聞こえたらどうすんだ。先手を取られるぞ」

「そりゃそうだな」

千葉は素直に従って低い声となった。

「目印のスプレー、忘れるなよ。足跡があるからって安心するな」

千葉は最後尾の仲間に念押しした。

天井も高く、楽な道は十分ほどで終わり、それからはきつい行程となった。這うまではいかないが、腰を屈め、背中を曲げないと潜《くぐ》れない場所が次々に現われる。足跡ももはや見られない。脇道の少ないのがせめてもの幸いだった。二股にぶつかるたび二手に分かれて先を確かめなくてはならない。洞窟に入ってからかれこれ四十分が経過している。どれほど距離を進んだのか見当もつかなくなっていた。一キロか、あるいは五百メートルか。いずれにしろ驚くほど奥深い洞窟だ。迷っていないことは、壁や天井にときどき見掛ける人の手の加えられた痕跡から分かる。逆にそれを見付けるせいで引き返す気にならない。でなければだれかが必ずそれを口にしただろう。なにもない真っ暗な洞窟である。私の息は上がっていた。前屈みの姿勢の連続がこれほど辛いものとは思ってもいなかった。だれもが無言なのは、私と同様こたえているからだ。

「少し休むべ」

我慢できなくなったか、千葉が言って胡座をかいた。皆も狭い洞窟に尻を下ろした。

「いったいどこまで続くんだ？」

千葉は弱音を吐いた。

「遺跡、ありそうにねぇな。こんなに入り口から離れてちゃ不便だ。こりゃトンネルだ」

「トンネル？」

広司は懐中電灯で千葉の顔を照らした。

「掘って繋げたとしか思えねぇとこがあったぞ。それとも大昔の坑道かもな」

皆はなるほどと頷いた。

「隠し金山でもあったんじゃねぇのか。それで記録に残ってねぇんだ」

「坑道ならもっとちゃんと作るんじゃねぇの」

広司の意見に私も賛成した。これでは頻繁な出入りがむずかしい。

「いや、出入り口を塞いでたのが怪しい。江戸時代とかだったらこの規模でもおかしくねぇさ。蟻の巣みたいに狭い穴を掘り進めてたそうだからな。ひょっとして平泉の藤原一族の隠し金山だったりしてよ」

おお、と仲間たちは声を上げた。

「あれは岩手の話だろ」

広司は信じなかった。

「どこに金山があったかは謎だ。藤原一族は東北一帯を纏めてたんだ」

「……」

「普通の穴じゃねぇ。それは確かだ」

千葉は自分に言い聞かせるよう口にした。

「風森大樹の親父さんも、この穴を通ってきたんじゃねぇのか？　もしかすっとこの穴のことを知ってて、こっそり掘ってる連中が居るのかも知れねぇ。風森の親父さんもその仲間の一人だったんだ。そう考えりゃ全部に辻褄が合う。落盤かなんかで頭でも打って記憶をなくしたんだろうよ」

「すると手島は？」

まさかと思いつつ私は訊ねた。

「そいつらの胴元だ。だったら逃げ隠れするのも分かる。隠れて金を掘っていたんだからさ。それ以上の秘密があると思うか?」

得意そうに千葉は言った。

「ずっと前からそいつをしてたんなら噂くらいは広まってたはずだ。出入りだって目立つ。いくら山ん中だって車の往来がある」

「こっちは裏口かも知れん」

広司に千葉は反論した。

「その連中も出入りには注意する。真夜中だったら見付からん」

「遺跡が駄目なら金山か」

広司は呆れて吐息した。

「とにかく行けるとこまで行ってみるべ。こうなりゃ先を見届けずに済まされん」

千葉は元気を取り戻して皆を促した。

16

意気込みが続いたのは、洞窟をさらに奥に進んで三十分くらいまでのことだった。洞窟はどこまでも先に延びている。こまめに蛍光塗料で目印をつけてあるので迷う心配はないものの、これだけ入ると、戻るのが大変だ。

「どうする？」

千葉は皆を集めて意見を求めた。ゴールが分かっていないので判断がむずかしい。

「もうちょっとだと思うがよ」

「なんでそれが分かる？」

千葉に苛立った様子で仲間が質した。

「かれこれ一時間半だ。いくらなんでも、これ以上ってのは考えられねぇ」

「そいつはどうかな。この穴に潜った連中もずっと戻って来なかったってんだろ」

それに他の仲間たちも頷いた。

「道、間違ってることもあるべしな」

言われて千葉は舌打ちした。私も吐息した。脇道を点検しながら進んだつもりだが、十分に有り得る。

「広司、どう思う？」

千葉は甥に目を動かした。

「この倍以上の人数でやり直すってんなら引き返す方がいい」

「どういう意味だ？」

「またこの人数で繰り出すつもりなら、バカバカしいってことさ。ここに戻るまでおなじ時間がかかる」

「正解だ。すっかり諦めて引き返すか、頑張ってもう少し進むかのどっちかだ」

千葉は頷くとたばこに火をつけた。私も一服する。ジッポーの大きな炎が奥に流れる。

行き止まりではなさそうなのがこれで知れる。

「しかし、信じられねぇな。こんなに長いトンネルが掘られていたなんてよ」

千葉は呆れた口調で言った。

「馴れりゃ四、五十分のもんじゃねぇの。たぶんそうだ」

「四、五十分でも大したもんだ。三キロ近く続いてるってことだぞ」

広司もそれには同意した。

「どうするか皆で決めてくれ」

千葉は仲間の三人に下駄を預けた。

「もう十五分や二十分なら付き合ってもいい」

一人が言うと他の二人も首を縦に動かした。

「だったらもう一踏ん張りだ」

たばこを揉み消して千葉は腰を上げた。

「おれにゃなにかとてつもねぇものが見付かりそうな気がする」

「なにが見付かるって?」

広司は鼻で笑って訊いた。

「考えてみろ。なにもなきゃこんなとこに人が出入りすると思うか? 隠れ家なんかと違う。こんな奥まで入る必要はねえさ。どこかに通じてるとしたら宝の山だ」

「またいまどき夢みたいな話を」

「なにが夢だ。当たり前のことを言ってる」

「伯父貴たちの歳って、現実的なくせして夢みたいなことも直ぐ口にする」

広司に私は苦笑した。まったくその通りだ。

「じゃあおまえは先になにがあると？」

「全然」

広司はゆっくり首を横に振った。

「なにも考えてねぇなんてことがあるか」

「けど、なんにも想像できねぇもん」

「さっきまで危険だって言ってたろ」

「そいつとこれは別だ。危ないとは今も思ってる」

「詰まんねぇやつだ。もっと夢を持て」

千葉は言って皆の先頭に立った。


十分も進むと次第に横幅が広くなり天井も高くなった。千葉は得意そうにいくつかの足跡を懐中電灯で照らした。道に間違いがなかったらしい。

「二人のものだけじゃねえな」

少なくとも五、六人の足跡が見られる。

「いよいよ近付いたってことだ」

千葉に皆は無言で頷いた。

「本当に行く気？」

広司は千葉の顔を照らして確認した。

「ここまで来てなに言ってる」

「なんか嫌な予感がする」

「またそれか。ずっとだぞ」

「もうおれたちだけだ。警察も来ない」

「……」

「なにが起きたって知らないよ」

「今までの苦労はどうする？」

「政夫は殺された。忘れないでくれ」

「それで来たんじゃねぇか」

千葉はむっとして返した。

「分かりきったことを言うな。ここで引き返すくらいなら最初から来ない」

「分かった」

広司も仕方なく引き下がった。

「あんたも覚悟しといてくれ」

千葉は私に言った。

「妙なことになったのは承知だ。広司の言う通り危ないことになるかも知れん」

「引き摺り込んだのはこっちですよ」

私に千葉は大きく頷いた。

洞窟はやがて行き止まりとなった。そして真上にぽっかりと開いた穴が見えた。星空が見えている。広司は縄梯子を見付けた。これで地上に出るのだろう。

「頭を出すときゃ気を付けろよ」

登りはじめた広司に千葉は耳打ちした。

「家の庭にでも通じてるかも知れん」

広司は慎重に梯子を登った。私はどきどきする思いで見守った。ここからだと蒼い星空しか見えない。耳を澄ましたが人声らしきものは聞こえてこない。それがわずかの安心だ。

「大丈夫だ」

広司の大きな声が戻った。

「森の中だ。周りにゃなんにもない」

「本当か!」

千葉は信じられない声で質した。

「上がってくりゃいい。ただの森だ」

むしろほっとした様子で広司は誘った。

「骨折り損てやつだな」

草に胡座をかいて千葉は吐息した。

「穴を潜ってきたんで、ここがどこかも分からん。戻るにゃまたおなじ穴を通って行くしかない。がっくりとはこのことだ」

「なんのために例の二人はここへ？」

戸惑いつつ私は口にした。

「まだ先があるってことさ。が、この暗さじゃどうにもならん」

「車があるのに、どうしてこんな面倒を？」

「そりゃ、車の道が通じてないってだけのことですよ。単純な話だ。トンネルの方が山を上り下りするより早い」

「こんな場所にどんな用事が？」

「それこそ風森大樹や手島が隠れている場所があるんでしょう。ここなら見付からん」

気力を失った顔で千葉は口にした。

「ただの近道だったたってことか」

私も理解した。

「いったいどの辺りなんだろうな」

千葉の仲間が地図を展《ひろ》げて調べた。

「無理だ。何キロ進んだかもはっきりしねぇ」

千葉は腹立たしげに言った。

「ここで朝を待つことにすればどうかな」

私は提案した。戻るのは無駄に思える。明るくなれば様子も分かるだろう。

「我々は迷っているんですよ」

千葉は苦笑で応じた。

「どこか分からん場所に居る。ここからもっと奥に進めばどうなると思います？　山を甘く見りゃ命取りだ」

「なるほど」

「人を集めてまた来るにしても、今は戻るしかない。とんだ無駄足になった」

千葉は諦めて仲間たちを促した。

「待ってよ」

広司が千葉を呼び止めた。

「あの向こうに明りが見えた」

広司は方角を皆に示した。

なにも見えない。

と思ったが、ちらりと確かに光が動いた。皆は歓声を発した。また消える。

「懐中電灯だな」

千葉は断言した。家の明りではない。

「こっちへ来る。どうする？」

千葉は皆を見渡した。

「待ち伏せしてひっ捕らえるしかねぇべよ」

仲間が張り切った声で猟銃を振り回した。

「明りは一つだ。居てもせいぜい二人だ」

「捕らえてからは？」

「隠れ家を聞き出す」

当然のごとく仲間は返した。

「よし、やるべ」

千葉は隠れるように命じた。皆は散った。

私は広司と一緒の藪に身を潜めた。

「上手くいきゃいいがな」

「こんなことになるなんて……」

広司は案じた。

「無縁の村人ってこともあるだろう。いきなりの乱暴はまずいと違うか？」

「無縁の人間？」

「考えられないか？」

「そいつはちょっとね……この辺り、人が住んでるとは思えないしさ」

「それならやはり先手を取るのが大事か」

無理やり私は自分を納得させた。喧嘩を制するコツはなにより決断だ。躊躇がいつでも敗因となる。

「向こうも猟銃見りゃおとなしく従う」

そう言う広司にも緊張が感じられた。

相手は一人だった。私はほっとした。

トンネルの入り口に真っ直ぐ向かって来る。

その足がぴたりと止まった。息を殺していたのに気配を感じ取られたのだ。懐中電灯の光が私と広司の隠れている藪を照らした。

「手ぇ上げろ！」

千葉と仲間たちが飛び出て猟銃で威嚇した。

相手は驚きもせず、手にしていたバッグを足元に置いて両手を上げた。

千葉が接近して相手の顔を照らした。大きな男である。あ、と私は思わず声を上げた。

「風森大樹だよな？」

千葉に私は何度も頷いた。

「信じられねぇな。ここで会うとは……」

千葉は唸って風森の顔を覗き込んだ。風森は眉一つ動かさずじっとしている。

「千葉さん、猟銃はなしにしよう」

私は風森の様子を見て言った。

「相手は一人きりだ。心配ない」

「妙な真似はすんなよ」

千葉は風森に念押しして仲間たちに銃口を下げるよう命じた。

「大して驚いた顔してねぇな。おれたちが来るかも知れねぇと分かっていたのか？」

千葉は風森から少し離れて問い質した。それは私も訊きたいことだった。

「出版社の人間てのはあんただろ」

風森は私に目を動かした。

「出版社の人間じゃないが、ずっと捜してたのはおれだ。あんたの小説を読んでね」

「落ちたのになんで捜す？」

「新堂さんがえらくあんたの小説を褒めている。ところが肝心のあんたの居所が分からない。雑誌社の仲間から探してくれと頼まれた。おれもあの小説が気に入っていた」

「ただそれだけのことか」

「他になんの理由もない」

私の返答に風森は笑った。

「なにがおかしい？」

「こっちもバカな早とちりをしたと思ってさ」

「その鞄は？　逃げる気だったか」

「まあね」

「政夫君をどうした？」

「……」

「どうしたと訊いている」

「だから早とちりだ。悪かった」

「この野郎！」

千葉が怒鳴って猟銃を風森の顔面に向けた。

「なんだその言い種《ぐさ》は！　やっぱりおめぇらが政夫を殺したのか！」

千葉は詰め寄ると胸に銃口を当てた。

「許しゃしねえぞ。はっきり言え」

「撃ってみろ」

「なにっ！」

「撃ってみろと言ったんだ」

「ふざけんな！　馬鹿にしやがって」

千葉は猟銃で殴りかかった。が、派手に空振りして千葉はよろけた。風森は軽く腰を屈めて、にやにやとした顔で見ていた。だれもが唖然となった。とても避けられる距離ではない。ぞっと寒気が走った。

「これ以上、互いに関わり合いなしにしよう。他の連中にもちゃんと言っておく。ここに来たことは忘れろ。でなきゃ――」

「うるせえっ」

頭に血が上った千葉は風森の足元を狙って猟銃を発射した。激しい音と火花に私の心臓は躍り上がった。

しかし風森は平気だった。

いつの間にか後退している。しかも鞄をちゃんと手にしてだ。

千葉は愕然とした顔で風森を見やった。

「まずいぞ。今の音で皆が来る」

風森は軽い舌打ちをして、

「さっさと引き返した方がいい。あんたらのためだ。過ぎたことは諦めろ」

「もう容赦しねぇ！」

千葉は風森の体を狙って発砲した。

止める暇もなかった。

「そこまでやられりゃ、こっちも黙っていられなくなる」

風森の声が暗がりからした。私は目を疑った。またしても風森は楽々と逃げている。

「これが最後だ。帰れ」

うぬっ、と猟銃を暗がりに向けた千葉を私と広司が必死で制した。千葉の仲間たちも構えているが、発砲する勇気はなさそうだ。

「伯父貴！　ここは戻ろう」

広司が千葉の腕を乱暴に引いた。

「何人来たってこいつでやり合うだけだ！」

千葉は喚き散らした。

「政夫を殺した連中だぞ！」

「だからこっちも殺されるって！」

広司は無理に猟銃を奪い取った。

「なにしやがる！」

「おれはまだ死にたくねぇんだよ！　こいつら、ただの連中じゃねぇぞ。伯父貴にゃ分かんねぇのか！　猟銃向けられてにやにやしてるやつだ。こっちに勝ち目はねぇ」

広司に千葉の仲間たちは後じさった。先ほど出てきたトンネルの出入り口にじわじわ引き下がる。

「まだ青森に居るつもりか？」

風森が言った。私に質したものらしい。

「二人きりでなら、会ってもいい」

「おれとか？」

「ケリをつけんと、面倒が続く」

「どこで待てばいい？」

「出版社の仲間の名前は？」

「編集部の田中だ。田中は一人しか居ない」

「その男に連絡すりゃ居場所が分かるな」

私は小さく頷いた。

「東京に戻れ。連絡はそれからだ」

風森は言うと藪に消えていった。

「いいのか！　この臆病者」

千葉が広司の胸倉を摑んだ。

「逃げるのが先だ。仲間らが来るぞ」

広司は千葉の腕を振りほどいて入り口に駆けた。千葉も慌てた。千葉の仲間たちはもう梯子を下りている。

「あんたも早く！」

広司は私に声を張り上げた。

私は風森の消えた藪を振り返りつつ入り口を目指した。なにが起きたのかよく分からない。風森の不気味さだけが頭に残った。

17

「本当に風森大樹だったのか！」

私の電話に田中は仰天の声を発した。

「なんであいつがそんな妙なとこに居る。おれにゃなにがなんだか……」

「こっちもだ」

「本物の風森大樹だったんだろうな」

「間違いない」

「それで、あいつはなんと？」

「おれとだけならまた会ってもいいと言った。それでおまえさんを窓口にした」

「……」

「東京で、とも言ったが、行き掛かり上当分はここを離れられない。居場所をこまめに知らせる。もし風森から連絡が入ったら教えてやってくれ。それで電話した」

「もう戻ったらどうだ？　話がそこまで進んだんなら、それ以上関わり合いにならん方がいいぞ。やつを捜し当てたことで十分だろう」

「そういうわけにいかん。手島や風森にはとてつもない秘密がある」

「だから危ないと言ってんだ」

「おれのせいで政夫君が死んでる」

「またそれか。分かるけど――」

「また電話する。今は村の温泉宿」

私は田中を遮って電話を切った。田中がなにを言おうと私の気持ちは変わらない。

「連絡付いたかね」

部屋に戻ると千葉が読んでいた新聞から顔を上げた。広司は布団にくるまっている。この宿は携帯が通じない。それでロビーまで電話をかけに出たのだ。

「この時間なんで、まだ自宅に」

朝の七時を回ったばかりだ。

「広司、起きろ。そろそろ帰るぞ」

千葉は新聞をガサガサ畳んで起こした。

「このまま寝かしといて」

広司は頭に布団を被って潜り込んだ。

「若いくせしてだらしねぇ」

千葉は舌打ちして腰を上げた。

「また昼過ぎに。悪いけど広司はここに」

くたびれた顔で千葉は部屋を出て行った。

私は吐息してたばこに火をつけた。

「東京に引き返した方がいい」

広司が眠そうな顔を布団から覗かせて口にした。たばこを探している。私は灰皿とたばこを広司の枕元に置いた。広司は布団の上に胡座をかいた。

「伯父貴は人を掻き集める気だ。そうなりゃ大変な騒ぎになる」

「だろうな」

「ま、その前に村長が承知すっかどうか。まず警察にってことになると思うけど」

「警察がそれに頷くかな」

「あいつ、政夫を殺したって認めたからね」

「大捕物《おおとりもの》になるか」

「無縁になった方が利口だって。あいつの口振りだとすんなり行きっこねぇ」

「しかし……警察が相手だぞ」

「それが怖いんだ。互いに半端じゃなくなる」

「いくらなんでもそこまで?」

この日本で信じられない。

「八甲田山の樹海の中で毎年何十もの身元不明の死体が見付かってること知らないでしょ。山の中は町と違う。なにが起きたっておかしくない。実際はその何倍も死んだり殺されてるんだ。山ってのはそういうとこさ」

「ちょいと大袈裟過ぎないか」

私は苦笑した。

「ヤクザ、ヤクザって軽く言うけど、やつらが陰でどんなことやってるか、実際のとこはなにも知っちゃいない。そいつと一緒だ」

「君は分かってるのか」

「だから村に戻って来た。おれたちゃヤクザじゃなかったけどね。それでも、いつまでも抜けられずに居るとヤバいって感じがした」

「君の目から見りゃ、千葉さんたちのやり方が危なく思えるってことだな」

「警察が行くと言っても、おれは降りる。まだ死にたくねぇもん」

私は思わず唸った。

「風森大樹、並のヤクザより怖かった」

「プロレスラーやってた男だ」

「体付きとか、そんなんじゃない。あいつ、おれたちをまるで虫ケラみたいに見てた」

「……」

「あいつを本気で怒らせたらどうなるか……」

ぶるっと身震いして広司はたばこを灰皿に押し付けた。

「だが、現役時代、彼は逃げの風森と呼ばれていた。そんなに強いとは……」

「わざとさ。そうに決まってる」

「わざと弱いフリを？」

さすがに私は笑った。強さイコール金と人気の世界である。考えられない。

「信じなきゃそれでもいい」

広司はきちんと消えずに燻《くすぶ》っている灰皿に湯飲みの茶をかけて立った。

「どこに行く？」

「風呂。すっかり目が覚めた」

「おれも付き合う」

私もタオルを手にして腰を上げた。


「妙な男だよなぁ」

湯船に向き合って私は広司に言った。

「だれ？」

「君だ。最初はおとなしい田舎の青年としか思わなかった」

「今は？」

くすくす笑いながら広司は質した。

「だれより頼もしく見える。それに冷静だ」

「臆病なだけ」

「喧嘩だって実は強いんじゃないのか？」

「なんでそう思うわけ？」

「風森に一番怯えているからさ。相手の強さは強いやつほど分かる」

私は湯から上がって縁に尻を乗せた。

「喧嘩、しょっちゅうやってたのか？」

「そりゃ……一応はね。暴走族だ」

「やっぱりそうか」

「ガキ同士の喧嘩。大したことない」

「関わるなと言ったが……これはおれから端を発したことだ。行くしかない」

「そう言うと思った」

「行かないわけにゃいかんだろうさ」

「おれも行くよ」

「……」

「伯父貴じゃなにをしでかすか」

「まさか猟銃の撃ち合いなんてことにはならんだろう」

「警察、当てにしない方がいい」

「なんでだ？」

「もともと村の駐在所には二人しか居ない」

「なるほど」

「伯父貴が何人搔き集めて来るかによる。十人やそこらなら昨日とおんなじだ。向こうの人数もまったく突き止めちゃいない。駐在所の二人が殺されでもしたら弘前の警察が本腰上げて来るだろうけどさ。その前にこっちも死んでりゃなんの意味も──」

「殺し合いなんて……」

「あの連中がなにを隠してるかによるよ。甘く見てたらやられる」

「……」

「追い詰められりゃ、なんだってやる。おれが抜けた理由もそれ。あとがどうなるかなんて考えもしない。警官をぶっ殺してやりたいって本気で思った」

「風森にそこまで追い詰められてる様子は見られなかったが」

「政夫を殺してるんだ。警察に踏み込まれりゃどうなるか知ってる。なのにどうしてあいつは笑っていられるんだよ。覚悟してる顔だ」

「そう言えばそうだな」

それには私も頷くしかなかった。

「伯父貴はなんにも分かっちゃいない。自分に当て嵌めてる。警察が来たらおとなしく従うしかないと見てるんだ」

「油断しないよう二人で言い聞かせよう」

今はそれしか方法がなかった。


が、二十人近くを引き連れて現われた千葉は強気だった。警察官も二人加わっている。

「見逃して、手を引けだと」

千葉は広司を小馬鹿にした顔で見やった。

「なに寝惚けたこと言ってる。おめぇもはっきり聞いただろうが。あいつらが政夫を手に掛けた。逮捕するのが当たり前だべ」

それに警察官二人も頷いた。

「昼間なら心配ねぇ。昨日は真っ暗で勝手が分からなかっただけだ。とっ捕まえて一切合切吐かせてやる。来たくねぇなら好きにしろ。おれは政夫の仇を討つ。邪魔すんな」

千葉は興奮して猟銃を振り翳《かざ》した。

「だったら好きにさして貰う」

うんざりした顔で広司は返すと、

「あんたも無理することは……ここまで言ったって耳を貸しちゃくれないんだ」

私に小さく首を横に振り続けた。

「しかし……そういうわけにも」

私は迷った。責任がある。

「いや、こいつぁもう村の問題だ。おれたちだけでやる。気にしねぇでくれや」

千葉は私に言った。本心からのようだった。

結局、私は広司と宿に残った。

千葉たちの異様な高ぶりに付き合い切れなかった。冷静さを完全に失っている。しばらく様子を見守るのがいいと判断したのだ。

「言い出したら聞かねぇんだ」

気勢を上げて発進した千葉たちの車を見送って広司は吐息した。

「あんな調子でなにも起きなきゃいいが」

私は案じた。リンチでもしかねない。

「警察が一緒だから、いきなり猟銃をぶっ放すなんて馬鹿はしないと思うけどね」

「とんでもないことになった」

それしか言葉が出て来なかった。

18

夜の八時を回るとさすがに落ち着かなくなった。千葉たちが出発してかれこれ七時間が過ぎている。例の洞窟の往復に四時間取られるにしても三時間が余計だ。

「穴を出てから時間がかかってるのかも」

広司に私も頷いてたばこをふかした。敵の居場所は洞窟からさらに一時間も離れているのかも知れない。それならこうまで遅いのにも納得がいく。

「道に迷ったわけじゃないよね」

それも十分に考えられることだ。

「やっぱりついて行きゃよかった」

広司は苛々と窓を閉めた。さっきから宿に通じる道を眺めていたのだ。

そこに宿の主人が広司を呼びに来た。村長からまた電話がかかってきたと言う。慌てて広司は部屋を飛び出した。

「なにか分かったか？」

やがて戻った広司に私は訊ねた。

「役場と駐在所にもなんも連絡が入ってねぇって。この時間だ。村長も心配してる。何人かでこっちへ来る」

「まだ八時だ。とにかく待とう」


十時を過ぎても状況は変わらない。

おかしい、と言い出したのは村長だった。

「駐在所の二人は警察無線を持っている。普通のよりずっと性能がいい。なにかで遅くなったんなら必ず連絡してくるはずだ」

それに私たちは頷いた。

「行ってみるしかなかろう」

村長に私たちは顔を見合わせた。この部屋には村長を含めて五人しか居ない。

「穴の入り口までだ。ここでただ待ってるよりは……弘前の警察署にも事情を伝える。なにか起きたのは間違いない」

私たちは出発の支度にかかった。

洞窟のある森の手前に千葉たちの車がそのまま置かれていた。中を照らして見たが、戻って来た気配はない。私たちは嫌な予感に襲われながら森に歩を進めた。千葉たちの足跡がくっきり残されている。

「だから止めろと言ったのに」

広司は何度も繰り返した。

「十時間以上経つ。反対にやつらに捕まったんじゃねぇの？」

私にはなんとも応じようがない。

「全部で二十人以上だ。心配するな」

村長は否定した。なにも根拠はない。そう信じたいだけのことである。

「穴の入り口にも居なかったら？」

広司は村長と並んで質した。

「十二時まで待って戻らんときは、もう一度弘前の警察に言う。朝には来てくれる」

「朝じゃ伯父貴たちがどうなってるか……」

「今がいつの時代だと思ってる」

村長は広司の不安を退けた。

「伯父貴たちは猟銃を持って出掛けた。なのに戻らねぇ。おれの考え過ぎなんかじゃ」

広司は村長に言い立てた。

「くだらんテレビの見過ぎだぞ」

村長は広司を睨み付けた。

「世の中がそんなに単純だと思ってるのか。それをやりゃどうなるか分かっておらんやつらでもあるまいに」

「政夫を殺しといて、ただの間違いだったたって平気で言うやつらだ。なにをするか……」

「いい加減にしろ。話にならん」

村長は広司を無視して足跡を辿った。

洞窟の入り口のある崖は静まり返っていた。

広司は崖を下りて洞窟に入った。

「どうだ！　変わった様子はないか」

村長は崖の上から叫んだ。

広司が顔を出してライトを左右に振った。

「もちっと入って見ろ。もちっとだけだ」

村長は命じた。

「おれも行く。そこで待ってろ」

「無理はせんように。この暗さだ」

村長の言葉を背に受けて私は慎重に崖を下りた。広司一人に任せてはいられない。広司が私の足元を照らしてくれている。

「結局はおれたちってことか」

私は広司と合流して苦笑した。

「年寄りばっか連れて来たって役に立たねぇ」

広司は小声で毒づいた。村長に同行して来たのは副村長と村議会の議員である。

「なんかヤバいよ。感じない？」

広司は、あー、と声を発した。

「なにがだ？」

「声がやたらと響く。昨日とは違う」

言われて私も声を出した。その声が戻る。

「ね。なんでだろ」

広司は耳を澄ました。

「反響するってことは……壁ができてる」

思い付いて私は前に進んだ。窮屈な洞窟が続く。広司も続いた。

わずかも進まぬうち私のライトが瓦礫《がれき》の山を照らし出した。私は絶句した。

「なに？」

私の尻に頭をぶつけて広司が訊ねた。

「塞がれてる。これ以上行けない」

私はあちこち照らして確かめた。洞窟は瓦礫で完全に埋められていた。

「なんだよこれ！」

広司は慌てた。

「火薬の匂いもする。爆破されたんだ」

私は後退した。崩れてくれれば自分たちも瓦礫に生き埋めにされてしまう。

「連中は本気だ」

「あの連中の仕業か！」

「だろうな。もう他のだれ一人も通さない気だ。

それを思って寒気を感じた。

「伯父貴たちはどうなったんだよ！」

広司は喚き散らした。

「この下に埋まってるかも知れない」

私の言葉に広司は愕然となった。

19

村の男たち総出に近い作業となった。崩れている洞窟の、そこに通じる道が狭いために機械はほとんど持ち込めない。人力で瓦礫を外に運び出すしか方法がなかったのだ。だがそれでは限界がある。真夜中からかかり、朝日が差し込む頃合となっても満足な成果は得られない。洞窟の入り口から崖下に落とされる瓦礫の山が堆《うずたか》くなっていくばかりだ。幸いなのは千葉たちの死骸が現在のところ見付からないことだけである。

「無理だ、村長」

瓦礫運びの纏めをしている男が現場の状況を報告にやって来た。私と広司もコーヒーを飲んで村長の側で休憩していた。

「きりがねぇ。やり方を変えねぇと」

「どうすればいい」

村長は苛立ちの声で逆に質した。

「そろそろ弘前から警察と消防が来るべ」

「だからって休んで待ってるわけにゃいかん」

「みっしり詰まってる。息も苦しくなってきた」

「とにかく警察が来るまで頑張れ」

村長は励まして洞窟に戻らせた。

「まったく……」

村長は私と広司に吐息した。

「まだ入り口近くだ。奥まで爆破されてたら取り除くのに何日かかるか分からん」

「ヘリコプターで上から捜すってのは？」

私は考えを口にした。

「なにを捜せばいいんかね？　あんたらも穴の出口の近辺をうろついただけでなんにも見とらんのだろう。それにどっちの方角だ？　こっからどのくらい離れた場所かも分からん。山は広いんだ。それに森の中ときちゃなおさらだ。穴を辿って行くのが確実だろうに」

「何日かかるか分からないと言ったのは村長の方だ。ぐずぐずしてたら千葉さんたちがどうなるか……あの瓦礫の下に千葉さんたちが見付からないってのは、あそこを通った後に爆破されたことになる。のんびり岩を取り除いている暇はない。どこかに捕まっているかも知れないんですよ」

「分かってる。分かってるって」

眉間に深い皺を作って村長も頷いた。

「しかし、あと三十分もすりゃ道が通じるかも知れん。止めろと言うわけにも」

「じゃ、何時まで続ける気です？」

「弘前の警察が来るまでだ。来てから警察と相談する。それしかなかろう」

憮然と返して村長はコーヒーを啜った。

「本当に方角の見当はつかんのか？」

村長は広司に目を向けた。

「穴ん中をあっちこっちうろついてたから。それに、出たときゃ真っ暗で目印になる景色も見えなかった」

私もそれに同意した。ここから二キロしか離れていないかも知れないし、五キロ向こうということも有り得る。

「仮に五キロ離れてるとしたら、直径十キロの円の範囲を探さなきゃならん。平地ならともかく、この山で十キロの範囲となりゃ大捜索となるぞ。地道に石を運び出していくしか方法はなかろうに。警察はヘリを出してくれるとは思うが、捜せる望みは薄いな」

「とんでもないことになった」

私は溜め息を吐いた。

「こんなことになるなんて、だれが思う？」

村長は責任を避けるような言い方をした。

「今の日本に二十人以上民間人を襲う連中が居るなんて信じられるか」

「だからよせって言ったんだ」

広司はカップを置いて苛々とたばこをくわえた。私も一本貰って火をつけた。

「なにが起きても知らないって忠告した」

「いまさらそいつを言ってどうなる」

村長は暗い目で広司を見た。

そこに二十人ほどの警察官が到着した。車が入れない森の中なので村の人間に案内されてのことだ。村長は安堵の顔で迎えた。

「いったいなにが！」

「こっちにもなにがなんだか」

村長はこれまでの経緯を説明にかかった。


「なんでもっと前に相談を？」

矢野《やの》は首を何度も横に振った。矢野は二十人ほどの警察官を纏める立場にある。

「怪しいってだけで、なんの証拠もない。甘く見てたのは認めるが、弘前に応援を頼んだって来てくれたかどうか分からんからね」

なるほど、と矢野も認めて、

「ヘリを出動させます。そっちが早い」

瓦礫運びをしたくないのか、即座に決断した。村長は額の汗を拭って笑顔となった。

「あなたたちにはもっと詳しい話を」

矢野は私と広司に目を動かした。

「風森大樹という男は間違いなく殺害を口にしたわけですな」

矢野は私たちに念押しした。

「政夫君を殺したとはっきり。嘘じゃない」

「殺害の動機は？」

「勘違いだったと言っていた。だからもうこちらには手を出さないから、これで終わりにしようと」

「なんのつもりだ」

矢野は絶句したあとに、

「人を殺しておいて、終わりにしようとは」

「こっちがその気なら、向こうも受けて立つという口振りだった。勝つと思っていたんだろうな」

「ふざけた話だ。どういう連中なんだ」

「警察の介入を特に恐れている感じでもなかった。でなきゃ洞窟を爆破しない。それがどういう結果になるか承知してるはずだし」

「新興宗教との関わりは？」

「オウムみたいな？」

迂闊だった、と私も感じた。なるほど、それは有り得るかも知れない。

「オウムは武器を購入しようとしていたという話もありましたからね。爆薬くらいは……」

「公安にも伝えておかなきゃならんかな」

「分からないけど……そうかも」

矢野は呟いた。

「なんか急に現実的になった」

私は本心から言った。得体の知れない恐怖が少し薄れていく。

「連中ならアジトを隠そうとしたのも分かる。殺されたという政夫さんも我々の側の人間と見做された可能性がある」

矢野は半分以上決め付けていた。

「この数じゃ足りんな。手配しないと」

矢野は切り上げて私たちを解放した。

「きっと違うよ」

矢野が警察官たちの輪に戻ると広司は言った。矢野は細々《こまごま》と部下に指示している。

「なにが違うって？」

「風森さ。そういう臭いがしない」

「だが、今までで一番納得できる推測だ」

「そうして安心したいだけだろ。わけの分からん連中は怖いものね」

「応援の数が増えるならいいじゃないか。瓦礫を取り除く作業も捗《はかど》る。今は連中の正体より千葉さんたちを救うのが先だ」

「おれはもう期待していない」

広司はゆっくりとたばこを喫った。

「駐在所の警官二人も一緒なんだ。容赦するわけない。たぶん殺されてる」


「腰を据えて山狩りするしかなさそうだ」

矢野が怒ったような顔で言ってきたのはそれから四時間過ぎた辺りだった。瓦礫はなんとか取り除いたが、わずかも進まぬうちにまた瓦礫で塞がれたのだ。

「崩れる危険もある。専門の作業員を頼まんと二次災害の恐れがでてきた」

「ヘリコプターで駄目だったのに……」

広司は顔をしかめた。

「さらに応援を要請しました。村の協力も。この辺りの地理に詳しい人間が欲しい」

矢野は村長に頭を下げた。

「散らばって捜すことになるんじゃないかね」村長は頷きつつも、

「相手はなにをするか知れん連中だ。村民を危ない目に遭わせたくない。その点についてはどう考えているのかね」

「必ずこちらの者を付けるようにします。村民だけという編成にはしません」

矢野は請け合った。

「まさかのときの責任は警察が取ると約束してくれ。猟銃の発砲許可も貰っておかんと」

「私の立場でそこまでの返答は……」

「上の方と掛け合う。返事はそれからだ」

「分かりました。とにかく準備だけは」

矢野は参ったという顔で引き下がった。

「当たり前の要求だ」

村長は矢野の背中を睨み付けて、

「なんの頼りにもならん。こうしているうちにも捕まっている連中がどうなってるか。村の者は徹夜でくたくただ」

「役場で待機するのがいいんでねえか」

昨夜からずっと側に居る村会議員が村長の疲れを見てとって勧めた。何人かが同意する。

「山狩りに方針を変えるってんならなおさらだ。ここに居たってなんにもならねぇ」

それはそうだ、と村長は首を縦に動かした。

「役場に詰めてる方が連絡も取りやすい。ここは警察に任して、いったん役場に戻るべ。山狩りの支度もしなくちゃならねぇしな」

よし、と決断して村長は、

「撤去作業を本当に止める気か確かめる。そう答えたらここは引き上げだ」

矢野の後を追いかけた。

私と広司は宿に戻った。ここで山狩りが開始されるまで待つことになっている。

「山狩りと言ってもなぁ――」

途方もないことに思える。私は窓際の椅子に座って何度も溜め息を吐いた。どこを捜せばいいのか分からない。直径十キロの円の中といえばどれだけの広さなのだろう。十キロを徒歩で二時間以上と計算すれば新宿区よりも間違いなく広い。全体が山であることを重ねれば都心部の三区くらいはありそうだ。そこを五百人程度で捜索することになる。

「僥倖《ぎょうこう》を期待するしかないぞ」

私は無言でいる広司に言った。

「風森はきっとあんたに連絡を取ってくる」

広司は私の顔を見て口にした。

「あんたしか間に立てる人間は居ないもの」

「携帯が通じない山の中でどう連絡する」

「この宿だ。あんたはここで待つ方がいい。山狩りなんか無駄なことだ」

「……」

「このままいけばどうなる? 向こうだって少しは考えてると思うよ」

広司が言ったところに宿の主人が温かい蕎麦の丼を運んで来た。

「さっき電話がありました」

テーブルに丼を並べて主人が伝えた。

「東京の田中さんという方です」

「こいつを食ったら電話してみます」

私は席に着いた。ついさっきまで食欲などなかったのに、腹がぐうっと鳴った。

「さっき？　おれがかけたのは四時間も前だ」

田中はくすくすと笑った。

「そっちじゃ時間の感覚も違うな」

「なにか用件でも？」

「風森から連絡がきた」

「……」

「もしもし、聞いてんのか？」

「聞いてる」

「会いたいそうだ。と言われたっておれにゃなんとも返答のしようがない。宿の番号を教えた。ってと、連絡はまだらしいな」

「たった今まで外に出ていた」

私は今までの状況を細かく教えた。

「信じられん。風森の口調はのんびりしてたぞ。あいつは関係ないのかな」

「かも知れん。あのままあそこを離れたとも考えられる」

「風森には会うな。もうそんな段階じゃない」

「だろうな」

私は適当に応じて電話を切った。

「田中からの電話、さっきって言ったけど」

私は帳場に居る主人に訊ねた。

「ええ。三十分ほど前です。二度目なんで急用かも知れないと思いましてね」

「東京の田中と名乗ったんですか！」

思いがけない返事に私は詰め寄った。

「はい。東京の田中さんだと」

風森だ、と私は直感した。

〈なんの気だ！〉

見当もつかない。寒気だけが私を襲った。

20

風森が電話してきたようだ、と伝えると広司はやっぱりと言って唸りを発した。

「田中からこの宿のことを聞いたらしい」

私は吐息して座るとたばこをくわえた。

「また電話してくるかな」

「分からん。が、たぶんくるだろう」

「そのときは？」

広司は私のたばこにライターを近付けた。

「相手にするなと田中は言っていた。確かに話し合いの段階じゃないかも知れん」

「けど、そうなると伯父貴たちの消息が……」

「分かってる。一応は言い分を聞く。電話なら危ない目に遭う心配もない。それにここで途切れてしまえば二度と風森と会えなくなる」

私の返答に広司は安堵の頷きをした。

「しかし、おれになにができる？　警察との仲介を頼まれたってどうしようもない」

「それでも伯父貴たちがどうなったかぐらいは分かるさ」

「もし……死んでいたときは？」

「……」

「あの状況だ。あそこまで派手なことをやらかして千葉さんたちが無事とはとても……」

「殺してたら電話をかけてくるものかな」

広司は希望を抱いたようだった。

「いくらなんでも風森だってそのくらいは承知してんじゃないの？　二十人以上を手に掛けといて許されるとは思ってないはずだ。電話してきたのはいい徴候だと思う」

「そういう常識が通じない相手だと言っていたのは君だぞ」

「そうだけど、それとこれとは違う」

「宣戦布告ってことも有り得る。電話があったというだけで、風森の用件がなんなのか分かっちゃいない。安心はできんさ」

かもね、と広司は肩を落とした。

「くそっ、ただこうして待つだけか」

私はたばこを灰皿に揉み消した。深く喫い込んでも味がちっともしない。喉がぱさぱさになるだけだ。

「風呂に入ってくる。もし風森から連絡があったら君が出ろ」

「なんて言うんだよ」

広司は首を何度も横に振った。

「折り返し電話をすると言っても風森は番号を教えちゃくれんだろう。なんとか話を繋いでいてくれ。風呂から直ぐに駆け付ける」

「だったら風呂を我慢すりゃいいのに」

「こうして待ってると苛々する。風呂に入ってると電話が来そうな気がする。そういうことってないか？　トイレに入ってると必ず電話が来たり、外出の直前に電話のベルが鳴ったりする」

あるある、と広司は笑った。

肩までゆったり湯に浸かると思わず溜め息が出た。なんでこうなったか、筋道を辿っても頭が働かず曖昧となる。私とこの村とはなんの所縁《ゆかり》もない。なのにこうして抜き差しならない状況に追い込まれている。田中の言う通り、適当なところで引き下がればよかった。が、その適当なところという見極めができなかったのも確かだ。次から次に謎が噴出して流されるまま今に至っている。

風森は会いたいと言っているようだが、会えばもちろんただでは済まなくなる。殺されるのだろうか、と考えて、それを案外冷静に思った自分に驚いた。政夫や千葉たちのことで死に鈍感になっているのかも知れない。人の死はもっと重いものだと考えていたのに、今はそれほどのものではないような気がする。戦場に在《あ》る兵士たちもこれと似たような気分に違いない。でなければ一歩も前に進めない。

〈大した根性だよ〉

自分の強さを認識した気分になった。

が、それだけ異常な環境に放り投げられているということだ。田中のように日常に戻っていればこうはならない。見えない敵に怯《おび》えて身を縮めていただろう。

さすがに体までは洗う気になれなくて、温《ぬる》めの湯を幸いにただ浸かっていた。溜まっていた疲れが出て来る。頭を湯船の縁に乗せてうとうとしはじめたところに、渡り廊下を踏む慌ただしい足音が聞こえた。

「風森からだ」

連絡に来たのは広司だった。

「電話は?」

「宿の親父さんが出てる。早くしてくれ」

私は顔をごしごし洗って湯から上がった。

手早く体を拭いて浴衣を纏う。浴衣に汗がへばりついて気持ち悪い。

私と広司は帳場に急いだ。

ただ受話器を握っていた宿の主人が私を認めて乱暴に手渡した。私は息を整えた。

心を落ち着かせて名を告げる。

「今から弘前に来れるか」

風森はいきなり言った。

「ちょ、ちょっと待ってくれ」

私は受話器をきちんと握り直した。汗でぬるぬるとしている。

「なんの用事だ。それを先に教えろ」

「あんた一人だけだ。他の者は連れてくるな」

「だから、なんの用事かと聞いている」

「あんたが今度のことに関係なかったのは分かってる。悪いことをした」

「謝って済む問題じゃない。千葉さんたちはどうなった？」

「おれは追われた。あとのことは知らん」

「……」

「たぶん始末されたんだろう」

「ふざけるな！　なんの言い種だ」

「だから知らんと言っている。ただ、これ以上関わると取り返しのつかんことになる。あんたが言っても警察は耳を貸さんだろうが、忠告だけはしておけ。死ぬのは警察だ」

「なにを言ってるのか分かってるのか？」

「あんたらがなにも知らないってことをな」

「なにを知らないってんだ？」

「なにもかもだ」

「なにかの宗教か？」

「なんのことだ」

風森はくすくすと笑った。

「とにかく一人で来るならなにもしない」

「そんな話、信用できるか」

「それならそれでいい」

「ま、待て。弘前のどこに居る？」

「携帯は持ってるか？」

ああ、と私は応じた。この山中では使えないだけである。風森は番号を訊いてきた。私は躊躇の末に伝えた。

「二時間後に電話する。そのときあんたが弘前に居たら会おう」

風森は言うと電話を切った。

私はそのまま受話器を耳に当てていた。

「どうしたんだよ」

広司が私の肩を揺すった。

「弘前に来いと言っている」

「弘前のどこで会う？」

「分からん。なんで会いたいのかも分からん」

「伯父貴たちのことはなにか？」

それにも私は首を横に振った。

「とにかく弘前に行かなくちゃ」

「一人で来いと言われた」

「そんなの聞けるか！　あっちの勝手だ」

広司は喚き散らした。

「しかし、そうなると――」

「なにがまずいんだよ。伯父貴たちが人質に取られてるわけでもあるまいし」

言われて私も頷いた。ただ会うだけのことでしかない。

「村長や警察にはなんと言う？」

「応援を頼んだ方がいい。あいつを捕まえりゃ敵の潜んでいる場所が分かる」

広司は即座に返した。

「風森は仲間から追われたと言っている。おれたちがやつと会ったとき鞄を持っていた。きっと本当のことだろう」

「だから？」

「勘だが、危険はないような気がする。警察の応援を頼む方が危ない。風森だって警戒してるはずだ。そのまま逃げるかも」

「甘いんじゃねぇの？　そうやって伯父貴たちが妙な目に遭ってる」

「おれ一人で行く。そうさせてくれ」

「警察に言わずにかい？」

「なんでこんなことになったのか……そいつを知りたい。こうなったからには理由なんてどうでもいいのかも知れんが……おれはただ風森大樹という男を訪ねて来ただけだ。納得がいかないいんだよ」

「殺されても悔いはないってか？」

「死にたくはない」

私は苦笑した。

「けど、そうはならんと思う。電話の口振りから感じた」

広司は深い吐息をして、

「仕方ねぇな」

「でも弘前までは一緒に行くぜ」

私に浴衣を着替えるよう促した。


弘前には風森が連絡をくれる前に到着した。私たちはバスターミナルのビルの喫茶室に腰を落ち着けた。町の中心だからどこに呼び出されたとしても時間はかからない。

「今頃村長たち慌ててるだろうな」

広司はにやにやとしてコーヒーを飲んだ。宿の主人も我々が弘前に向かったことしか知らない。広司の携帯はわざと宿に置いてきた。私の番号はだれにも教えていない。

「あとで怒鳴られるかも知れんな」

「言えてる。こういうのって逃亡幇助《ほうじょ》とかって言うの？」

「場合によっちゃそうなる」

「伯父貴たちの人命を優先したと言い張る」

そうだな、と私も頷いた。

「話をすっかり聞き出したあとに風森をふん捕まえられりゃいいんだけど」

「やつはプロレスラーだった男だぞ」

「だよね。二人でもむずかしい」

「そろそろだ」

私は時計を眺めた。携帯を取り出してバッテリーの残量を確認する。十分にある。テーブルに置いた携帯がかたかたと動いた。着信音は切ってある。私は耳に当てた。

「どこに居る？」

ぶっきらぼうな風森の声が聞こえた。

「弘前だ。バスターミナルの喫茶室」

返しながら私は店の外に出た。

「一人か」

「ああ……いや、運転してくれた若い男も一緒だ。警察とは一切関係ない。あんたと会ったときにも居た」

「二人か……まぁいい。正直に言うところをみると嘘じゃなさそうだ」

「二人で行っていいのか？」

意外な思いで念押しした。

「陰に隠れて妙な真似をされるよりはいい」

「どこに行けば？」

「あんたが前に忍び込んだ家だ」

「手島の屋敷か！」

「ついさっきまで警察が調べていたが、今は引き揚げた。そこで待て」

「待てって……入れるのか？」

「裏口から入り込めばいいだろう。あそこならおれの仲間も来ない。一番安全だ」

「警察が戻ったらどうする？　おれが通報したとあんたに誤解されたら迷惑だ」

本心からそれを案じた。

「こっちも馬鹿じゃない。様子を見て近付く。必ず行くから待っていろ」

「いつまでだ！」

「行くまでさ」

風森は笑って話を切り上げた。

私は吐息しながら席に戻った。

「あいつの考えがさっぱり分からん。手島の家に忍び込んで待ってろと言ってきた」

「なんだよそれ」

広司は目を丸くした。

「だってあそこにゃ警察の目が――」

「引き揚げたそうだ」

「監視を続けているかも知れないだろ」

「風森は居ないと言っている。監視しているのは反対に風森の方だ。入って待っていれば風森が来る。いつかは分からんけどな」

「もし警察が来たら、なんて言い訳を？」

「正直に言うしかないだろう。矢野さんの名を言えば連絡を取ってくれる。疑いも晴れる。場所を指定したのは風森だ。それで会えなくなったとしても仕方ない」

「弘前に来た意味がなくなる。なんでそんな間抜けな場所を指定してきたんだろ」

広司は首を捻った。

「あの家に秘密があるのかも知れない。ただ会って話をするだけならどこでもいい」

口にした途端、それは確信に変わった。

「やつもあの家に用事があるんだ」

なるほど、と広司も得心の顔になった。

21

私と広司は車を手島の屋敷からだいぶ離れた駐車場に入れて向かった。車ばかりか人の往来も少ない寂しい一画だ。

「古くて立派だけど……普通の家だな」

「幽霊屋敷みたいなのを想像してたのか」

広司に私は苦笑いした。

「新興宗教の本部って感じもしない」

「風森は無縁だと言っていた」

さり気なく私たちは屋敷を一回りした。警察が監視している気配はない。もっとも素人の我々に感付かれるような見張りをしているとは思えないが、そう信じる他にない。

私たちはまた屋敷の裏に回った。前に田中と二人で忍び込んだときに割ったキッチンのガラス窓がそのまま放置されているのを確認できたからだ。合鍵を持っている屋敷の住人ならこんな場所からこっそり入らない。警察もそう判断したのだろう。どうせ金目のものは残されていない、と見たに違いないが、二階の応接間にある書籍はそれこそ宝の山だ。警察はそういうところが分かっていない。

人通りのないのを見計らって私と広司は塀を乗り越えた。あとはたやすい。

広司がキッチンの窓から潜り込み、勝手口の鍵を開けてくれた。

「風森のために開けとくか？」

必要ない、と私は首を横に振った。

「そんなことより二階に行こう」

脱いだ靴を手にして私は広司を促した。

「すげぇ部屋だ。金持ちだったんだ」

広司は古いが重厚な革張りのソファにどっかり腰を下ろして目の前の暖炉を見やった。

「そんな物より本棚の本の方が凄い」

私は前に見付けた手塚治虫の『新寶島』の初版本を抜いて広司に示した。

「たぶん三百万以上する」

「こいつが！」

広司は目を丸くして手に取った。

「探偵小説の希少本も多い。一冊五十万もしそうな本がごろごろしてる。マニアが見たら卒倒しそうになる。おれのことだけどな」

「そんなのをなんでそのままに？」

「戻るつもりだったんだろう。政夫君を連中は警察の者かだれかと勘違いした。それで慌ててここを引き払ったんだ。のんびり本など詰め込む暇なんかなかったんじゃないのか」

「本当にこれ三百万以上する？」

綺麗な保存状態の『新寶島』をパラパラ捲って広司はずるい顔で私を見上げた。

「東京のマンガ専門店に持ち込めばな。けど止《よ》した方がいいぞ。警察は価値が分からなかったんだろうが部屋は撮影してる」

「分からなきゃ追及もしないさ」

「そうかも知れないが……泥棒だ」

「じゃ、今のおれたちはなによ」

広司は笑って、

「堂々たる空き巣狙いだぜ。風森に招《よ》ばれたって言っても通じるかどうか」

「そいつを持っていればもっとだ」

「冗談だよ。直ぐ本気にする」

広司は大理石のテーブルに本を戻して灰皿を探しにかかった。暖炉の上に鉄の大きな灰皿が置かれている。

「なんか飲み物買ってくりゃよかった」

広司は灰皿をテーブルに置いて舌打ちした。

「いつ風森がここに来るか」

「暗くなってからかも知れないな」

「まだ二、三時間はある。買って来ようか」

たばこをふかして広司は言った。

「せっかくだれにも見咎められずに入ったんだ。我慢しろ」

私もたばこに火をつけた。窓のカーテンは閉められている。窓に近付かない限り侵入を気取られる恐れはない。

いきなりピンポーンとチャイムが鳴り響いて腰が抜けそうになった。広司と私はソファに身を隠した。まだチャイムは続く。

「だれだよ！　風森と違う？」

「馬鹿言うな。風森がチャイムを鳴らすか」

私は低い声で返した。広司も納得する。

チャイムが鳴るたびに心臓も高鳴る。

やがて――

ぴたりとおさまった。

広司はそっと床を這って窓に接近した。

壁に隠れて外の様子を窺う。

「ただのおっさん。警察とも違う。門から出て行った。もう大丈夫だ」

広司は安堵の顔で報告した。私はソファに腰を下ろした。高鳴りがまだ止まない。

「新聞の集金かなんかじゃねぇの」

警察が調べたと言っても立ち入り禁止の措置は取られていない。

「集金用の鞄は持ってたか?」

「背中向けてたからね」

「最近の泥棒は怪しまれない日中に出入りして留守かどうかを確かめる」

「泥棒かも知れないと?」

言って広司はくすくす笑った。

「なにがおかしい」

「だっておれたちがそもそも泥棒と一緒だ。一日に二回も泥棒が入るなんて」

いかにも、と私も笑った。

そこに私の携帯が震えたのが分かった。表示を見ると、非通知だった。

「男が訪ねて来ただろう」

名乗らずに相手は言った。

「風森だな」

「今の男は警察だ」

ぞくっと寒気を感じた。

「戻るかも知れないと見て家はそのままにしている。私服がああしてときどき様子を見に来る。これで二時間は安心だ」

「この近くに居るのか」

「じゃなきゃ分からんだろうさ」

風森は声にして笑った。

「だったらさっさと来てくれ。警察はもう来ないと言っていたじゃないか」

「これであんたが警察に通報してないのが分かった。組んでいりゃあの男は来ない」

「……」

「二階の部屋だな。待っていろ」

風森は一方的に切った。

「用心深いやつだ。おれたちが忍び込むのをどこかで見張っていたらしい」

私は広司に伝えた。

「今の男は刑事かなにかだ。手島が戻るかも知れないと見ている」

「うっかり応対すりゃ危ないとこだった」

広司は溜め息を吐いた。

部屋のドアが開けられたのはその瞬間だった。私たちはソファから腰を浮かせた。

「か、風森！」

あまりに早い出現に言葉が続かない。

「ど、どうしてここに？」

「あんたよりも前から居る」

「じゃあ今の電話は家の中からか？」

そうだ、と頷いて風森は私たちを落ち着かせた。目の前のソファに座る。

「どこに隠れていたんだ？」

一応はチェックしたはずである。

「地下室を拵えてある。飲み物が欲しいんじゃないのか。缶コーヒーならある」

「おれたちの話を聞いていたな」

愕然としつつ私は詰め寄った。

「これ以上警察と騒ぎを起こしたくない」

盗み聞きは当然という顔を風森はした。

「地下への出入り口なんてどこにも……」

広司は首を捻った。

「台所の床下だ。そっちに移るか？　ここでは明りもつけられない。狭いが警察を気にせずゆっくりできる」

「伯父貴たちはどうなった！」

広司は厳しい目で風森を睨み付けた。背は高いがプロレスラーの威圧はない。

「何度も言ったはずだ。おれはあそこから追い出された。その後のことは知らん」

「場所を教えろ」

「悪いが、できんな。こっちの身を案じてのことじゃない。死ぬのはそっちだ」

風森はあっさりと返した。

「ふざけるな！　何人もの命が懸かってる」

広司は拳を握り締めた。

「起きてしまったことはもう取り返しがつかん。諦めて貰うしかない」

「まぁ待て」

いきり立つ広司を私は制した。

「地下室に移ろう。それが先だ」

「けど」

「この男が嘘を言っているとは思えない。本当にあとがどうなったか知らないんだ」

「地下室に閉じ込める気じゃねえの？」

広司の心配に風森はにやりとした。

「おれたちを閉じ込めてどうする？」

「人質さ。そうして村に居る警察を追い払うつもりかも」

「……」

その可能性は否定できない。私は無言で風森を見詰めた。

「その気ならとっくにやっている」

風森は薄笑いを浮かべた。

「ま、あんたらが間に入ってくれないときは、その手もあるな。それもいい」

「この野郎！」

広司は灰皿を摑んで思い切り投げ付けた。

ひょい、と風森は顔をわずかに動かした。

灰皿は風森の顔面をかすめ飛んで暖炉の煉瓦に重い音を立ててぶつかった。

広司は目を真ん丸にした。

テーブルを挟んでいるだけの近さだ。外すはずがない。

「どうする？　おれはどっちでもいい」

風森は広司を無視して訊ねた。

「広司君、行こう。かなう相手じゃない」

私に広司も渋々と同意した。

キッチンの床にはぽっかりと四角い出入り口が開いていた。梯子が下に伸びている。

「まさかのときの隠れ場所だが、抜け穴にも通じている。城近くの藪に出る」

「抜け穴って……今の時代に？」

暗い地下を覗き込んで広司は及び腰となった。黴臭い風が吹き上がっている。

「戦時中、防空壕代わりにも用いた。この家はあんたらが思っているより古い」

風森は梯子を下りるよう促した。

「最後に蓋をちゃんと閉めないと警察に気付かれる。心配ない。そんなに深くない」

分かった、と私は先に下りた。ここまできたら覚悟を決めるしかない。
十二、三段で足が石畳に着いた。目もだいぶ暗がりに慣れている。石畳が続いている。
続いて広司も下りてきた。

「ホントにヤバくないかな」

広司は私に耳打ちした。返答ができない。

「石畳を奥に進め。鉄の扉がある。反対の方角は抜け道だ」

言われて私は見回した。いかにも石畳とは反対の方向に暗い穴がどこまでも通じている。

「弘前の真ん中にこんな穴があるとはね」

広司は抜け穴を少し進んで唸りを上げた。

「防空壕なら珍しくもないさ。特に弘前には陸軍の大部隊が置かれていた。いつ空襲されても不思議じゃない状況だった」

「今もいろんなとこにあるんだろうか？」

「どうかな。たいてい埋められただろう」

風森が蓋をばたんと閉じた。途端に真っ暗闇となる。試しに目の前に立てた自分の指すら見えない闇である。宙に浮いている気分だ。

突然、眩しい光に襲われた。

私は悲鳴を発した。目が痛い。

広司がライターを点してかざしている。

「ごめん。先に言えばよかった」

広司は謝った。明るい炎が揺れる。

「早く行け。狭い通路だ」

梯子に足をかけたまま風森が急かした。

五メートルほど先に赤錆びた扉がある。船の扉に似た頑丈な作りだ。

「取っ手を左に回せば開く。中の右側に電気のスイッチがある。点《つ》けてから入れ」

風森に言われるまま私は取っ手を摑んで回した。重いハンドルだ。ぎしぎしと回る。

がちゃんと扉が開いた。

広司がライターの明りを近付ける。

スイッチは簡単に見付かった。

スイッチを押し上げると光の洪水に見舞われた。六〇ワット程度のものだろうが、思わずたじたじとなる。広司は目を覆っていた。

それに、想像していた部屋とはまるで違う。

大型の冷蔵庫が設置され、テレビやら快適そうなベッドまで据えられていた。黴臭さもない。空調がきちんとなされているらしい。狭いと言っていたが十二畳はありそうだ。煉瓦の壁や天井が、普通の部屋ではないことを示しているに過ぎない。

「信じられねーや」

広司は小振りながら高級そうなソファに腰掛けてしげしげと見渡した。

「あんたら、いったい何者なんだ」

私は風森を振り向いて質した。

「どこかの国のスパイかなにかか?」

「そいつを説明するために招《よ》んだ」

風森は笑って冷蔵庫を開けた。缶コーヒーやコーラがびっしり並んでいる。

「外の様子もこれで分かる」

風森は冷蔵庫の上に置かれた小さなモニターの電源を入れた。玄関先の様子がくっきりと画面に現われた。

「さっきはこれで見ていたんだな」

「なにを飲む?」

風森は広司に訊ねた。

広司はすっかり雰囲気に呑まれていた。

22

私は風森から渡された缶コーヒーを半分ほど一気に飲んだ。喉がからからに渇いている。

風森は薄笑いを浮かべて見守っている。

広司はコーラの缶を乱暴にテーブルに置いて風森を睨み付けた。

「おまえを招んだつもりはない」

風森は広司を無視して、

「なんでおれの行方を突き止めようとした」

私を見詰めた。

「ざけんなよ。伯父貴の命が懸かってる」

広司は声を荒立てた。

「もう間に合わん」

舌打ちして風森は広司を見やった。

「間に合わんって、どういう意味だ！」

「たぶん始末されている」

「……」

「たぶん、だ。さっきから言ってるように、おれは村を離れた。が、穴が塞がれて戻らんのなら十中八九始末されている」

「そんなことすりゃどうなるか分かってんのか！　おまわりも一緒だぞ」

「だから穴を塞いだ」

「とことんやり合う気か！」

「いや、身を隠すつもりだ」

「あんたら、馬鹿か」

広司は呆れた。

「今の時代にどうやって身を隠す？　そりゃ一日や二日は突き止められねぇかも知れないが、警察や村の連中が総出でかかりゃ必ず見付ける。ヘリだってあるんだ」

「地下に潜ればヘリは役立たん」

「……」

「そういうことだ。二年や三年はそうしてやり過ごす。警察も諦める」

「だったらなんのためにここへ招んだ！　いい加減なことを言うな。それができるんなら間に立つ人間も不要ってことだろうに」

「確かに」

広司に風森はにやにやとして、

「仲間らは間に立つ人間など求めていなかろう。これはおれが勝手にやっている」

ゆっくりと缶コーヒーを飲んだ。

「村を追われたおれには身を隠す場所がないんでな。となると警察はおれ一人に絞る。まずいことにおれの顔は結構世間に知られている。そんな面倒はごめんだ」

「なにをしろと言うんだ？」

私は風森に質した。

「実を言うと……こっちも分からん」

風森は苦笑いで応じた。

「ことが大きくなり過ぎた。あんたに警察を引き上げさせる力はなかろう」

「じゃあ、なぜ？」

「わざわざ東京からおれを捜しに来た相手だ。そのせいで妙なことになったわけだが……少し話をしてみたくなった」

「政夫君をだれと間違えて殺したんだ？」

「敵だ。おれたちの秘密を探っている」

「しかし、政夫君はあんたの小学校時代の同級生じゃないか」

「だから……敵の手下と勘繰った」

「あんたの居場所を知らないかと言って訪ねた程度でか」

「それが大問題だったのさ」

困った顔で風森は返した。

「小説を書いたのはただの暇潰しだった。なんで応募する気になったのか……悔やんだのは最終候補に残ったと連絡を受けたときだ。落ちてホッとしたよ。それでも電話してきた編集者は、なんらかの形で活字にする道があると言った。そうなってはまずい。行方をくらませば面倒がなくなる。こっちに戻ってすべてが片付いたと思っていたのに……あんたと、やつが突然現われた。理由はもっともらしかったが、落選したのに普通そこまでするか？　疑いを抱いて当然だろう。やつはまたしつこくやって来た。捕らえて様子を見ることにした。すぐに、どうやら勘違いだったらしいと気付いたが……戻すわけにはいかない。必ず警察に駆け込む。事故に見せ掛けて殺すしかなかった」

「なにを隠している？」

私は胸の動悸を鎮めながら訊ねた。

「それを教えるわけにはいかん」

風森は首を横に振った。

「だが、あんたは仲間から追われたんだろ」

「追われても一族には変わりがない」

「一族？」

「知らなくていいことが世の中にはある。やつには気の毒な結果となったが、我々の立場からすれば仕方のないことだった」

「仕方がないだって！」

頭にかっと血が上った。唇が震える。

「あんたがこうして生きていられるのは……勘違いと分かったからだ。無駄な人殺しを重ねる気はない」

「伯父貴たちはどうなんだよ！」

広司が詰め寄った。

「平気で人を殺す連中じゃねえか」

「そっちが踏み込んで来たからだ。秘密を守るためには殺しもやむを得ない。おれは近付くなと警告した。それを無視したのはそっちだろう。迷惑したのはこっちだ」

「政夫の仇を取るためだ！　迷惑だなんぞと、よくもぬけぬけと」

広司は真っ赤な顔で喚き散らした。

「なんと言われても、おれにはなにもできん。決めるのは長老たち。もう一度警告しておく。これ以上犠牲を出したくないなら関わるな。警察は無理でも、おまえたちは助かる」

「警察に勝てると思っているのか？」

私は冷や汗を拭いつつ風森を見た。

「我々から攻めることはしない。そうなれば我々の存在を知らしめることになる」

「その秘密とやらを少しでもいいから明かしてくれないか。場合によっては警察を説き伏せることができるかも知れない」

「警察は信じない。いつでもそうだ」

風森は取り合わなかった。

「あの小説との関わりは？」

ふと思い付いたことだったが、風森は顔を強張らせて押し黙った。

「あんた……超能力者なんだろ」

風森は無言のままでいる。

「政夫君から前に聞いた。又三郎って仇名だったそうだな。風の又三郎。雨が降るのを言い当てたり、野球のボールがどこに飛ぶか分かったらしい。それにあの小説の中で扱われている複雑な数学の数式。半端な頭脳じゃないと専門家が驚いている。あんたは普通の人間と違う。秘密ってのはそれだろ？　ひょっとして一族皆がそうなんじゃないのか」

「そう思うなら、それでもいい」

風森はくすりと笑って足をテーブルの上に投げ出した。安堵の表情が見られた。

「もっと他に秘密がありそうだ」

その顔で私は察した。今の時代、あるなしは別にして超能力は珍しい話でもない。人を殺してまで隠す必要はないはずだ。

「本当にそんな力があるのかよ」

広司は疑いの目を風森に注いだ。

「いつでもいい。壁に吊しているナイフを手に取って投げてみろ。目の前でも構わん」

風森は楽しそうな顔で広司に言った。

「スプーンを曲げたくらいじゃ信用しない男のようだからな」

よし、と勇んでナイフを手にした広司だったが、

「スプーンじゃ確かに信用できねぇが、そのテーブルをもし浮かせられるんなら……」

顎で示した。

「生憎とそんな派手な力はない。白状すればスプーンも曲げられん」

風森は言ってにやりとした。

「怪我をしたって知らねぇぞ」

広司はナイフを投じる姿勢を取った。風森はのんびり足をテーブルに乗せたままだ。

「本当にいいんだな？」

広司の方は不安の顔をしている。

「くそっ」

広司はいきなりナイフを投げた。一瞬のことで私にはナイフの輝きしか見えなかった。

風森は変わらぬ目で広司を見上げている。

広司は愕然となった。

風森はだらりとテーブルに伸ばしていた二本の足をわずかに開いて見せた。がちゃん、と音を立ててナイフが堅い床に落下した。風森は投じられたナイフを両方の膝で挟み取っていたのである。

「マジかよ……信じられねぇ」

広司はぐったりとソファに座り込んだ。

「顔や胸でもよかったが……足を狙うとは案外優しい」

風森は足をテーブルから下ろして笑った。

「どういう仕組みになってる？」

広司は風森に質した。

「自分でも分からん」

風森は小首を傾げて、

「防衛本能としか言えんな。なぜか分かる。それで体がその前に動く。しかし、ただそれだけのことだ。無駄な事故に遭わずに済むというばかりで、あまり役には立たん。超能力と言うほど大袈裟なものじゃない。せいぜいプロレスラーになって、相手の仕掛ける技をすり抜ける程度だ。が、強いわけじゃないから勝つこともできん。相手は半端じゃなく鍛えている連中だ」

「鉄砲の弾も避けられるのか？」

広司は目を丸くして訊ねた。

「避けたじゃないか」

私は広司に言った。洞窟を抜けて風森と出会ったときのことである。千葉が怒りに任せて放った銃弾を風森は楽々と躱《かわ》したのだ。

「仲間の皆がそうなのか？」

ああ、と風森は広司に頷いた。

「それじゃ警察も勝てっこねぇ」

広司は溜め息を吐いた。腰の拳銃がなんの威嚇にもならない。どころか風森の仲間が猟銃で応戦しようものなら皆殺しとなる。

「爆弾でも落とされれば分からんがな。落とされると承知でも、果たしてその範囲から先に逃げられるかどうか……試したことがないんで、なんとも言えん」

「どのくらい前に察知できる？」

「時と場合による。崖崩れなどは半日も前に分かることがある。が、たいていはその瞬間だ。一秒か二秒というものだな。それだと爆弾は避けられん」

風森は笑いで私に説明した。

「正体を隠し続けているあんたが、なんで小説を応募するなんてへまをやらかした？」

そこがどうも納得いかない。

「正体は確かに隠していたが、身を隠しているわけじゃない。現におれはプロレスラーだった。いつも顔を晒していながら不安になったことは一度もない。それにおれが慣れていたとしか言えんね。だからだろうな。あの数式にしてもあんたらにとっては難問でも、おれにすれば掛け算や割り算とたいして変わらん。それでうっかり書き込んだ。本当にとんだへまをやらかしたもんだ」

「本気で物書きになろうと思ったのか」

「数式でしくじったと気付くまではな。物書きになれたら楽だと思っていた。人とさほど付き合わずに食って行ける」

「生きて行くためか？」

「当然だろう。勝てないレスラーなど用済みになる。詰まらん仕事に戻りたくない」

「かも知れないが……意外だな」

「なにがだ？」

「正体を隠している一族だとか、そういう能力を持っていながらってことだ」

「正体を隠していればこそ、当たり前の暮らしを強いられる。でなきゃ疑われる」

風森はくすくすと笑って、

「秘密結社のように頭巾とマントを羽織って町をうろちょろ動き回って欲しいのか」

冗談を口にした。

「手島はこの屋敷で優雅に暮らしていただろ」

「優雅と言うほどの家じゃない。しかし、まぁおれとはまるで違う生活だ」

「この家が一族の前線基地ということだな」

「その手には乗らん」

風森はソファから立ち上がった。

「聞き出すのがなかなか上手い。が、それ以上知れば危うくなる。あんたのためを思って言っている。それとも……こっちの味方になる気があるか？　なら、話は変わる」

「……」

「こっちは警察を敵に回している身だからな。あんたにその度胸はあるまい」

「なにも知らずに決断はできない」

「だったら質問も終わりだ。ちょうどいい具合に客も現われた」

風森の目は玄関先を映すモニターに注がれていた。私と広司も目を凝らした。

小さな影が門前に佇んでいる。屋敷の様子を窺っているようだ。人通りのないのを見計らって影はするりと門から入って来た。

「女だ。長い髪をしてる」

広司に私も頷いた。

「警察じゃなさそうだ」

風森も意外な顔でモニターに食い入った。

「トレーナーを着ているとこを見ると押し入る気だな。見たことのない顔だ」

風森は薄笑いを浮かべた。

「若いぜ。あれがあんたらの敵かよ」

広司は低い声で風森に訊ねた。

「雇われた女かも知れん」

風森は冷蔵庫の上に腕を伸ばした。戻した手には拳銃が握られていた。

「女相手にそんなものを……」

「ただの女と違う。勘で分かる」

風森は拳銃をベルトに挟むと再びモニターに目を向けた。女はもう玄関の前に居る。燃える目をした豹のような美しい女だった。

23

思いがけないことに女はチャイムを鳴らした。音が密閉した部屋に響き渡る。風森は眉をしかめてスピーカーの音量を下げた。

「なんのつもりだ」

広司は呆れた。

「空き巣狙いの常套ではあるな。中にだれも居ないか、ああして確かめる」

風森は警戒を緩めずモニターを睨んだ。

「警察じゃないのははっきりした」

私に風森も頷いた。監視している側なら留守を承知でチャイムを鳴らすはずがない。

「鍵をこじ開けている」

屈んだ女の様子を見て風森は舌打ちした。あっという間に女はモニター画面から消えた。

開けられたドアの上部が映って閉じられた。

「プロだ。あんなに簡単に開けられるドアと違う。ちょいと面倒になってきた」

風森は手にしている拳銃を頬に押し当てた。

「やり合うつもりか？」

私の胸は騒ぎはじめた。

「そろそろ警察が見回りにやって来る。派手にやれば警察まで相手にすることになる」

風森は思案していた。

「お得意の超能力で先がどうなるのか分からないのか？」

「言ったはずだ。分かるのは数秒先ぐらいのものだとな」

風森は私を軽く睨み付けた。

「面倒が嫌なら、ここでじっとしてるしかねぇだろうさ」

広司に私も同意した。

「この女が地下への出入り口を見付けなきゃいいが……安心はできん」

風森は言って小さく首を横に振った。

「だったら今のうちに抜け穴を伝って逃げるってのはどうだい？　弘前城近くの藪に通じてると言っただろ」

広司は落ち着かない目で口にした。

「この部屋をこのままにしてか？　おれはよく知らんが、村の手掛かりがここに残されているかも……女にじっくり調べられてはもっと厄介になる」

「どうせ村を追われた身じゃねぇかよ。あとのことはあんたに関係ねぇさ」

「追われたと言っても十年やそこらの話だ。結局は村と縁が続く。爆破して逃げれば安心だが、町中だしあいにくと爆薬はここに置いていない」

「どうも分からないな」

私は風森を見詰めた。

「どんなプロが相手だって負けるわけがない。ピストルの弾だって避けることができる。なのになんで怖じ気づく？」

「あんたらの身を案じている。狭い部屋だ。もし撃ち合いにでもなればどうなるか」

「……」

「人質に取られてもやりにくい」

「本気でこっちの身の安全を？」

「勘違いと分かったからには、あんたらにこれ以上の迷惑はかけられん。これは我々の問題だ。二人は抜け穴を使って逃げろ。おれ一人がここに残る。それが一番いい」

風森は自分で言って大きく頷いた。

「たかが女一人のことだ」

広司はモニターに目をやって笑った。女はすでに入っている。

「女一人だからこそ侮《あなど》れん。よほど腕に自信がなきゃ入って来んさ」

「ただの空き巣狙いってことだって」

「そっちに続いて二組目の空き巣狙いか」

風森は薄笑いを浮かべた。いかにもそんな偶然はありそうにない。

「この女が二階に上がった隙にキッチンから外へ抜け出せる」

私は策を思い付いた。

「それで？」

風森は怪訝な顔をした。

「玄関に回ってチャイムを鳴らす。私服の刑事を装ってだ。そうすりゃ女は逃げ出す。この地下を見付けられる心配はない。いくらなんでも刑事と知って立ち向かってはこないだろう。住宅街の真ん中だ。この部屋の始末は女を追い払ってからゆっくりすればいい」

「慌てて逃げ出す相手ならいいがな」

頷きつつも風森は不安を覗かせた。

「あんたが前に出ていれば安心だ」

「おれもか？」

風森は躊躇を見せた。

「見たことのない顔なんだろ」

「おれはそうでも、向こうは承知かも知れん」

なるほど、と私は吐息した。風森はプロレスのリングに上がっていた男だ。もしこの女が風森の敵なら間違いなく写真を入手して顔を確かめている。嘘は通用しない。

「二人でやるしかなさそうだ」

私は広司に目をやった。広司は頷いた。

「なにか起きたら直ぐに飛び出す」

風森は私に請け合った。

女はざっと一階をあらためて二階に向かった。梯子に手をかけて待機していた私と広司は風森の合図で上がった。物音を立てないようキッチンに抜け出る。心臓がばくばくする。私はキッチンのドアを慎重に押し開けた。金属のドアの擦れる微かな音でさえ甲高く聞こえる。取っ手を握る指は震えていた。

外の風に当たったときは安堵に包まれた。

私は広司に目配せして玄関を目指した。

「なんか妙なことになってるよな」

広司の呟きは私の思いと一緒だった。相変わらずなにがなにやら分からぬまま動いている。風森はこっちが敵と見做していた相手だ。女が風森の敵なら、すなわち我々の味方という考え方もできそうだが、そもそも私と広司は風森たちの抗争に無縁の身だ。となるとどちらが正しいのかも判断できない。

私は玄関の前で息を整えた。

広司も緊張の面持ちで脇に立っている。

覚悟を決めてチャイムを鳴らした。

女は恐らく仰天しているに違いない。

二度三度と続けてチャイムを鳴らす。

「手島さん、いらっしゃいますか」

鍵の外されたドアを半分ほど開けて私は屋内に声を張り上げた。耳を澄ましたが女の逃げる気配は感じ取れない。

「すみません。お留守ですか？」

はーい、という女の声が戻った。

広司が私の袖をきつく引いた。

想像できなかった展開である。

続いて軽やかな足音が聞こえた。女が階段を下りてくる。私は唾を飲み込んだ。

「どなたですか」

腕に数冊の本を抱えて私の前に立った女は微笑みで訊ねた。家人としか思えない。

「あの……弘前警察署の者ですが」

「はい」

女は動揺も見せず小首を傾げた。

「手島さんのご家族でいらっしゃいますか」

美しさに圧倒されながら質した。

「いえ。頼まれたので本を取りにきたのと、ついでに部屋の掃除を」

なんの澱みもなく女は返した。モニターで侵入を見ていなければ信用する。

「警察の方がどういうご用件で？」

逆に女の方が詰問の口調となった。

「事情は申し上げられませんが、手島さんがある事件に関係を……ずっとお留守だったのでお戻りをお待ちしておりました」

「手島のおじさまが！」

女は当惑の目をした。演技とは思えない。

〈ひょっとして……〉

本当に無縁の女なのではないか、という気がしてきた。屈んだのはキーを差し込んだだけかも知れない。風森はプロの手早さだと言ったが、キーを持っていれば当然の早さだ。

「多少伺いたいことがあります。「上がらせていただいて構いませんでしょうか」

「さあ……私はなにも事情を」

女は怯えた目になった。これもこちらを警察と信じていれば自然な反応である。どう見ても普通の娘に思える。

「いつ手島さんから連絡がありました？」

「連絡というと？」

「ですから、その本を持ってきてくれるようにとの連絡です」

「ああ」

女は何度も頷いて、

「手島のおじさまからじゃありません。田舎の父におじさまが電話を……それで私が父の代わりに……おじさま、いったいどんな事件に巻き込まれたんですか？」

また私に質してきた。

「いつお戻りとか聞いていらっしゃらないんですね」

「知りません」

「失礼ですが、お名前は？」

「あの……私がなにか？」

「いえ、そういうことではないのですが」

「名美《なみ》……美しい名と書きます」

女に相応《ふさわ》しい名に思えた。

「分かりました。あらためてお伺いします。もしお戻りのときは弘前警察署にお知らせくださいとお伝え願います」

「すみません。お役に立てなくて」

名美は丁寧に頭を下げた。


私と広司はそのまま門を潜って通りに出た。いまさらキッチンに回って風森と合流はできない。名美が立ち去るまで待つしかない。

「とんだ深読みだったな」

近くの喫茶店に腰を落ち着けて私は苦笑した。手島の家が窓から見える席だ。

「今頃風森も挨拶してるんじゃないか。手島の知り合いの娘なら少なくとも敵じゃない」

「だよ。あんな子が殺し屋だなんて」

「殺し屋？」

「やつの言い方だとそんな感じだった」

「考えてみりゃ、こうして刑事のフリをしてる必要もなかった。敵じゃないと分かった時点で打ち明けてもよかった」

「凄ぇ美人だった。後ろで見惚《みと》れてた」

広司は溜め息を吐いた。

「それで、どうすんのさ」

話を変えて広司は私を見詰めた。

「やつが伯父貴たちのことと関係なさそうなのは分かった。このまま弘前に居ても……」

「君は村に引き返せ」

「あんたは？」

「もうちょっと風森に話を訊く」

「ならおれも付き合うよ」

「千葉さんたちのことはいいのか？」

「戻ったってなにもできない。洞窟の岩を取り除くのを見ているだけだ」

広司の顔には諦めが見られた。

喫茶店を出ると外は暗くなっていた。手島の家の窓に明りは見られない。名美は帰ったのだろう。私たちは戻った。試しに玄関のノブに手をかけたらあっさりと開いた。名美がうっかり施錠せずに出て行ったのだろうか。

私たちは暗い家に上がり込んだ。わざわざキッチンに回る必要はない。

「明りはつけるな」

どこからか風森の声が聞こえた。

「二階の応接間に居る。階段に気を付けろ」

言われて私たちは慎重に上がった。

「ここだ。こっちに来い」

風森が低い声で誘《いざな》った。応接間のソファに風森の黒い影がぼんやりと見えた。

「なんで地下の部屋に居ない？」

「あの女の目的を探っていた」

「目的？　彼女は手島の知り合いだろ」

「信じたのか」

風森はくすくすと笑って、

「こいつで床を見てみろ。床だけだぞ。明りが外に洩れれば警察に気取られる」

私にペンライトを握らせた。

私は床に向けて点けた。ソファの周りはそうでもなかったが、書架の下には無数の本が散らばっていた。思わず唸りが出る。

「これが部屋の掃除か？」

風森は鼻で笑って私たちに言った。

「しかし……彼女はごく普通に」

「だからプロと言ったはずだ。むしろあんたらがあの女を信用したお陰で命拾いしたと感謝するんだな。妙に勘繰って追及していたらどうなったか分からん。モニターを見ながらハラハラしていた。あんたらが立ち去ったのを見届けて女はまた二階に戻った。そしてこのざまだ。時間があれば地下室もきっと探し当てられていた。警察の車が門の前に停まった。それで女も諦めたのか姿を消した」

信じられない。私と広司は顔を見合わせた。

「夜中に来るかも知れん。女は探し物をまだ見付けていないからな」

「どんな手を打つ？」

「探し物がなんなのか、おれも知りたい。間違いなくあると確信しての探し方だった。それが不思議だ。まずい物は全部持ち去ったはずだ。残された物は大したもんじゃないと思うが……もしかすると動かせないものがこの家にあるのかも」

「あんたにも分からないのか？」

「ここはおれの家と違う」

当たり前の顔で風森は返した。

「あんたらともこれでお別れだ」

風森は冷たい声で言った。

「帰ってくれ。なにかあったときは、おれから連絡する」

「ここまできて帰れと？」

「どうなるか気になるのか」

「当たり前のことを言うな」

「あんたらがやり合える相手じゃない。今度は一人で来るとは限らん」

「見損なうな。喧嘩にゃ慣れてる」

広司は風森に膝を進めた。

「死ぬかも知れんぞ」

風森はゆっくりとソファに腰を沈めた。

24

まったく便利な時代になったものである。広司がコンビニで買ってきた弁当に箸をつけながらつくづくそう思う。夜の十一時過ぎにこういう温かい飯が食える。しかも自分が拵えるより遥かに旨かったりするから嫌になる。健康のためになるべく自炊をと心掛けているのだが、足りないのは野菜だけで、コンビニの弁当には愛さえ感じられるときがある。私の若い時分は違った。夜中に腹が減ると大変だった。常備してあるのはせいぜいインスタントラーメン。スーパーも九時閉店が当たり前の時代だ。残り飯にただケチャップを混ぜて炒めたり、目玉焼きを皿のライスに乗せてソースをぶっかけて食べるしかなかった。冷凍食品は種類が結構あったというものの、学生に冷凍庫付きの冷蔵庫を持つ余裕はない。小さな製氷室に数点入っていればいい方だ。

もっとも、こういう時代になって本心からありがたいと思っているのは私のように独身を貫いている中年男ぐらいのものだろう。野菜が足りなくても、毎日バラエティに富んだ食事ができる。文句を言えば罰が当たる。

「妙なメンバーだ」

半分近くも残した弁当の蓋を閉じながら広司はあらためて気付いた顔で笑った。

「普通なら絶対に出会いそうにないもの。本の評論家と元プロレスラーだぜ」

「そっちだって暴走族上がりの木地師《きじし》だ。相当に変わってる」

まだ熱い茶の缶を手にして私は苦笑した。

「暴走族上がりか。どうりで」

「なにが、どうりで、なんだよ」

広司は風森を見詰めた。

「肝は据わってるが、あまり物事を冷静に見ていないってとこだ」

「こんな状態で冷静になれって？　今の時代に本気で警察と戦争する連中が居たり、映画でしかお目にかかれないような美人の殺し屋が登場してきたりしてるんだぞ」

「殺し屋とは言ってない。プロと言った」

「殺されるかも知れねぇと言ったじゃないか」

「場合によってはな」

「出たとこ勝負しかないだろうさ。おれはあんたらの方が信じられねぇよ。よく米粒一つ残さずに食えるもんだ」

「なんの関係がある」

私は思わず噴き出した。

「しかも美味そうに奈良漬け齧ったりしてよ。つくづくオヤジだなと感じてたわけ」

わははは、と笑ってしまった。

「よく分かんないけど、こういうときってそれなりに格好つけるもんじゃねぇの？　もうすぐ死ぬかも知れねぇんだ。つくねを大事そうに残してたりするのを見てると情けねぇって思う。パクッて食ってやりたくなる」

「よしてくれ。好きなんだ」

私は弁当を広司から遠ざけた。

「だからさぁ、つくねが好きならバケツ一杯分でも買ってきてやるって」

「この串に二つってのがいいんだ」

「だんだん尊敬が薄れてく」

「尊敬してくれてたのか」

「ま、おれは本と無縁だからね。日に三冊くらい読むなんて信じられねぇ」

「仕事なだけだ」

「そのちまちました食い方見てたら、今の返事にも納得できる」

「いつからの付き合いだ？」

風森は私と広司を交互に眺めた。

「三日前さ」

「とてもそうとは見えない」

私に風森はにやにやとして言った。

「二人で危ない橋を渡ってきた」

それに風森は大きく頷いた。

「女房も子供も居ないし、親父たちも死んでる。貯金も大してない。ここで終わったってそんなに悔いはないような気はするが……あんたらが何者か知らずに死ぬのは――」

「また見事な誘導だな」

風森は薄笑いで缶コーヒーを飲んだ。

「別に誘導質問てわけじゃ……本心だ」

「知らずに死ぬのは他にいくらでもある。宇宙が本当はどうなっているのか分からんし、神が居るのかどうかも。おれたちのことなんて些細な問題だろうに。その様子じゃ好きな女の気持ちだって確かめていないんじゃないのか？」

「話を逸らすな」

「いや、おなじことさ。人なんてその程度のものなんだよ。別の言い方するなら、いつだってなにかしらの問題を抱えてる。皆が半端な思いを持ちながら死んでいく。けど、それらも突き詰めてみりゃさほどの問題じゃない。自分が惚れている女より綺麗な女は世の中に何万と居る。仕事にしても自分が欠けたところでだれかが穴を埋める。先を案じても、残された家族はなんとか生きていく。自分一人が気に懸けているに過ぎん」

「哲学者だな」

「八百長にゃ違いないが、プロレスラーは体を張って生きてる。甘く見てると大怪我をする。頭からリングに叩き落とされるんだ。そいつを毎日続けてると、何日もおなじ問題を抱えてるのがバカらしく思えてくる」

なるほど、と私にも理解できた。

「養豚場の豚たちは毎日なにを考えて生きてると思う？　今日は暑い、とか、腹が減った、とか、たぶんそんなことだけだ。どこかに連れて行かれた仲間がどうなった、とか、なんで人間たちがただで飯を食わせてくれるのか考えはじめたら怖くて生きていかれん。人も本当はそれでいいんだ」

「なんか……感動した」

広司は風森を見詰めて口にした。

「そうだよな。豚や牛はそうだ」

「知れることを知るのはいいことだ。だが、知れないことを知りたがって悩むのは無意味だ。もっと好きなことをしてりゃいい。今からでも間に合う。余計なことに首を突っ込まず立ち去れ。死ぬ危険を冒す必要はない」

風森は私と広司に言った。

「あいにくと、おれは豚じゃない」

「……」

「人間てのがどうあるべきか、なんて偉そうには言えないが、とにかく豚じゃない」

「それも格好いい返事だ」

「茶化すな」

私は広司を睨み付けた。

「茶化してなんかいねぇって。その通りだと思ったんだ。ただのオヤジじゃねぇよ。あんたら二人ともな」

「立ち去る気はないようだ」

風森は鼻で笑って、

「だったら少し寝ておけ。敵がいつ来るか分からん。待っていてもしょうがない。モニターはおれが見ている」

傍らの機械をいじくった。

二階の応接間を映していた真っ暗な画面が急に明るくなった。角度も異なる。

「赤外線カメラも設置してある」

私と広司に説明して風森は次々に切り替えていった。私はモニターに目を凝らした。

「おい！」

広司が緊張の声を発した。

「来たか」

庭に立つ人影を認めて風森は唸った。

「一人とは、あっちも油断してるな」

風森には余裕が生まれた。間違いなく夕方に現われた女である。

「二人はここで見ていろ」

「どうする気だ？」

　拳銃を手にした風森に私は訊ねた。

「捕らえて口を割らせる方が早い。おれ一人なら心配要らん。応接間で待つ」

「その拳銃は？」

「威嚇だ。逃がさないためのな」

「殺さないでよ。勿体ないから」

　広司は笑いを浮かべて言った。風森なら大丈夫と見てのことである。


　私と広司は額を寄せて小さなモニターを見守った。しばらくすると風森が画面に映った。真っ暗なはずなのに風森の足取りは確かだ。カメラに軽く手を振ってソファに腰掛ける。

「あんなやつに待ってられたら堪んないね。どきっとして腰が抜けちまう」

　広司に私も頷いた。女はだれも居ないと思い込んで入って来る。幽霊と間違いかねない。

「あっちもピストル持ってたら？」

「ピストルの弾だって避けられる」

「いきなり撃ってきてもかい？」

「避けたじゃないか」

「あのときは風森の方も予測してた」

「自信があるから待ち伏せしてるんだ」

「万が一のときはどうする？」

「……」

「こっちにゃなんの武器もない」

「抜け穴を伝って逃げるしかなさそうだ」

「悔しいが、そうだよな。ピストル相手じゃなんにもできない」

広司は自分に言い聞かせるよう口にした。

「それより、なんで音が聞こえない？」

私はあちこち試してみた。玄関でのやり取りを風森は聞いていた。音が出るはずなのにスピーカーは雑音さえ伝えない。どれ、と広司が代わった。結果は一緒だ。

「聞こえないようにしてったんだ」

「なんで？」

広司は小首を傾げた。

「女との話をおれたちに聞かれたくないんだろう。女の口から秘密が洩れるのを恐れたのさ。周到なやつだ」

私は思わず吐息した。

「ソファから消えちまった」

広司は慌てた。固定のカメラなので視野を一杯に広げている。それでも風森の姿は見当たらない。

「油断ならねぇやつだ。それとも女を警戒してのことかな？」

「分からん。あるいは方針を変えて女に探し物をさせる気かも」

「行ってみるか？」

「も少し様子を見てからだ。女も来てない」

私はなんの動きもない応接間を凝視した。

やがて女が現われた。

地下と二階は相当に離れている。それでも自然と息を殺してしまう。広司も食い入るように画面を見詰めていた。

カーテンに近付き、外の気配を確かめてから女はペンライトを点した。画面が一瞬真っ白になった。ライトの明りのせいだ。

女があちこちにペンライトを動かす。

「手島のおじさま、なんて抜かしやがった」

広司はその様子に舌打ちした。

「女ってホントに分からねぇもんだよな」

「静かにしてろ」

「聞こえやしねぇって」

広司は私の心配を追いやった。

「なにしてる？」

私は画面に目を近付けた。女が本棚に両手をかけて力を込めている。

「隠し扉でもねぇかと探してるんだ」

広司に私も頷いた。

「無駄な努力はよしなって。あんたが探してるのはここだ。この地下室なんだろ」

広司は画面に声をかけた。

「そこを探したって朝まで──マジかよ！」

本棚の一つが大きく開かれたのを見て広司は仰天した。暖炉の直ぐ側《そば》の本棚だ。女はペンライトで中を照らした。小さな画面ではよく分からないが、煉瓦の壁のようなものが見えている。まさに隠し扉である。

女が突然振り向いた。

長い髪がふわりと揺れる。

驚愕の顔だった。

風森が背後から出現したに違いない。

女はペンライトを放り投げて身構えた。女の右手には鋭いナイフが握られていた。風森はどこに立っているのか姿が見えない。

女が一言二言発した。

それからたじたじとなって後退する。風森になにか言われたらしい。私は苛立った。直ぐにでも二階に駆け付けたい。

いきなり画面がぐらぐらと揺れた。

ぶつっとモニターが死んだ。

「どうなってる？」

広司はあんぐりと口を開けた。モニターを叩いたり揺すったりしても変化はない。

「風森だ。カメラの線を切ったんだ」

「どうして？　なぜそんなことをする」

「知らん。最初から切ればおれたちが二階に駆け上がる。だから待ってたんだ」

「なにする気だよ！」

ドアに突進した私に広司は叫んだ。

「早く来い！　逃げられるぞ」

「風森にか！」

広司も察して私に続いた。

キッチンに通じる梯子を上る。

「くそっ！　上になにか置いてある」

私は首を曲げて肩で思い切り押し上げた。わずかの隙間はできたが、それ以上は無理だ。重そうなテーブルの脚が隙間から見えた。

「なにしてんだよ！」

広司が私の尻を両手で支えた。

それで力が倍増した。じわじわと隙間が広くなっていく。賑々しい音を立ててテーブルが倒れ、私の頭がキッチンに出た。風森に聞こえただろうが気にはしていられない。

「風森、なんの真似だ！」

私は二階に声を張り上げた。

風森の返事はなかった。

25

「くそっ！」

だれの姿もない応接間に飛び込んで私は思わず声高となった。

「風森に引っ掛けられた」

「逃げた女を追いかけてるんじゃ？」

ライトであちこち照らしながら広司は言った。カーテンの隙間から庭を見下ろす。

「モニターを切ったのは風森だ。それに、逃げられるようなヘマをするやつと違う」

私は暖炉の側に足を進めた。女が引き出した本棚がそのままになっている。

「なんだよ、こりゃ？」

広司が私と並んで首を傾げた。モニターで見ていたときは間違いなく隠し扉と思えたが、ただの煉瓦の壁だった。上にも下にも通じている隙間はない。

「どういうこと？」

「なにか仕掛けがあるはずだ。でなきゃわざわざこんなものを……封じたのか？」

私は煉瓦の壁を叩いた。が、奥が空洞とは思えない。どっしりとした手応えが戻る。それに表面には埃が付着していた。開け閉めしていたとしたら有り得ない。

「他の部屋を捜せ！　まだ近くに居る」

叫んで私は階段を駆け下りた。

が、一階のどこにも風森は見当たらない。

念のため地下室にも下りてみたが無駄だった。わずかの間に風森は消えてしまった。

「やっぱりあそこだ。それしか考えられない」

広司を促して私は二階の応接間に戻った。

「無駄だよ。もう追い付けやしねぇって」

広司は諦めた顔でソファに腰を下ろした。

「隠れてるわけねぇだろ。こっちもそろそろ逃げ出さないと。警察がいつ来るか……それの方が心配だ」

広司はたばこを喫いはじめた。

「一階まで下りて玄関から逃げる余裕はなかったはずだ。この部屋の窓には全部鍵がかけられてる。他の部屋に居ないとしたら――」

「あいつのことだ。おれたちの動きを先に読んで擦り抜けたんだろうさ」

「女を抱えてか？」

「あいつなら簡単に気絶させられる」

私は舌打ちした。有り得ないでもない。

「それにしても、こいつはなんだ？」

私は剝き出しの煉瓦の壁を睨み付けた。壁はいいとして、備え付けの本棚を前に引き出せるように作ってあるのが分からない。

「電気の配線のためなんかと違う？」

「電線はどこにも見えない」

私はライトで細かく点検した。

「待って！　いま手の形が見えた」

広司が声を張り上げて腰を浮かせた。

「埃がないとこがある」

言われて広司の指差している部分を照らした。いかにも手を強く押し付けた跡だ。

「これは、おれのじゃないか？」

ついさっき何箇所かを叩いている。

「こんな下まで？」

広司は屈んでライトを当てた。

「それにあんたの手よりずっと大きい」

「風森の手だな。間違いない」

私も頷いた。

「こいつも風森じゃないかな」

広司はもう一つを見付けた。今度は右上だ。

「あちこち触るな。まず丁寧に探そう」

手掛かりと睨んで私の胸は騒いだ。

「風森も空洞がないか調べただけじゃ？」

「それならおれみたいに真ん中を叩く」

なるほど、と広司も得心した。

「絶対だ。押せば凹む」

私は手形のついている煉瓦に指を当てて確かめた。煉瓦が少しだけ奥に沈み込む。私は慌てて指を離した。

「なんだよ？」

「押す順番があるのかも知れん」

風森のものと思われる手形は三つある。

「まず押してみてから考えようぜ」

広司は私の制止を無視して三つを次々に押し込んだ。私たちは息を殺して見守った。

なんの変化もなかった。

「思った通りだ。おれがやる」

私は煉瓦の壁の前で腕を組んだ。

「ちょいと質問があるけど」

壁を睨んだままの私に広司が質した。

「風森はどうして迷わずにこの三つの煉瓦を探し当てたわけ？」

「埃が付着していないことを見抜いていたんだろうさ。おれたちはそういう仕組みと思わなかったから探す前にあちこち叩いてしまった」

「頭いい」

広司は私の推測に感嘆した。

「じゃ、即座に順番を当てたのは？　あいつ、最初から組み合わせを知ってたのかな？」

「いや、解いたんだろう。隠し扉があるらしいのは知っていたみたいだったが」

「結構むずかしい問題に思えるけど」

「風森は数学の天才なんだ。我々とは違う。三つの煉瓦の押し方の組み合わせなんてすぐだ。いわゆる順列と組み合わせってやつだ」

口にして、なんだと思った。三つの煉瓦に1、2、3と番号を振って組み合わせを考えれば大した数にはならない。頭で計算したらたった6通りしかない。同時に二つを押し込むというやり方が加われば別だが、とりあえず試してみることにした。
１２３、１３２。２１３、と次々に試みる。
３１２のときに手応えを感じた。最後に押した2の煉瓦がさらに深く沈んだのである。

ごとん、とどこかで大きな音がした。

「あっちの本棚の奥だ」

暖炉を挟んで反対側の本棚を広司は顎で示した。私は本棚に駆け寄ると前に引いた。ゆっくりと本棚が前に引き出される。

「やった！」

広司が小躍りした。本棚の奥に煉瓦の壁がある。その壁の端に五センチほどの縦の隙間ができていた。私は壁に手をやった。厚い板に薄い煉瓦を貼り付けた扉だった。横にスライドさせる構造である。私は勇んで開けた。

なんとか人が下りられる隙間が設けられていた。万が一の逃げ道だろうか。

覗き込むと、下に梯子が伸びている。

「行こうぜ」

躊躇している私の背中を広司が小突いた。

「ただの逃げ道ならこんなに複雑にしない。下手すりゃ手間取って逃げ遅れる」

「だから？」

「考えものってことだ。覚悟しないとな」

「そんなものとっくにつけてるさ」

「入る前に武器を探そう」

「相手は風森だぜ。武器なんて意味ねぇよ」

言われればその通りだ。私は苦笑した。猟銃すら通用しない男なのである。

「おれが先に下りる」

広司は潜り込んで梯子に足をかけた。

「本棚を元の位置に戻してくる」

私は広司に声をかけた。そうしないと警察にこの仕掛けを知られてしまう。

煉瓦の壁を隠して私は引き返した。梯子に足をかけ、こちらの本棚を引き戻す。途端に真の闇となった。ぶるっと寒気が走った。

梯子はずうっと下に続いている。

二階の応接間からだから当然だ。一階に下りるだけならこんなものを作らない。地下深くまで通じているに違いない。冷たい風が腰から肩へと擦り抜ける。

「まだか？」

闇への不安も加わって広司に質した。

「分かんねぇけど、よっぽど深いぜ」

広司の口調にも不安が感じ取れた。

「風森のやつ、どうやって女を下ろしたんだろ。担いで下りられる梯子じゃない」

「利害が一致したのと違うか？　風森にしてもこの穴がどうなってるか知りたかったんだ」

私の言葉に広司はなるほどと応じつつ、

「これであの地下室に繋がってたら笑い話だ」

くすくすと笑った。

「位置が違う。あっちはキッチンの下だ」

「地下室はそうだけど、抜け穴さ」

「それは……あるかも知れん」

二つも地下室を作るとは思えない。とするなら我々が二階に駆け上がったのと同時に風森たちは抜け穴に下りて逃げたことになる。

「急に周りが広くなった！」

広司が安堵の声で報告した。

「丸いトンネルに変わった。石で組んでる」

私もその位置に達した。ライトを動かす余裕ができた。照らした石には苔が生えていた。

「こりゃ、井戸だな」

「そっか。確かに井戸だ」

広司は言って盛んにライトを動かした。

「古い井戸の真上に家を建てて二階の応接間まで穴を繋げたんだ」

「そうすっと地下室から通じてる抜け穴とは全然別のものってことになるわけ?」

「だろうな。今居る位置がちょうど地下室とおなじくらいの深さだ。横穴はない」

「薄気味悪くなってきた。古井戸って嫌いなんだよ。幽霊が出そうな気がする」

「とにかく下りろ。風が下から吹いてる。必ずどこかに通じている」

「穴がやたらと好きな連中だと思わない?」

「……」

「まるで地底人みてぇだ」

「穴を掘る技術を持っているんだろう」

それしか私には返しようがなかった。

私たちは井戸の底に下り立った。

水のすっかり枯れた空井戸である。

乾いた砂利が堆積している。

目の前には狭い横穴がある。

「腹這いでしか行けねぇよ」

広司はうんざりとした感じで口にした。

「風森たちは行ったんだ」

横穴の縁の埃の跡を私は示した。

「マジで行く？」

「覚悟を決めたんじゃなかったか？」

「そうだけど……怖くなってきた」

正直に広司は言った。

「ここって、弘前のど真ん中なんだぜ」

「それで？」

「それでって……信じられねぇだろ」

「慣れっこになってきた」

「だったらお先にどうぞ」

広司は後ろに下がった。

仕方なく私は横穴に潜った。この狭さは前の洞窟で体験済みだ。利用していたからには必ず広くなるという確信もあった。この前屈みの姿勢で長時間は進めない。

思っていた通り、五分もしないうちに天井は立って歩ける高さになった。私はそこで広司を待った。広司も顔を覗かせた。

「壁がつるつるだ。機械で掘ったんだな」

「いつの時代にさ？」

「あの井戸に繋げて掘ったとしたら、少なくとも縄文時代じゃない」

「よく冗談言える」

「ま、古くても昭和のはじめだろう。上の建物がその時代のものだ。同時期と見ていい」

「昭和のはじめなら掘れるかもね」

広司は頷きを繰り返した。

「問題は電池だ」

私は案じた。こういうことになるとは思わなかったので予備を持ってきていない。

「電池って普通どれくらい保つ？」

「知らねぇよ。つけっ放しだと三時間とかそこらじゃねぇの？」

「そっちは消せ。それで倍になる」

いくらなんでも五時間は歩かないとみての計算だ。梯子を上って電池を取りに戻る気にはなれない。

「ここ、本当に弘前の下なんだよな」

広司は深い吐息をした。

26

穴はどこまでも、呆れるほど続いている。自然のものではないので横穴はない。道に迷う心配はないものの、じわじわと恐ろしさが増していく。これを拵えた者たちの技術力に対してだ。土を掘っただけとしか見えないのに、どこにも崩れがない。壁の表面はつるつる輝いている。まるで壁にビニールコーティングでも施したような感じだ。それをいつの時代に行なったのかと思えば不気味だ。

「パイプの中を歩いてる気がする」

広司も私とおなじことを考えていたらしい。

「そろそろ電池がヤバくなってきた」

広司はライトを左右に振った。

「一時間近く歩いてるからな」

私は自分のライトを点した。こちらはまだまだ余裕がありそうに思える。それにしても二時間保つかどうか。そうなったときを想像したくない。真の闇と化すだろう。

「ぎりぎりまで我慢しよう」

私は自分のライトを消した。

「連中の村に通じてるなんてことはないよな」

広司は不安気に口にした。

「あの森まで何キロあると思ってる。最低でも二十五キロはあるぞ。そんなに長いトンネルを作るわけがない。それにこの速度なら十五時間もかかっちまう。車で一時間やそこらで行けるのに、無駄ってもんだろう」

「そりゃそうだ」

広司も納得した。

「長くても、あと三十分と見た。もしそれでも先が見えないようなら引き返す。電池が切れたら闇の中に取り残されちまう」

「横穴がないから壁に手を当てりゃなんとか元の場所に戻れるさ」

「人間は真の闇に一時間以上耐えられないそうだ。そういう映画を見たことがある」

「だったら目が見えない人間はどうなるわけ。いつだって真の闇だぜ」

「目が見えているおれたちは、と言い直す。平衡感覚もなくなって足が動かなくなる」

「風森はこんなに長いトンネルと知って入ったのかな？」

「分からん。けどあいつはおれたちと違う」

「未来予知か」

「ああ。抜けられると見てのことだろう」

「羨ましい能力だ。大して役立たないと言ってたけど、玉の出るパチンコ台くらいは当てられるんじゃねぇの？」

「どうかな。分かるのは身に危険が迫ったときとか、必死で気持ちを集中させたときだと言っていた」

「パチンコ台に気持ちを集中させりゃいい」

「毎日そんな暮らしか？」

「ま、確かに情けねぇ超能力者だ」

ついに広司の持つライトが消えた。

私は慌てて自分のライトを点けた。

「マジに真っ暗だった。やっぱ怖ぇや」

広司は大きく息を吐いた。

「あと十五分だな。大事を取ろう」

私に広司は同意した。


まずい、と焦った。

十分も進まないうちにライトの光が弱まりはじめたのだ。二時間保つと思ったことについての根拠はなにもない。

「もう引き返せないぞ。消えても壁を伝って前に行くしかない」

ああ、と広司は弱々しく応じた。

「出口が近いと信じよう」

「ホントに近いんじゃねえの？　風がある」

「なるほど。確かにそうだ」

私たちの足は速まった。

辛うじて電池が足りた。

頼りない明りが石の階段を照らしている。

私と広司は安堵でへたへたと跪《ひざまず》いた。

「内心じゃどうなることかと……」

広司は口にして笑顔を見せた。

「出口の扉が閉じられていないのを祈る」

「大丈夫さ。風が下りてきている」

張り切って広司は階段を上がった。

「気を付けろ。風森が居るかも」

私の注意に広司の足が止まる。

「もうどうでもいい気分だ。こっから出たい」

意を決した顔で広司は上を目指した。

仕方なく私も駆け上がる。

さすがに広司も上りきったところで躊躇していた。半開きの扉が広司の前にある。

「なんの音もしない」

広司は私に囁いた。微かな明りが洩れている。私も耳を澄ました。

「どうでもいい気分なんだろ」

私の言葉で広司は扉を押した。

　豆電球がいくつか点っている長い廊下が伸びていた。その先にまた扉が見える。廊下の両側には部屋のものと思しきドアが四つある。

「ここは一階？　それとも地下かな」

「この湿り気なら地下じゃないか」

「風森はこの部屋のどこかに？」

「先に突き当たりの扉を調べよう。出口を確保しておかんと逃げ場を失う」

　部屋のドアが開けられないことを念じつつ私たちは足音を立てないようにして進んだ。ドアの前を通るときは緊張で心臓が飛び出しそうになる。中に人の気配はしないが、まったく状況が分からない。

　なんとか廊下を渡り切って私は扉の取っ手を握った。そっと回すと扉は開いた。慎重に奥を覗き込む。天井の高い、だだっ広い空間だった。ホールというより倉庫に見える。

　ここにも静寂が広がっている。

「とりあえずこっちに」

　私は広司を促して倉庫に出た。

　真っ先に隠れ場所を探す。左手にドラム缶が積まれている。私たちはその裏に身を潜めた。明りが少ないので倉庫の全貌は不明だ。

「ここはなんだよ？」

　広司が戸惑いの顔で質した。

「なにかの倉庫だろう」

「分かるけど、こんな倉庫に繋げるために大袈裟なトンネルを拵えたってか」

「いや、むしろ反対で、この倉庫から手島の屋敷に直接行けるようにしたのかも」

「だからなんのためにさ。考えられねぇよ」

「するとよほど重要なものを隠していた倉庫だったのかも知れん」

「重要って言うと？」

「知らん。見た通り運び出されている」

「運び出して無用の倉庫になったんなら、さっきの部屋にだれも居ないんじゃ？」

「当たっていそうだな。気配はなかった」

「それなら部屋を探そう。がらんとした倉庫を調べたって無意味だ」

広司は腰を上げると扉に向かった。

大胆な足取りになっている。

私も廊下に戻った。広司がすでに四つのドアの点検を済ませている。すべて施錠されていると言う。広司は一つのドアに体当たりした。古いドアだったようで蝶番《ちょうつがい》の部分の漆《しっ》喰《くい》がぼろぼろと崩れた。広司は乱暴に蹴った。

ドアが内側にゆっくりと倒れた。

私は内部をライトで照らした。

梱包された大きな箱が積み上げられていた。

「ここも倉庫だ」

私と広司は思わず顔を見合わせた。

なんだかおかしい。

あれほど巨大な倉庫があるのに、さらに倉庫を作るなど有り得ない気がする。

広司は他の部屋も当たった。

やはり倉庫である。

「連中の不思議さには慣れっこになっているが、これぱかりは分からんな」

「ここに入らない大きなものをあっちに置いていたってことだろ」

「たとえばどんなもんだ？」

「一杯あるさ。大型の車とか……そうか、あっちは車庫だったかも」

「天井を高くする必要はない。それにあれだけのスペースがありゃ、この箱をいくらでも置ける」

それには広司も同意した。

「とにかく出口を見付けよう。風森もここには居ない」

「なにが入ってるか調べなくていいのかい」

広司は梱包されている箱に目をやった。

「後だ。ここの場所が分かればまた来られる」

私は広い倉庫に引き返した。

縦横それぞれ百メートルはありそうな空間である。壁際にドラム缶や大小の箱が並べられているだけだ。学校の体育館にも思えてくる。次に頭に浮かんだのは格納庫だ。突飛な想像に思えたが、ジャンボ旅客機がここに置かれていたとしても違和感はない。

格納できても滑走路がなければ飛べない。

〈まさかな……〉

「あった！」

反対側を探していた広司が声を上げた。

「ここに扉がある。けどさ……」

「なんなんだ？」

私は駆けながら訊ねた。

「またトンネルだ。上に向かってる」

「それならここは地下倉庫か？」

それで格納庫の想像は消える。

「他に扉はない。だったらここにどうやって巨大な荷物を運び入れるわけ？」

広司は盛んに首を捻った。

私は広司の見付けた小さな扉の奥を覗き込んだ。狭い穴に石段が設けられている。

「風森は通っていない」

石段には砂埃が堆積していた。風森たちが上がれば必ず足跡がつく。

「どこかに別の隠し扉でもあるんだな」

「探す気力はもうねぇよ」

広司はくたびれた顔で言った。

「一度外に出てから考えよう」

私も頷いた。喉もからからになっている。

私が先に潜り込んで石段を上がった。

外に通じているという保証はないが、この道しか見付けられなかったのだから仕方ない。

かなり上ったところで視野が開けた。

倉庫全体を見下ろすことができる。

闇に慣れた目に倉庫の床が青白く浮かび上がった。やはり相当な広さである。

「なんかの形に見えない?」

広司が口にした。

「床に模様が見える気が……」

言われて私も床を凝視した。

巨大な楕円形が床の中心に描かれている。

「模様じゃない。ああいう形のものが床に置かれていたんだ。周りが白っぽいのは、この石段とおなじ砂埃だ。相当長い間、ここにしまわれていたんだろうな」

「なんだと思う?」

「信じられないが……UFOみたいに思える」

「あんたもそう思ったか」

広司は言って溜め息を吐いた。

27

「そこで止まりなさい！」

いきなり暗がりから甲高い声がした。

私と広司は固まった。

「狙いを付けている。逃げるとどうなるか分かっているわね。手を上げて！」

黒い影が見下ろしている床に現われた。

「早く手を！」

苛々した声に私たちは手を上げた。

「下りて来なさい！　ただし一人ずつよ。下りて来なければ残った方を撃つ」

なんでそんな面倒をするのか分からなかったが、なるほどと思った。途中の階段は死角になっている。それを警戒しているのだ。

「分かった。なにもしない」

私は広司を促した。広司は吐息して先に階段を下りた。相手の見当はついている。風森と一緒に消えた女だ。名美と名乗ったが、どうせ偽名に決まっている。

「そこで待ちなさい！」

女は階段を下りた広司に命じた。

「今度はそっち。妙な真似をすれば下に居る仲間を殺す」

女は私を見上げた。

「なにかしたくても武器がない」

私は駆け足で下りた。

私と広司は手を上げたまま待った。

女が慎重な歩みで近付く。

「弘前警察署の人間と言ったわね」

女は拳銃を私たちに突き付けた。

「あれは嘘だ」

「嘘？　どうかしら」

女は壁に手を当てるよう言った。そうさせてから身体検査にかかる。

武器をなに一つ持っていないことを確かめて女は振り向くよう促した。

「警察の人間じゃないなら、何者？」

女は私の腹に狙いを付けながら訊ねた。

「風森とはどういう関係なんだ？」

「訊いているのはこっちよ」

「風森はどうした？　一緒と違うのか」

「あいつは逃げた」

「逃げた？　どこから？」

「知らない。ここになにもないと分かったらいきなり首の後ろを……」

「君や風森から見ればただの詰まらん人間さ。ただ巻き込まれただけでなにも知らん」

「もう一度訊く。どこの何者なの？」

「……」

「そういう人間が警察の名を騙《かた》るわけ？」

女は鼻で笑った。

「あのさ……」

広司が割って入った。

「お互いじっくり話し合ってみる必要があると思うぜ。こっちだって風森に騙されたようなもんだ。確かに風森とはさっきまで一緒だったけど、仲間ってわけじゃない」

「なぜあの家を訪ねて来たの」

女は広司を冷たい目で見詰めた。

「居たんだ。あそこの地下に最初っから。あんたが鍵をこじ開けて入るのをモニターで見ていた。それで正体を探ろうとして接近した。警察と名乗ればびびると思ってさ」

「そのとき風森も側に？」

「居たよ。風森はあんたをプロだと言った。また来るに違いないと。その通りあんたが現われた。風森は危険だから一人でやると言って二階に上がった。その後どうなったか知らない。あんたと風森は消えた。必死になって探して、井戸に下りる隠し扉を発見した。そしてここにやって来た。それだけだ」

「なんの説明にもなっていない」

「ちゃんと言っただろうが！」

「風森とどうして一緒だったのよ」

「風森から招ばれた」

今度は私が説明にかかった。

「君がどこまで承知か知らないが、我々は風森の仲間と揉め事を起こしている最中だ。風森はその一件から手を引けと言ってきた。警察なんかが勝てる相手じゃないと言ってな。風森とはその話し合いをしていた」

「確かにじっくり話し合ってみる必要がありそうね。その地下室とやらに案内して」

「懐中電灯を持ってるか？」

「ある」

「だったら戻れそうだが、電池が保つかな」

「振るだけで充電できる」

「風森が逃げた出口があるはずだ。そっちを見付けて上を歩く方が楽じゃないか？」

「なにが待ち受けているか分からない」

女は私たちをトンネルへと促した。

一時間近くかけて戻った。

井戸に辿り着いて二階に通じる梯子を上るときはへとへとだった。

最後の気力を振り絞って応接間に抜け出てそのまま地下室へと下りる。

到着してしばらくは息が上がっていた。

広司が冷蔵庫から缶コーヒーを出して手渡す。女も頷いて受け取った。

「あのモニターで見ていたわけね」

女は玄関先を映しているモニターに目を向けた。私たちの話を信じつつある。

「穴がまだ他に通じている。どこに？」

「抜け道とか言ってたぜ。まさかのためにさ」

広司は旨そうにコーヒーを飲んだ。明かりの下で見ると女はやはり美しい。

「あんた、本当の名前なんつうの？」

「名美と名乗ったでしょう」

「本名かい？」

「そう何人かは呼んでいる」

「格好いいね。おれのことも何人かは広司と呼んでるぜ。よろしく」

「その拳銃……もうしまっていいだろう」

私は名美に言った。

「風森の野郎どうにも分からねぇやつだ。なんであんたのピストルをそのままにした？」

広司は首を傾げた。

「こんなもの、どうでもいいって顔だった」

名美はベルトに挟んで苦笑いした。

「あいつの秘密を知ってるかい？」

広司は新しい缶を取り出しながら口にした。

「ピストルの弾なんざ簡単に避けるのさ。実際にこの目で見た」

「かも知れない。腰から引き出す前に腕を取られた。ある程度知っていたけど、あの動き、とても人とは思えなかった。殴られて気絶して、気付いたら奪われたはずの拳銃が側に置かれていた」

悔しそうに名美は言った。

「次はこっちが訊く番だ」

「調子に乗らないで」

名美は私を睨み付けた。

「まだ揉め事について聞いてないわ」

「君はなにも知らずにここに居るのか？」

「手島からずっと目を放さずにいた。突然手島は姿を消した。だから探りにきた。言えるのはそれだけ」

「なんのために手島を見張っていたんだ？　だいたい引っ越しは五日も前だ」

「あなたたちをまだ信用していない」

「なんにも知っちゃいないんでがっかりするよ。おれたちゃ風森がこっちの味方か敵かも分かっていない」

広司が言ってにやついた。

まぁいい、と私はそもそもの発端から伝えた。名美はじっと聞いていた。自分でもわけの分からない話である。が、名美の方は時々得心した顔で頷く。風森が居た村に通じる洞窟が塞がれてしまったと知ったときはぴくりと眉を動かした。私は構わず続けた。手短に話したつもりだったが十分以上はかかった。

「嘘ではなさそうね」

聞き終えて名美は膝を組み直した。

「それで君はどうなんだ?」

「どうって?」

「今の話にどう関わってくる? 少なくともおれたちの敵か味方か教えて貰いたいね」

「手島がどこから来た男か知りたい。風森のことはたった今までなにも知らなかった。正

体という意味よ。顔なら何度か見ている」

「この屋敷に身を隠していたからな」

それに名美は頷いた。

「別の線で動いていた我々がこの屋敷で一つに繋がったというわけだ」

「分からないのは風森。手島の仲間に違いないのに、あのトンネルを知らなかった」

「風森はあの場所を見てなんと?」

「なにもなくて安心したみたい」

「がっかりじゃなくか?」

「ええ。その直後に私は首筋を……」

「あそこにはなにが隠されていたと思う?」

「UFOじゃないのか？　床に埃の積もっていない部分があった。その形が――」

「……」

「そうよ。私もそう思う」

あっさり名美は認めた。

「すると……手島がどこから来た男かって意味も？」

「異星人を想像してるなら当たっている」

「まさか！　あいつは間違いなく人間だ」

私は首を横に振った。話を交わしている。

「人間そのものが異星人かも知れない」

「……？」

「別にはじめて耳にすることじゃないでしょう。人類は火星から移住して来たと主張している連中も居るわ。もし事実なら手島たちが人間とおなじでも不思議はない」

「津軽訛《つがるなまり》で喋る宇宙人かよ」

広司はくすくす笑った。

「あの手島は百歳以上になる」

名美は広司を無視して私に言った。

私と広司は顔を見合わせた。

「確実な証拠を上げられる限りということで、その前は分からない。ひょっとしたら百五十歳以上かも」

「冗談だろ。そんなこと信じられるか」

広司は額に噴き出た汗を拭った。

「明治三十七年。日露戦争が開始された年よ。弘前の連隊が大陸に出兵した。そのときの記念写真の中に手島が写っている。兵ではなく軍の関係者としてね。明治三十七年は西暦で言うと一九〇四年」

「写真の中の手島は何歳くらいなんだ？」

「三十には見える」

「手島本人という証拠は？」

溜め息をつきながら私は質した。

「顔の細部の照合。眉や鼻の位置は変わらない。専門家が九十九パーセント以上合致すると断定した。他にもそういう写真がいくらかある。手島に疑いの目を向けるきっかけになったのはそれらの写真の存在から」

「君はなにかの組織の一員なんだろ？」

「まあね」

「日本にもXファイルみたいな組織が？」

「謎には違いないわ。謎はだれかが解明する必要がある」

「拳銃の携帯が許されている組織ねぇ」

誘ってみたが名美はそれ以上言わなかった。

「しかし風森は別だ。出生がはっきりしている。見たままの歳だぞ」

「ある程度成長してから変わらなくなるというのが自然でしょう。でなければ赤ん坊のまま百歳ということだって有り得る」

「ちょっと待ってよ。あんた信じてんの？」

広司は私の袖を引いた。

「おれたちの聞いた限りでも手島は相当な年寄りのはずだ。なのにあいつは若い。最初は息子と思い込んでいた。辻褄は合う」

「一気にとんでもねぇ話になっちまった」

「そういう連中が相手じゃ、確かに警察なんかが勝てる敵じゃないな」

私に名美も頷いた。

28

未明に名美は立ち去った。私と広司はそのまま地下室で時間を潰した。名美の話を信じないわけではなかったが、手島が写っているという明治時代に撮影された写真をこの目で見てみたい。名美の話によれば青森県に残されている古い写真を集めた何冊かの本に収録されているらしい。それなら図書館で簡単に探し出すことができる。それで図書館の開館時間まで待つことにしたのだ。

私たちは早めに手島の屋敷を出た。

適当なファミレスを見付けて入る。

広司はハンバーグ定食。私はホットケーキにコーヒーのセットを頼んだ。

「そんなんで腹の足しになるの？」

ガキみたいだと広司は笑った。

「年に一、二度、無性に食いたくなる」

「どんなときさ？」

「自分でも分からん。幼稚園の頃、親父やおふくろ、それに田舎のじいさんやばあさんと皆で揃ってデパートに出掛けたことがあってな。あのときにデパートのレストランで食ったホットケーキの味が忘れられない。そいつを思い浮かべて、つい注文しちまう」

「なんかのトラウマってやつじゃねぇの。今流行りの」

「かも知れん。あのときのレストランの賑わいとか、ホットケーキに突き刺さっていたプラスチックの楊子のことまで憶えている。剣の形をした青いやつだった。おれのとなりの椅子にはばあさんに買って貰ったレゴの大きな箱が置かれていた」

「よっぽど嬉しかったんだろうな」

「悪い徴候だ」

「なにが？」

「ホットケーキだ。思えば、いつも落ち込んだり、不安でしょうがないときに頼んでいる気がする。言われて気が付いた。おれにとってホットケーキは逃げ込み場所だ」

「おれが食ってやろうか。あんたハンバーグにしたら？」

「そういう問題じゃない」

私は苦笑した。

「それに、食えば元気が出る」

「状況も上向きになりつつあると思うけど」

「そうかな」

それにはたやすく頷けないものがある。

「少なくても味方が増えただろ」

「彼女だってどっちに転ぶかまだ分からん。おれたちが敵じゃないと知ったからこうして解放してくれただけだ。彼女の属している組織の目的次第では敵になる可能性だって
――」

「一緒だろ。伯父貴たちを殺した宇宙人を敵にしている」

「千葉さんは気の毒なことになったが、だからと言って敵と決め付けていいものかどうか」

「あいつらは政夫も殺したんだぞ」

広司は私を軽く睨み付けて、

「それに風森よりは彼女の方が信用できる。風森は結局おれたちを騙して逃げた」

「確かに。今の段階ではな」

「あんたは身内を殺されてねぇから、そうやって呑気にしていられるんだ」

「別に呑気にはしていない」

「こいつは喧嘩なんだ。相手がいいやつかどうかなんて関係ねぇ。身内がやられたらきち

んとやり返す。手助けしてくれるんなら、これまで張り合ってた連中とでも手を組む」

「なるほど」

「宇宙人てのも無縁だ」

声高となった広司だったが、コーヒーが運ばれてきて口を閉じた。

「いずれにしろ警察にはまだなにも言うなよ」

私はウェイターが消えると念押しした。

名美からきつく命じられたことである。

「言ったって信じやしねぇよ」

「いや、今なら信じる」

「映画見てると警察はいつもそんな役割だ」

私は笑った。広司もにやついた。

「目的次第と言ったけど、たとえば？」

広司はコーヒーカップを手にして質した。

「いろいろある。連中の技術を奪い取ろうとしている軍事関係者という線もあるし、宇宙人の存在を知らしめたくない宗教組織だってあるだろう。存在を突き止めながら名美たちはなにもせずじっと監視していた。そこが怪しい。宇宙人が悪なら見逃したりせずにさっさと踏み込んでいたとは思わないか？」

「喧嘩にゃ事前の調べが大事だぜ」

「だから見極めが肝要と言った。手島たちはただ隠れ潜んで生きているだけだ。悪という決め付けはできない。いかにも政夫君と千葉さんは酷い目に遭った。しかし単に巻き込まれただけで連中の善悪の判断には結び付けられない。どんな相手でも組むと言ったが、もし自分の欲ばかりで宇宙人を襲おうとしている連中でも構わないのか?」

「二人の仇はどうなる?」

また広司の目が険しいものに変わった。

「おれは……風森が悪いやつとはどうしても思えない。おれたちを残して一人で行ったのも、危ない目に遭わせたくなかったとしか」

まあな、と広司も認めた。

「彼女の方はどうだ? 警察の介入を恐れている。そいつを言っている」

「分かったよ。もう少し様子を見よう」

広司は渋々と承知した。

「が、肝心の彼女からまた連絡が入るかどうか……おれたちを当てにはしていない。むしろ厄介者と見ているのと違うか」

「そのときゃ警察に洗いざらいぶちまけるさ。慌ててあっちから近付いてくる」

広司は言ってくすくす笑った。

わざわざ図書カードの検索に当たらなくとも、目的の写真集は直ぐに見付かった。郷土コーナーの棚に置かれていたのである。

私と広司は棚の側のソファに腰掛けて大型の写真集を捲った。明治時代に写された弘前城やら、ちょんまげを結った弘前藩士の写真が掲載されている。名美の言っていたのは日露戦争の頃のものだからもっと先だ。

「これだ」

出征の軍装をした兵らが居並ぶ記念写真が何枚か見付かった。が、一人一人の顔があまりにも小さい。

「天眼鏡が置いてないか訊いてくれ」

私は広司に頼んだ。

「天眼鏡って、拡大鏡のことかい」

「そうだ」

「天眼鏡なんて言うと笑われるぜ」

広司は呆れた顔で貸し出しカウンターに向かった。しばらく会話して手ぶらで戻る。

「その写真集だったらマイクロフィルム化してあるってさ」

「ありがたい」

私は写真集を棚に戻し、マイクロフィルムを保管している別室に向かった。マイクロフィルムなら好きなだけ拡大して見られる。

膨大な量に圧倒された。きちんと分類されたマイクロフィルムが壁一面のケースに収納されている。小箱一つに十巻として七、八千巻はある計算だ。優に億以上の経費がかかっているに違いない。フロアには八台のビュアーが並べられている。時間が早いせいなのかだれの姿もない。勿体ない、と心底から思う。商売柄図書館はよく利用する。どこの図書館もこんなものだ。多く利用されないうちにマイクロフィルムは廃れ、今はデジタル画像をパソコンで見る時代に変わった。それなら収納スペースも百分の一以下になる。しかし、大半の図書館が切り替えられないでいる。マイクロフィルム化に投下した金額が莫大過ぎるからだ。その当時はベストと考えられていたにしろ複雑な思いにかられる。

検索カードを苛立ちながら捲る。ようやく見付かった。

広司が私の言う番号に従ってフィルムを探す。その間に私はビュアーの使用説明書を読んでスイッチをオンにした。瞬時にプリントもできる高性能の機械だ。

ほい、と手渡されたフィルムのリールをビュアーにセットする。

「手慣れたもんだ」

たちまち写真集の目次を呼び出した私に広司は感心した。頁を確認して数字を入力する。さきほど眺めた小さな写真が画面に出現した。思った以上に鮮明だ。私は拡大した。豆粒のようだった兵士らの顔が大きくなる。ほどよい大きさにしてから左右上下にスクロールする。

「兵隊じゃないって言ってたろ」

広司に言われて私も思い出した。民間人なら前列の左右に固まっている。

ある人物のところで私の指が止まった。

拡大率を変えて何度も確かめる。

「こいつか?」

手島の顔を知らない広司が覗き込む。

「黒い口髭が邪魔してる」

思い付いて私は口髭に指をあてた。髭が隠されると紛れもない手島の顔がそこにあった。

「間違いない。おれと政夫君が会った男だ」

手島は黒い紋付きを着て山高帽を被っている。地方の名士といった風情だ。

「どうしたって四十くらいだよな」

広司に私も頷いた。百年前の写真である。

「ちょ、ちょっと！」

手島の周辺をスクロールしている私の肩を広司が揺さぶった。

「少し前の男の顔、もう一回見せてくれ」

「なにかあったか？」

私は反対側にスクロールした。手島の右隣に痩せた男が神妙な顔付きで立っている。

「こいつって……政夫の葬式んときにあんたをつけ狙ってたやつじゃ？」

ぎょっとして私は画面に目を凝らした。いかにも似ている。食堂で間近に見た顔だ。

「手島一人だけなら他人の空似ってこともあるが……こいつもとなると」

「彼女の言った通りさ。こいつらは少なくとも百三十年以上は生きてる。しかも若いままでさ」

広司は口にして吐息した。

村への戻り道。携帯が鳴った。私は携帯を耳に当てた。名美だった。

「写真の確認はできた？」

「ああ。手島だった。その側に居る男も知っている。例の洞窟に消えた男の一人だ」

「沢田《さわだ》ね。昔から手島と組んでいる」

「沢田というのか」

「沢田は危険な男よ」

「だろうな。そういう臭いがした」

「今はどこ？」

「もう弘前を出た。広司の村に戻る。洞窟の様子が気に懸かる」

「私も行くわ。あとでまた連絡を」

「こっちに来るって？　なんでだ」

「我々なら連中の隠れ場所を突き止められるかも知れない。それに、風森があなたたちに接触してくるような気がする」

「おれたちは餌か」

不快なものを感じた。

「それに我々ってことは何人かでか」

「なにが起きるか分からない。もう監視の段階は過ぎた。上の判断よ」

「おれたちはあんたらのことに巻き込まれたくない。どんな組織かも教えてくれないんじゃ協力のしようがないだろう」

「協力なんて頼んでいない」

名美は笑った。

「だったらこれきりだ。勝手にすればいい」

「待って。なにを怒ってるのよ」

「会うとしたら君一人だ」

「分かった」

「君と風森、どっちを味方にするか、決めるのはおれたちだ」

私は付け足して携帯を切った。

「なんだよ。妙にムキになって」

「監視の段階は過ぎたそうだ。やり合うつもりで名美たちはやって来る」

私は言って舌打ちした。

29

村の温泉宿に戻ったのは午後二時だった。

洞窟の様子を直ぐにでも見に行くつもりだったが、なんの進展もなさそうだと宿の主人から聞かされて力が抜けた。たった一日のことなのにへとへとに疲れている。風呂に入ったらますます疲れが出た。私と広司は座布団を枕に横になっていた。洞窟を埋めている石を取り除いたところでさしたる成果は期待できないと分かっている。

「お邪魔しますよ」

と声をかけて矢野が入って来た。

「ずっとどこに？」

矢野は私の目の前に座って訊ねた。

「ようやく戻られたと聞かされたものでね」

「大したことでは。弘前の図書館に……」

「それより洞窟の作業の方は？」

広司が起きて質した。

「石を運び出すのが大変で、あまり進んでいない。さらなる落石の恐れもある」

矢野は渋い顔で口にして、

「図書館へはなにをしに？」

また私を真っ直ぐ見詰めた。

「こんなときに図書館は妙だ。宿の主人の話によると例の風森から電話があったとか」

「そうです」

そこまで承知なら嘘はつけない。

「会ったわけですか、風森と」

「我々だけでなら会うと言われて……」

「なんの用件でした？」

「警察との仲立ちをして欲しい、と」

「仲立ちとは?」

「この件から手を引いてくれるよう頼んでくれと風森は言ってきた。警察とことを構える気はない。このまま続ければなにが起きても知らない、と」

「なにふざけたことを!」

矢野は声高となった。

「だから、こっちもそんな立場にないと言って引き返してきた」

「なんで会う前にそれを知らせてくれなかったんです」

「それについては申し訳ありません。私の判断です。風森は慎重な男だ。警察が絡めば必ず察知される。そう思ってのことです」

私は頭を下げて謝った。

「上手くやれば風森の身柄を確保することができた。そうすれば連中の集落を突き止められたかも知れん」

「風森は仲間から追われたと言っていた」

「追われたとしても場所は分かってる。何人もが行方不明のままなんだ。あの石の下に埋まっているとはとても思えん。あんたたちもなにを考えてる。一刻も早く皆を捜し出さなきゃならんというときに――」

「死んでるさ。もう間に合わない」

広司は小さく首を横に振って断言した。

「どうしてそれが分かる」

矢野は広司を睨み付けた。

「伯父貴たちは嘗めてかかったんだ。おれが危険だと何回も言って引き止めたのに」

「風森の話はそれだけですね？　他に隠していることはありませんな」

私はゆっくり頷いた。

「昨夜はどこに泊まられました？」

「どこって……普通のビジネス」

「なんというホテルでした」

「忘れた。なんだっけ？」

私は動転を必死で隠して広司に目をやった。

「さあて……こっちも」

「昨日の今日だよ」

矢野は苦笑いした。

「すみません。実を言えば手島の家」

諦めて私は打ち明けた。

「夜遅くになって風森がそこを指定してきた」

「……」

「無断侵入したので言いにくくて」

「困った人たちだ」

矢野は溜め息を吐くと、

「すると一晩中風森と一緒だったわけだ」

「いや、風森は夜中に消えた。これは本当だ」

「風森と連絡は取れますか？」

「あっち次第。こっちからはなにも」

真実と見たらしく矢野は舌打ちした。

「とにかく、勝手な行動はもうこれ以上――」

矢野は念押しして腰を上げた。


「映画や小説みたいに嘘はつけんもんだな」

「あれじゃしょうがねぇよ。けどまぁ、肝心なことは隠し通した」

言って広司はたばこをくわえた。

「またなにか訊きにくるぞ。現場に行ってる方が気楽じゃないか？」

「いったん家に戻って着替えてきたいけど」

「じゃ、そうしろ。ここで待ってる」

「警察もなにか変だと思いはじめたんだろうな。最初はこっちの話、まともに耳を貸そうともしなかった」

「二人の警官も一緒に姿を消した。ただごとじゃないと分かってきたのさ」

「いろいろとやりづらくなる」

「と言ったって、こっちはなにもできない。いっそ手島の家の仕掛けを教えてやるか」

「確かに口止めはされたが、そいつは宇宙人のこととか百五十歳近くまで生きてるやつらの話で、あの家のことじゃない。もともとあそこはすでに警察の監視下にあるわけだし、地下室が発見されるのも時間の問題だ」

「教えてどうなるわけ？」

「警察の関心があっちに移る」

「反対にきつくなる。あのいかにも秘密っぽい部屋を見りゃ、警察が根掘り葉掘り訊いてくる。警察への仲立ちを頼まれただけだなんて頭から信じやしねぇよ」

「風森が地下室に出入りするのを見ただけだと説明すればいいだろう」

「あそこにゃおれたちの指紋がべたべたついてる。警察も馬鹿じゃねぇさ」

「照合には時間がかかる。仮に採取を求められても拒否できるんじゃないか？」

「あいにくとおれは採られてる」

「指紋をか」

「族時代にね。簡単に嘘がばれる」

「だったらなおさらまずくないか？　あそこが発見されりゃ厳しく問い詰められるぞ」

「あんたは別に嘘をついていない。ちゃんと手島の家に泊まったと言った」

「そりゃそうだが……」

「そう言い張るしかねえって。監視下にあるにしても、強制立ち入りできる段階じゃねぇ。警察はあそこを普通の家としか見ちゃいねぇ。わざわざ自分たちの首を締めるような真似はよそうぜ」

「この状況だ。明日にでも家宅捜索をするかも。面倒なことにならんかな」

「なるにしても、自分から首を差し出すことはねえさ。妙に律義なんだから」

「名美が敵か味方か、そいつがはっきりすれば先が見えるんだが……敵なら遠慮なしに警察の協力を頼める」

「そろそろ連絡がくるころじゃ？」

「だろうな」

携帯が通じない山の中なので、名美には宿に電話するよう言ってある。

「連絡がついたら、この宿、出ちまおう」

「どこに行く？」

「連絡次第だ。どっちにしろおれの村だから泊まり場所はなんとでもなる。警察が側に居ると動きにくい」

「疑われないか？」

「警察を気にし過ぎだ。相手は宇宙人だぜ。警察になにができるってんだよ。あんただってそう言ってたじゃねぇか」

「勝手な真似はするなと言われたばかりだからな」

「これまでのあんたらしくねぇ」

広司は吐息して私を見詰めた。

いかにも、と私は頷いた。死んだ政夫や目の前の広司を巻き込んだのは私だ。なのに今はどこか逃げ腰になっている。小説の世界とは違うのだ。途中で頁を閉じられない。

「警察とは無縁でいこう。荷物を纏める」

「よしきた」

広司は張り切って腰を上げた。

「なにか家から持ってくるものがあるか？　一応はキャンプ用品も揃えてあるぜ」

「あるに越したことはない」

「食い物と飲み物も仕入れてくるよ」

広司は手を振って出て行った。

私はすっかり荷物を纏め、いつでも出発できるようにしてロビーに向かった。帳場に居た宿の主人にコーヒーを注文する。ここに居れば電話にも直ぐに出られる。

コーヒーを飲みながら新聞に目を通していると矢野が二階から下りて来た。現場に引き返すところらしい。

「これからどこかに？」

矢野は浴衣から洋服に着替えた私に不審の目を注いで正面の椅子に腰掛けた。

「彼が戻ったら洞窟に行ってみようかと」

「無線も通じにくい。いちいち行かなきゃどうにもならん」

ぼやいて矢野はコーヒーを頼んだ。

「手島の家を調べることにしました」

どきっとした。

「上に許可を願っただけです。手島当人の行方が不明では許可が直ぐに出るか分からんですがね。これ以上捨て置くわけにはいかん。重大犯罪が絡んでいるような気がしてきた」

「……」

「いくら山が広いと言っても、ヘリを飛ばし続けてなにも見付けられんというのは異常ですよ。それに方位計やら高度計が乱れて危ないという報告もある。磁気の影響だとか」

「磁気……」

「ここら辺りにはコンパスの狂う場所があちこちにあるそうです。八甲田山の遭難事件もそれと無縁じゃないかも知れん。雪で目印を失えばコンパス一つが頼りとなる」

そこに電話のベルが鳴った。

主人が出る。私にではないことを祈った。

主人が私の名を呼んだ。

「田中さんから電話です」

思わず安堵の息が洩れた。

私はゆっくり歩いて電話に出た。

「戻ってたら、なんで連絡をくれない」

田中は捲《まく》し立てた。

「心配してたんだぞ。いい加減な野郎だ」

「悪い。いろいろあってな」

矢野の目が私に向けられている。

「風森とはどうなったんだ？」

「どうって……ま、それでいろいろだ」

「また電話がきた」

「あいつからか」

声を上げそうになった。

「女には気を付けろと言っていた。いったいなんの話だ？」

「他には？」

「それだけだ。あいつはおまえさんが無事かどうか案じていた」

「そうか」

「そうかって、その言い方はねぇだろ。ちゃんと説明してくれ」

「申し訳ない。いま大変なことに巻き込まれていて仕事を受けられる状態じゃない」

「もしもし、ちゃんと聞こえてんのか？」

「相手方からまた電話があったら、こっちで事情を説明するので、連絡先を聞いておいて貰いたい」

「なんかまずい状況なのか？」

「ああ、そうそう。そういうこと」

「分かった。もし風森から電話があったら、会いたいと言ってると伝えりゃいいんだな」

「それでいい。助かる」

「いつまでもバカやってねぇで戻って来いよ」

「じゃ、あとはよろしく」

私は電話を切った。

受話器を握っていた掌には汗がびっしりと噴き出ていた。

30

「このまま出せ」

広司の運転する車に乗り込んで私は命じた。バッグも持ってきている。

「連絡があったのか？」

慌てて発進させて広司は訊ねた。

「まだだが、矢野に怪しまれている。手島の家を捜索する許可を願ったそうだ。矢野は今洞窟だ。戻らないうちに移動する方がいい」

「けど、彼女からの連絡は？」

宿に電話してくることになっている。ここら辺りは携帯が通じない。

「携帯の通じるところまで山を下りて連絡を待とう。宿に居ないと知ればきっと携帯にかけてくる。それから近隣の適当なモーテルを探して拠点にする。東京の田中に風森から我々の安否を気遣う電話があったそうだ。またくるかも知れない。そのためにも近くで電話の通じる場所が必要だ」

「やっぱり風森が連絡を……」

「女には気をつけろとの伝言だ」

「どっちが味方なんだか分かんなくなっちまった。どうする気？」

「名美には気をつけて会う。それだけだ」

「モーテルってのもまずいんじゃねえかな。簡単に見付かりそうだ」

「普通の宿とは違う。警察だって迂闊に踏み込んではこないだろう。それが狙いだ」

「もっといいとこがある」

「どこだ？」

「村外れの神社。神主はたいがい弘前に居る。こんなときだ。だれも神社なんかに近寄りゃしねえさ。あそこなら電話もある」

「神社か……よさそうだな」

警察もまさかそこに潜んでいるとは想像もしないに違いない。

「問題なく入れるのか？」

「手島の家よりずっと楽に決まってる」

「電話番号は？」

「携帯が通じる場所に着いたら番号案内に問い合わせる」

「先にその神社に行こう」

「なんで？」

「もし神主が来ていたらどうする」

「そっか。いかにもってやつだよ」

広司は車をUターンさせた。


神社には二十分ほどで着いた。付近に民家は一軒も見当たらない。いや、昔はあったのだ。茅葺き屋根がべこりと崩れた廃屋がいくつか点在している。

神社そのものは補修されていて比較的新しい。山の神を奉る神社だ。本殿に隣接してこぢんまりとした社務所がある。社務所の方が本殿より古そうな感じだ。

「車がない。来てねえよ」

安堵の顔で広司は社務所の前に車をつけた。

「社務所の中に神社の行事を書いた予定表がある。それを見りゃもっとはっきりしたことが分かる。行事のある日以外は来ねえもの」

車を下りて広司は裏に回った。

裏口の板戸には錆びかかった鍵が頼り無くぶら下がっていた。その気になれば引っ張っただけで外せそうだ。広司は手頃な石を取って思い切り叩き付けた。鍵が地面に落ちた。

「ここんとこ不法侵入ばっかりだ」

私に広司はにやっと笑って戸を開けた。

「神主が来るのは明後日だ」

広司は壁の黒板に記入されている行事を確認すると社務所のソファに腰掛けた。全部の窓が戸板で塞がれているので陰気臭い。が、明りが洩れないという利点もある。

「不用心なものだな」

狭い社務所にはたくさんの箱やものの詰まった紙袋が置かれていた。本箱にも高そうな神道関係の本が並べられている。

「おみくじとか縁起物の絵馬なんか盗むやつはいねえよ。あとは紙とか筆記用具だろ」

「ご神体とかは？」

「ない。ここは山を拝んでる」

「本当にだれも来ないんだろうな？」

「もう夕方だ。少なくとも明日までは安心さ」

よし、と私も椅子に腰を下ろした。

「彼女からの連絡を受けるだけならおれ一人で間に合う。ここの番号を教える。あんたはのんびりしてりゃいい」

「それならおれが行く。万が一ってことがある。もしだれか来たときにおれじゃ言い訳がきかない。そっちだったら神主から用を言い付かったとでもごまかせる」

「じゃ飯の支度でもしている。飯盒《はんごう》に米も持って来た。缶詰もどっさりある」

「ここなら警察も気付かん」

自分にも言い聞かせて私は外に出た。

弘前に通じる山道の途中でようやく携帯が使えるようになった。道路幅の広い場所を選んで車を止めた。あとは待つしかない。名美の方もさぞかし苛立っているだろう。

真っ先に田中に電話した。

「どうしたんだ！　さっき宿に電話したらとっくに出掛けたって言うし」

「悪い。いろいろと事情があって」

「またそれかよ」

「さっきとは違う。さっきは警察が側にいて耳をそばだてていた。風森とは昨日手島の家で会った。警察もそれを知っている。だから逃げ出した。もしまた風森から電話があったら、次の番号に連絡するよう伝えてくれ。今夜はたぶんそこに居る」

「そこって、どこだ？」

「村外れの神社。警察にも見付からない」

「神社の人間が味方してくれてんのか」

「無人の神社だ。神主は弘前に居る」

「またまたやばそうな真似をしてるな」

「おまえさんは信じないと思うが、風森はたぶん宇宙人だ」

ぶっ、と田中は噴き出して、

「宇宙人がプロレスラーやってたって？」

声にして笑った。

「おれがおまえさんの立場なら、おれも信じない。しかし、証拠がある」

私は手島が明治時代の写真に写っていたことを経緯とともに詳しく伝えた。

「じいさん似とかってのは珍しくもない。どうせちっちゃな写真だろ。証拠とは言えん」

「UFOが格納されていたような巨大倉庫はどう説明する」

「UFOを見たわけじゃあるまい」

「急に実証主義者になったな」

「だって、おかしいだろうが。宇宙人がうちの社の新人賞に応募してきたってことだぞ」

「やつらは正体を隠して生きている。なにかして食わなきゃならん理屈だ」

「それにしても新人賞はひどい」

「もう切る。名美から連絡が入る」

「ま、待てよ。本気か?」

「他のだれにも言うな。風森への伝言を頼む」

私は電話を切った。

〈そりゃ、信じないよな〉

戸惑っているだろう田中を想像して笑いが込み上がった。確かに新人賞は似合わない。

目を瞑って音楽を聴いていると携帯が鳴った。画面には非通知と出ている。車を止めて十五分が過ぎている。

「今どこ?」

名美だった。

「山の中だ。やっと携帯が通じる」

「怖くなって逃げたのかと思った」

「宿にはもう居られない。風森と会ったことが警察にばれた」

「だったら私たちに合流したら？」

「接触するのは君一人と言ったはずだ」

「……」

「電話がある場所に移動した。三十分経ったらまたそこに連絡してくれ」

　私は番号を口にした。

「どこで会うかはそのときに決める」

「警察とは関わりたくない」

「こっちもだ。覚悟もつけてある」

「分かった。三十分後ね」

「そっちは何人で来ている？」

「十七人」

「ずいぶん大勢だ」

「この広さよ。全然足りない」

「警察に見付かりそうなのはそっちだ」

「そんなしくじりはしない。訓練を積んでいる人間ばかり」

「武装しているのか？」

「念の為にね。でも殺すつもりはない」

「攻撃すれば、やられるのはそっちだ」

「隠れ家を探し出すのが先」

名美の口調は冷たかった。


音を立てて裏の戸を開けたのに広司の反応はない。私は低く広司の名を呼んだ。なんの返事もなかった。

靴を脱いで上がると、板間にじゃりっとした感触があった。私は屈んで確かめた。泥靴の足跡だった。ざわっと寒気が走る。

「広司君！　なにがあった」

踏み込んだが広司の姿はない。

テーブルには缶詰や飲み物が並んでいた。

床に飯盒が転がっていて水がこぼれ、米が散らばっている。膝ががくがく震えた。広司の身になにか起きたのだ。泥靴のまま上がり込んだのを見れば警察とは思えない。

机の上の電話が鳴った。

心臓が破裂しそうだった。

唾を飲み込んで受話器を取った。

「彼は私たちが預かっている」

「どういうつもりだ！」

名美に私は声を荒立てた。

「方針が変わったの。あなたたちと面倒なやり取りをしているひまはない。嫌でも私たちと行動をともにして貰う」

「なぜここと分かった？」

「電話番号で直ぐに調べられる」

「くそっ」

「そのままそこで待っていて。迎えの車が行く。それについて来なさい」

「本当に広司君は無事なんだろうな」

「殺したり痛め付ける理由はないわ」

「床に米がぶち撒かれている」

「私たちを見て驚いただけよ。テーブルに膝をぶつけて倒した。素直に従ってくれたわ」

「側に居るのか」

「ええ」

名美は広司と替わった。

「とんだことになったな」

「マシンガン手にして踏み込まれた」

「なんともないか？」

「今んとこはね。悪いけどこっちに来るときにゃ、おれの荷物片付けて車に積んでくれないかな。そのままにしてりゃ神主におれのことが知れちまう」

「なに呑気なことを」

「こっちのテントは快適だ」

「風森が田中に連絡してきたことをばらしちゃいないだろうな」

「大丈夫。心配しないで来いって」

話してはいないということだろう。

「ここで待つと言え。こうなりゃ出たとこ勝負だ」

電話を切ると思わず溜め息が出た。

思い付いて田中に電話した。

「広司君が名美たちに捕まった」

電話に出た田中に真っ先に伝えた。

田中は絶句した。

31

案内の車は五分もしないうちに現われた。

そんな近い場所に名美たちが居るとは思えない。車だけどこかで待機していたのだろう。

「まだ荷物を片付けていない」

ジープの助手席から下りた男に私は言った。

手にはマシンガンを抱えている。

「早くしろ。積むのはこっちの車にだ」

「そっち？　なんでだ」

「警察に車から足取りを掴まれんよう、弘前までおれが運んで投棄する」

「こいつは広司の車だぞ」

「知らん。たった今そう命じられた」

　有無を言わせず男は支度を急かした。


　広司の車で闇に消えた男の代わりに私は助手席に乗り込んだ。

「妙な真似はするなよ」

　ジープを走らせて運転手は釘を刺した。

「仲間を人質にされてるんだ。なにもせん」

「何者なんだ？」

「それはこっちも聞きたいね」

　私は若い男の横顔を見やった。

「何年この一件に関わってる？」

「なにも口にするなと言われている」

「人を殺したことは？」

「ない。いや、まだだ」

「これからは違うってことか」

「逃げたときは殺せとの命令だ」

若い男の口調には緊張が感じられた。

「ここから遠いのか？」

「三、四十分てとこだ」

「よく警察に見付からないな」

「手を打ってある」

「手？　どんな手だ」

若い男はしまったという顔をして、

「とにかく心配ない」

ジープの速度を上げた。

「見付かっても大丈夫って意味か？」

「……」

「名美は警察を気にしていたはずだが……厄介になってきたんで上同士で話をつけたか」

「あんた、うるさい男だな」

若い男はじろりと睨み付けた。

「不安なのさ。警察の数が増えている。見付かって銃撃戦にでもなりゃたまらん。こっちは武器も持たない善良な市民だからね」

「善良な市民にこんなやり方はしない」

「どうやらなにも知らんらしい」

「……」

「おれと広司は紛れもない善良な市民さ。たまたま今度のことに巻き込まれただけだ」

「連中の仲間とは違うのか？」

若い男は戸惑いを浮かべた。

「おれが宇宙人に見えるか？」

「見た目では区別がつかん」

「そこまでは聞かされているわけだな」

「そっちこそ、それを知りながら、なにが善良な市民だ」

「昨日の夜に知ったばかりだ」

「どうやって？」

「だから、たまたま風森という男に用があってこっちまで出向いた。まさか風森がそんなやつらの仲間と思わずにな」

「なんの用があった？」

「言ったって信用せんだろう」

私は思わず笑った。

「あの風森な……おれがよく仕事させて貰ってる雑誌社の新人賞に応募してきた」

「新人賞って、小説か？」

やはり若い男は困惑の顔となった。

「受賞は逃したが、いい出来だった。会うことにしたが、東京から姿を消した。さんざん探してこの村に辿り着いた」

「なんの仕事をしている？」

「おれか？　書評で飯を食ってる」

「……」

「本を読んで宣伝する。たまに悪口も書く」

「呑気な仕事だ」

「だろうな。本は生き死ににゃ関係ない。ましてやその本を書いているわけでもない」

「風森ってやつは、変わってたか？」

「別に。反射能力を除けば普通の男だ」

「名美さんがやられたそうだな」

「彼女はそんなに強いのか？」

「最高だ。たいていかなわない」

「だれだって風森相手じゃ無理だ。ピストルの弾だって軽く避ける」

「どうやって？」

「体を捻るだけさ。こっちが撃つ前に風森は弾道を予測する。散弾銃も平気だった」

「信じられない」

「そういうことも知らずに連中を今まで追いかけてきたのか？」

「監視していたのは手島たちだけだ」

「なんのために監視を？」

それに応じかけて若い男は口を噤んだ。

「どうした?」

「あんた、乗せるのが上手いな」

「こっちは全部正直に伝えている」

「おれが言えるのは……あんたが無事に戻れるかどうか保証できないってことだ」

「知り過ぎた男……というわけだ」

「そうだ」

私はチェスタトンの書いた作品のタイトルを口にして茶化したつもりだったが、若い男には通じなかったようで冷たい返事が戻った。

「そのときは広司ともどもあんたらの仲間に入るとしよう」

「方針変えするってのかい」

「殺されるよりは増しだろうさ。第一、こっちは風森とも無縁だ」

「上が信用すりゃいいが」

若い男は急カーブを切った。舗装路からでこぼこの山道に変わる。ジープが派手に揺れる。

「大した腕じゃないか」

若い男は速度を落とさず車を操る。

「レーサーを目指してた」

「この腕を買われたんだな」

「そういうこと。他のことはどうでもいい」

「しかし、入ったからには抜けられんのだろ」

「抜けたって、どうせ戻る家はない」

「家族は居ないのか」

「養護施設がおれの家だ」

「……」

「レーサーを目指してたなんて嘘だ。金がなきゃなんにもなれやしない。ただ好きで車をぶっ飛ばしてただけだ」

「広司も昔は族だったそうだ」

「おれは族でもないが……そうなのか」

「死ぬかも知れん。風森一人でもてこずる。その覚悟はできてるのか?」

「死にたくて車をぶっ飛ばしてたんだぜ」

「上の連中に好きに使われてるらしい」

「関係ねぇよ。おれが決めたことだ」

若い男はハンドルをばんと叩いた。

「なにも知らずにだろう」

私は若い男の苛立ちに脈があると見た。

「相手を宇宙人と承知で?」

「だから、どうでもいいって言ったじゃねぇか。文句なんか一つもない」

「それでも無駄死にはしたくないはずだ」

「くだらねぇこと言うな」

「向こうはこっちを全部敵と見做す。おれに言わせると君は巻き添えを食らうようなもんだ。なにを言っても通用しない」

「逃げようって誘ってんのか」

「危なくなったときはな。勝てるならそれでいい。だが、はっきり言ってむずかしい」

「やり合うとは限らねぇさ。本拠を突き止めるのが目的だと言っていた」

「相手が手を握って歓迎するとでも？」

「おれはそっちとは関係ねぇから」

「それで済まなくなるから言ってる」

「もうよそうや。その方が互いのためだ」

若い男は首を横に振って運転に専念した。


それから二十分余り。ジープは獣道と言ってもいいような狭い道をくねくねと走り抜け、ようやく前方に淡い明りを認めた。テントの明かりである。

「余計なことは言うなよ」

若い男はジープを止めて私に耳打ちした。

テントから何人かが出て来た。

「悪く思わないでね」

名美は男たちと同様に迷彩服を着ていた。

「車は捨てられたぞ」

私は名美の後ろに居る広司に教えた。

「マジかよ」

「発信機が付けられている可能性があった」

名美は謝りもせず言った。

「それならとっくに神社に踏み込まれていた」

「泳がせていたのかも」

私に名美は軽く返した。

「いいのか？　こんなに明るくして」

「夜にヘリは出さない。洞窟とも離れている」

「それで？　おれと広司君はなにをする」

「なにも。のんびりしていればいい」

「いつまでだ？」

「風森が来るまでよ」

「……」

「もし風森から電話があれば、友人の田中氏があなたたちのことを伝えてくれるんでしょ。

私たちに捕まってしまったと」

「社務所に盗聴器を仕掛けていたのか」

「常識でしょう。だから時間を与えた」

名美はくすっと笑った。

「だんだん君が嫌いになってきた」

「それを知れば風森はきっと助けに来る」

「そんな仲じゃない。風森は君に近付くなと何度も警告してきた。それだけだ」

「ま、いいわ。こっちも打つ手がないから試している程度」

「どうだかな。君の言葉は信用できない」

「お互いさまよ。風森と連絡を取り合っていることをあなたは隠していた」

「話す義務はないと思うけどね。君と手を結ぶと言った覚えもない」

「私と仲のいいふりをしている方が賢明だわ」

すっと近付いて名美は囁いた。

「仲がいいほど喧嘩するってやつだな」

私は小さく頷いて、わざと言った。銃を手にした男らが見守っている。

「腹が減った。なにか食わしてくれ」

「カレーとソーセージの焼いたのでよければ」

「旨いぜ。カレーは彼女が作った」

広司はもう食べ終えたようだ。

「のんびりしていいって言ったが、バーボンを飲んでもいいか？　持ってきてある」

「ご自由に。酒乱だったら迷惑だけど」

「この雰囲気の中で酔っ払うほど豪傑じゃない。さっきから膝が震えてる」

「あとで上の者たちと行くわ」

名美は顎でテントを示した。

「しくじった。盗聴器だなんて」

広司とテントの中で向き合って私は舌打ちした。

「風森は来るかな？」

「分からん。そう願って田中に電話したが、風森にはなんの義理もない」

「だよな。おれたちを置いて消えたやつだ」

「ここでなにをしてた？」

「なんにも。あんたが来てからと思って、ただ待ってただけさ」

「逃げられそうか？」

「ここに居るのは六人だけだ。確か十七人て言ってた。たぶん周りのどこかに居る」

「むずかしいってことか」

「連中が本気で銃を撃てば、ね」

「もちろん本気だ」

「だったら当分様子を見ないと」

「ジープを運転してきたやつは迷ってる」

「迷ってる？」

「車がないととても逃げ出せん」

「自衛隊じゃなさそうだ。それは分かる」

広司に私も頷いた。

これからどうなるのか見当もつかない。

32

二十分も過ぎないうち名美が一人の男と連れだって私たちのテントに現われた。

「今度の作戦を指揮している柳原《やなぎはら》」

名美は五十そこそこと思しき小太りの男を紹介した。色も白く、鍛えている体ではない。

「今度の作戦と言われても」

私は思わず苦笑した。なにも知らない。

「どの方角だったかも見当がつかんと？」

柳原は疑わしい目で私に質した。

「洞窟の中だ。手元に明かりがあっても、目隠しされて歩いてるのと一緒だ。目隠しされていれば自分は真っ直ぐ歩いているつもりでも円を描く。その状態で何時間も進んだんだ。それに脇道がほとんどなかったから記憶する必要もなかった。警察が言うように、洞窟の入り口を中心に直径十キロぐらいの円の中を丁寧に捜すしかない」

「ヘリは役に立たんようだし、獣道すらない山の中だ。千人でやってもむずかしい」

「あんたらなら探せるだろうと彼女は言った」

「そのつもりで居たがね」

「厄介と見て原始的な作戦に切り替えたわけだ。おれたちを餌にして風森を捕らえ、道案内させる腹だろう」

「もう少しマシな手を打っている」

柳原は腹を揺すらせて、

「読みが当たれば、連中の方で襲って来る」

「やつらに勝てるとでも？」

「勝つ気はない。本拠を突き止めるのが私の仕事。弾道を察知して避けるという君の言葉が大いに参考になった」

「なにを考えてる？」

「逆に言うなら……こちらがあらかじめ撃つ場所を定めておけば、逃れる動きもだいたい予測できるということだ。同時に三、四人が発砲したなら、逃げ道はもっと狭まる」

「……」

「その予測地点に特殊な金属粒子の混じった粉を撒き散らしておく。壁なら壁、土なら土の色とおなじにしてな。服に付着してもただの汚れとしか思わん。銃が無意味と分かったタイミングで、部下たちは一旦逃げる。しかし、その瞬間から我々の追尾がはじまる。その粉はレーダーに敏感に反応する。他の動体と見間違うことはない。そして本拠地に我々を導いてくれる」

「なるほど、良さそうなアイデアだが、襲って来るという保証がどこにある？　風森は仲間と訣別した。おれたちが捕まったことを知らせるとは思えないがね」

「君たちを助けに来るとは言っていない。君たちの車を弘前まで投棄しに行った男だが、あの男は恐らく連中の回し者だろう」

「……」

「前々から察していた。しかし、こういうこともあろうかとわざと見逃していた。あの男は今回の我々の目的が本拠の殲滅《せんめつ》にあると思い込んでいる。そう信じさせるために大量の爆薬も準備した。その上、君たちが道を承知している可能性も吹き込んだ。睨み通りならあの男は必ず仲間にそれを伝える。それがしやすいように単独行動をさせた。こっそり尾行もつけている。そのまま本拠に向かってくれれば簡単だが、さすがにそれはないだろう。まだまだこっちの仲間のふりをし続けるはずだ。その知らせを受けて連中は動き出す。爆薬と聞けば穏やかじゃなくなる」

「スパイが潜り込んでいたとはだらしない」

納得しつつ私は鼻で笑った。

「我々は探る側だ。探られて困るようなことは少ない。連中の正体を突き止めて世間に公表するわけでもないからな。証拠も無用」

「本拠を探し当てたらどうする気なんだ?」

「見てみないことにはなんとも言えん。連中がなにを保有しているかも知らん」

「なにもなくて身体能力を受け継いでいるだけってこともあるぞ。他の星から来たにせよ、それが何千年も前のことだとすりゃ——」

「有り得る」

柳原も認めてメガネの位置を直した。

「だったらあの格納庫みてぇなとこは？」

広司が口を挟んだ。

「この目でUFOを見たわけじゃない。それに、空を飛ぶ機械なら人類もとっくに発明してる。ちょいと速度で劣る程度さ」

「興奮してたくせして」

「冷静に考えれば、ってことだ」

余計なことを言わないよう私は目配せした。

「連中が襲って来た場合、ひょっとして巻き添えを食らうはめになるかも知れんが、そのときは運が悪かったと思って諦めてくれ」

柳原は私の肩を叩いて出て行った。

名美もそれに従う。

「確かヘリのレーダーが効かないって……」

広司は小首を傾げた。

「いや、それは高度計とかコンパスだ。レーダーとは別のもんさ」

「それなら警察もレーダーを使えばいい」

「なにを目当てに？」

「そうか。そういうことか」

「逃げる地点を予測するとは考えたもんだ。あの呑気そうな顔でなかなか切れる」

「かなりヤバいぜ。あいつは逃げれば済むと甘く見てるみてぇだけど、爆薬を始末すりゃいいってもんでもねぇだろ。後腐れのねぇように殺しにかかる。でなきゃいつまでも続く」

「と言って、どうにもならん」

「風森のようなやつが十人も来たら逃げるどこの話じゃねぇ。一気に皆殺しだ」

「分かってる。そう急かすな」

私はたばこに火をつけた。

そこに思い出した顔で柳原が戻った。

「言い忘れたが、さっき君たちが食ったカレーの中にその粉が入っている」

「……」

「多少腹の調子が悪くなるかも知れん。そうなる前に原因が分かっている方が安心だろうと思ってね。二日もすれば元に戻る」

軽く手を振って柳原は立ち去った。

「どこに逃げても無駄ってことか」

私はたばこを灰皿に揉み潰した。

「こっちにゃ武器もねぇ。銃でもありゃ突き付けて説明する時間が作れるのによ」

広司は吐息してシートに寝転んだ。

「そんな間抜けなことをするかな？」

私は思い付いた。

「柳原にすればおれたちはただの囮だ。しかも二段構えの風森用であってメインじゃない」

「けど、簡単に逃がしゃしねぇだろうさ」

「もし襲撃騒ぎに乗じておれたちが逃げたらどうなる？」

「居場所を承知ならいつでも捕まえられる」

「柳原の狙いは連中の本拠地だ。だからこそ面倒な罠を仕掛けてレーダーを使えるようにした。そこにおれたち二人が連中とおなじように動き回ったらせっかくの策も効果が薄れるってもんだろ。レーダーに映るのは小さな点だ。点でだれなのか見分けはつかん」

そうか、と広司は半身を起こした。

「それに気付かない柳原とは思えん。そう言えば逃げる気を失うと見てのはったりだ。テントを出てから思い付いたことだろう」

「やるね。おれもそう思う」

広司は何度も頷いた。

「ってことは、逃げられる心配をするほど手薄という意味になる。残りの人数はもっと遠くに配置されているに違いない」

「ただ……問題はあるぜ」

「道に迷うことか？」

「ジープの轍《わだち》を辿っていきゃなんとかなるだろうけど、やつらもそこを追って来る。藪ときは必ず死ぬ」

「毎年何人がこの山で死んでると思う？　あんたはこの山の怖さを知らねぇ。そうなった

「朝までの辛抱だろ。明るくなれば――」

に入れば本当に迷う」

「……」

「ジープを運転してたやつをこっちに引き込めそうだと言ってたじゃん」

「いきなりじゃ無理だ」

「迷わないのに賭けるか？　高い場所に出りゃ、案外おれの村に近いとこだったりして」

「食い物はなんとかなる」

私は広司のバッグに目をやった。チョコレートやビスケットが入っている。

「知らねぇよ、どうなっても」

広司は私に念押しした。

「ここのやつらと風森の仲間たちとの間に話し合う余地はない。残れば確実に巻き込まれる。あとは運に任せよう」

よしきた、と広司は笑顔を見せてバッグの点検にかかった。懐中電灯に予備の電池もある。ただし水はない。

「こいつに水を貰ってくる」

広司は水筒をバッグから取り出した。

「怪しまれないか？」

「水割りでも飲んで寝るしかねぇと言うさ」

すっかり覚悟をつけた顔で広司は言った。

33

「お客さんが一緒だ」

顔をしかめて広司が戻った。広司に続いてテントに入って来たのはジープを運転していた男だった。多少はほっとしたものの、男のベルトに挟まれた拳銃が気に懸かる。

「このテントに寝ることになった。悪いな」

男は小さく会釈して胡座をかいた。

「寝ずの番というやつか」

「おれはどうせ運転要員でしかない」

「ま、酒盛りは賑やかな方がいい」

目配せして広司も座らせる。

「あんたらは大した度胸だ。よくこんな状況で酒を飲む気になるもんだ」

「これが人生最後の酒になるかも知れん」

私はカップを並べてウィスキーを注いだ。

「いや、おれは飲むなと言われている」

男は断わった。

「連中が上手く罠に嵌まったら追いかける仕事が待っているってわけだ」

「車で追える道を逃げるとは思えんけど」

「だろうな。というよりこっちが追える状況になるかどうか。柳原は敵を甘く見ている」

「本当に来ると思うか?」

男は質した。敵の動きについては私の方が詳しいと勘違いしているらしい。

「あの男がスパイとは思わなかった」

「だれのことだ?」

「おまえさんとジープに乗って来た男だ」

男は目を丸くした。

「なんにも知らされていないようだな」

「……」

「柳原はあの男を利用して、敵にわざとここを襲わせる気だ。ライオンや虎を招くようなもんだぞ。柳原は逃げれば済むと軽く考えているが、向こうはそうじゃない。皆殺しにするつもりでやって来る。もし風森のようなやつが三人も現われたら終わりだ。やつらは先を読む。たちまち退路を塞がれるに違いない」

「そいつを柳原さんには?」

「自信たっぷりのやつには通じんさ」

「しかし……皆、訓練を受けてる」

「せいぜい頼りにしてりゃいい。言っておくが、敵が現われたらおれたちは逃げる。勝てる相手じゃないのは分かってる」

「そうはさせない」

「好きに腰のやつを撃てばいい。居残っていりゃどうせ殺されるんだからな」

「本気で言ってるのか」

男は迷いを浮かべて小声となった。

「十中八九殺される。スパイが入り込んでいたならなおさらだ。特におれと広司はやばい。隠れ家への道を知っていることになっている」

「どういうことだ？」

「柳原がスパイにそう吹き込んだ。迷惑な話だ。やつらは真っ先におれたちを狙う」

うーん、と男は唸った。

「武器が通じない相手をどうやって倒す？　倒せなきゃこっちがやられる。簡単な理屈だ」

私の言葉に男は吐息した。

「おまえさんだから打ち明けるが、実は逃げる算段をしていた」

いけると見て私は口にした。

「柳原の都合だけで殺されるわけにゃいかん。やつらの能力はこの目で見ている」

「ここからどうやって逃げる？」

「運に賭けるだけだ。おまえさんの仲間に見付かって殺されりゃそれまでだが、そいつさえ切り抜けりゃ助かる道も生まれる」

「半々でもそっちがいいってことか」

「柳原にはおれたちを殺す理由がない。安全と見ていれば、それこそ呑気に酒盛りをする」

「そんなに恐ろしい相手か」

「これまでに何十人も殺されてる」

「……」

「ただの運転手だと言ったって通用せんぞ」

「分かってる」

男は苛立ちを浮かべて返した。

「おれの言葉を信用するなら逃げるしかない。それとも柳原の欲に付き合って死ぬか？」

「マシンガンでも倒せないって？」

「たぶんな。弾丸を避けるというより、そういう相手に接近しないようにする」

「ここを抜け出た後は？」

「山頂を目指して朝を待つ。広司はこの村の者だ。方角くらいは見当がつく」

「そんな苦労をするよりジープで逃げるのが楽だ」

「その気になったか！」

「半々なら、あんたと一緒の方が面白そうだ」

「レーダーに反応する粉を飲まされた」

「あんたらがか」

「柳原の言葉だ。嘘じゃないかと睨んでいる」

「なんで嘘だと？」

「わざわざ言う必要がない。そうやって逃亡を防ぐ気じゃなかったのか？　そもそも役に立ちそうにないおまえさんを監視に回したことでも人数が足りないと分かる」

「そいつも賭けだな。柳原さんなら分からん」

男は少し弱気になった。

「粉の件が事実としたら捜索に何人繰り出す？」

「さあ……」

「その間に敵が来る可能性もある。居場所が分かっているんだ。おれが柳原なら一人か二人で済ます。でなきゃ敵に対応できん」

「それは、そうだろうな」

男もゆっくりと頷いた。

「こうしよう。おれたちはわざとジープの轍沿いに逃げる。もし柳原にそれが分かれば、やつは絶対にジープを出す。追っ手がおまえさんと武器を手にした一人だった場合はこちらに勝ち目がある。三対一だ」

「なるほど」

男は目を輝かせた。

「反対に粉の話が嘘だった場合、合流地点を決めておこう。道沿いを探るとでも言えば柳原も認める。あとはそいつに乗って逃げる」

「いけそうだ。二キロほど戻ったところで急な曲り道になっている。そこなら目印になる。粉の話が出鱈目なら楽々逃げられるぜ」

「拳銃をくれ」

私は手を差し出した。

「拳銃を？」

「じゃないと不自然だ。おまえさんの隙を狙っておれたちが拳銃を奪い、手足を縛り、口にタオルを押し込んで逃げたことにする」

「信用していいんだな」

男は吐息してから拳銃を私の掌に載せた。

「おまえさんのジープが唯一の頼りだ。むしろ心配なのは途中で気が変わって曲り道のとこに何人もが待ち構えていることさ」

「安心しろ。おれもここで死ぬ気はない」

「きつく縛るぞ。柳原に怪しまれる」

私は広司と二人で縛りにかかった。

「名を聞いてなかったな」

安達《あだち》と男は口にした。

「どっちに抜ければ？」

「テントの真後ろだ。だれも配置されていない。崖になってる。その崖を少し下りて回り込めば、ジープの通った道に出る」

「これでいい。あとで会おう」

結び目を確かめて私は安達の口にタオルを押し込んだ。

「格好悪い役をさせちまったな」

広司は転がっている安達に謝った。


「あんたの口の上手さはホント勲章もんだよ」

テントを潜り抜けて裏に出ると広司はくすくす笑った。

「まさかこうなるとは思わなかった」

「粉が出鱈目であるのを祈るだけだ」

私は音に気を付けて藪を進んだ。いくらも進まないうち崖に出た。崖があると聞いていなければ落ちていた可能性もある。

「急な崖じゃん」

広司は覗き込んで舌打ちした。

「懐中電灯はまだ点けるな。崖をすっかり下りてからだ」

「足を踏み外しゃ終わりだぜ」

それでも広司は覚悟した様子で下りはじめた。頭が隠れる程度下りればいい。そして回り込む。私も広司に続いた。

広司が懐中電灯を点けた。

心配になるくらい明るい。

もし安達が発見されて捜索にかかられればたやすく見付かってしまう。

「やっぱり消せ」

「マジかよ。足場が見えなくなっちまう」

「足で探れ。少しの辛抱だ」

いきなり闇となった。

ふわっと体の感覚がなくなった。慌てて指に力を込める。指に固い岩の感触が戻った。

「これで粉が本物だったらバカみたいなもんだな。柳原が眺めて笑ってるだろうぜ」

広司に私も頷いた。

34

私と広司はなんとか崖の難関を乗り切った。

安心したら途端に膝ががくがくと震えた。緊張が突然緩んで吐き気が襲った。

「映画なんかだと、たいがいここに追っ手が先回りしてるんだよな」

広司は冗談でもなく口にして周りの藪に目を凝らした。だれの気配もない。

「やっぱりレーダーに反応する粉ってのは嘘だったってことか」

「分からん。安達がまだ柳原たちに見付かっていないってことも考えられる」

「それでも、柳原はレーダーにずっと目を光らせてるんじゃねえの？」

「柳原の狙いはおれたちじゃない。粉を付着させていないのにレーダーを見たってなんの意味もない」

「そりゃそうだ」

広司も得心して叢《くさむら》から腰を上げた。

「も少し休ませてくれ。足が動かん」

「根性、根性。わずかも離れちゃいない」

広司は私の腕を取って立たせた。


「上手く逃げられたらどうする？」

ジープの轍をやっと見付けて広司は質した。

「なにも考えちゃいない」

「おれの家は……まずいよな」

広司に私も頷いた。柳原や名美は広司の自宅などとっくに突き止めているはずだ。

「警察にまた合流するってのは？ 柳原たちよりゃましだぜ」

「柳原たちが組んでいる可能性がある。手出しさせないように手を打ったと安達が口を滑らせた」

「弘前辺りに身を隠すしかねぇか。それとも高速に乗って思い切り遠くに行くか」

「いつまでそうやって逃げ隠れする？」

「事件が収まるまでさ」

「それをどうやって知る？ 新聞やテレビが報道する事件と違うぞ」

「伯父貴たちが行方不明になったのはテレビのニュースでやった」

「宇宙人が関わっていると知らなかったからだ。今は間違いなくだれかが手を打って全部を曖昧にしてる。柳原たちを見れば分かる。民間の調査機関のレベルじゃない」

「曖昧って、どんな風にだ？」

「ただの土砂崩れとか、山に迷い込んだとか、世間を納得させる嘘はいくらでも思い付く。柳原たちがどうなったかなんて、おれたちには知りようがない」

「じゃ、いつまでも油断できないってことか」

広司は舌打ちした。

「田中の存在も柳原たちは承知だ。田中という窓口がなきゃ風森とも連絡がつけられん」

「だったら、どうするんだよ」

広司は苛立ちの口調となった。

「逃げたせいで、かえってまずい状況に追い込まれたかも知れないな」

「……」

「柳原がこのまま見過ごすとは思えない。風森の仲間もおれたちが本拠地の場所を知っていると思い込んでいる。どっちからも狙われるぞ。それに警察だってどう出るか……柳原と組んでいる可能性があればなおさらだ。柳原が警察を動かしておれたちを捕らえにかかることも有り得る」

「なんの罪でだ」

「手島の家に不法侵入してる」

「まさか、そんな程度で？」

「別件というやつだ。どんな些細なことだって逮捕できる罪がありゃそれでいい」

「なんかおれたち相当ヤバくない？」

「矢野をどう見る？」

「矢野って、警察の？」

「あの男がどこまで今度のことを分かっていてやってきたものか。はじめから宇宙人絡みの事件と踏んで、矢野が捜索の指揮を任されたのか……それともまったく無縁の人間なのか……おれは半分以上無関係と睨んでいるが、その場合、矢野にすべてを打ち明けて協力を求めるという手がある」

「けど、上が柳原とつるんでたら？」

「それを嫌がる警察官も居るさ」

「矢野がそうだってか」

「そんな感じがしないか？」

「しねぇよ。だいたいああいう融通の利かねぇおっさんが宇宙人なんて信じるかよ。分かったふりをして上に報告する。ドラマの主人公になれるような器じゃねぇさ」

轍に沿って歩きながら広司は決め付けた。

「だったらもう手がない」

「とりあえず二、三日は青森辺りに潜んで様子を見るしかねぇんじゃねぇの」

そうだな、と私も同意した。

やがて約束の急カーブに辿り着いた。

ジープは見当たらない。

私たちはカーブを見下ろす茂みに隠れた。

「あいつ、嘘がばれたんじゃないのか？」

五分が過ぎると広司は危ぶんだ。

「もう十分待って現われなかったら最初の計画通りに山頂を目指そう」

「けど、粉の話が出鱈目だったのはこれではっきりした。逃げて一時間近く経つ。本当ならとっくに捕まってる」

「いや、わざと泳がせてるってことも」

「あんたも心配症だな。泳がせてどうする」

「なぜ命懸けで逃げたか、柳原は首を捻ってるさ。おれたちが本気で風森の仲間の襲撃を恐れたとは思ってないはずだ。ひょっとして風森と通じていると見りゃ、泳がせる価値はある。居場所を常に把握できるなら、捕まえるのは好きなときでいい」

「あんた、いつでもそうやって悪い方に悪い方にって考えるクセがある」

「考え過ぎか？」

「だよ。居場所を常に把握できるって言うけど、クソしちまったらどうなんだ？」

「粉も体の外に出ちまうか」

いかにも、と私は苦笑した。レーダーで追跡できるのはせいぜい一日だ。やはり捕まえにくるのが当然というものだろう。

「来た！」

エンジンの音を聞き付けて広司は小声になった。私の耳にもはっきりと聞こえた。

「安達が一人なのを祈りたいな」

としたら真っ直ぐ逃げるだけだ。

だが――

そんなに甘くはなかった。

真下のカーブに停車したジープには二人の影が見られた。運転しているのが安達とは限らない。私と広司は息を殺して見守った。

ジープから一人が下りて辺りを探した。

「居るのか？　返事をしろ」

その声は安達のものだった。

「なんのつもりだ？」

広司は怪訝な顔で私に目を動かした。

私は首を横に振った。

「心配ない。この人も仲間になった」

安達は声を大きくした。

「あの馬鹿野郎。なんの話だ」

広司は警戒を強めた。

「武器で脅かされてるのかも知れん」

「逃げるのが利口ってやつだな」

広司は耳打ちした。私も頷いた。

「その通りよ。嘘じゃない」

もう一人がジープから下りた。

「話はすっかり安達から聞いたわ。私だってこんなとこで死にたくない。信用して」

名美と分かって私は仰天した。

「どうする?」

広司が肘で脇腹をついた。

「すまん。見付かったんだ。でも勝てる相手じゃねえと名美さんも納得した。本当だ」

安達が焦りの声で誘った。

「まず、おれ一人で下りる」

私は拳銃を広司に手渡した。

「信用すんのか!」

「半々の賭けだ。様子がおかしいと感じたら一人で逃げろ」

「一度騙されてるんだぞ」

「だから二度騙すとは思えん」

「惚れた弱味ってやつか」

「馬鹿言うな」

「女にゃ甘いんだからな」

「だったら二人で行くか？　こっちには拳銃もある」

「その方がまだいい。ジープの前と後ろに出よう。おれがあの女をずっと狙ってる」

広司は拳銃の安全装置を外した。

「分かった！」

と私は茂みの中から名美に叫んだ。

「だが、武器を持っていたら安達に預けろ」

「慎重ね」

名美は私の声の方角に顔を動かして頷いた。

「安達、彼女の武器を取れ」

よし、と安達は応じて名美が携帯していた小銃を受け取った。

「脅かされていたわけじゃなさそうだ」

私に広司も意外な顔で首を縦に動かした。

「さっさと出てきなさい。時間がないのよ」

名美は急かした。

「こっちにも拳銃がある。忘れるな」

私と広司は茂みから飛び出して斜面を一気に下った。名美は笑っていた。

「動くな。他に武器がないか調べる」

広司に拳銃で狙わせて私は接近した。

「素人にしてはいろいろ気が付くのね」

名美は素直に両手を上げた。

35

「疑うのは当然だけど、話はジープの中でしない？　時間を無駄にする」

名美は両手を軽く上げたまま言った。

「追っ手が迫っているかも知れない」

それもそうだ、と私も頷いた。

「おれが助手席に座る。あんたは広司と一緒に後部座席だ」

名美は素直に従った。広司も乗り込む。

「出すぜ」

安達は張り切った顔で発進させた。

「さてと、どこへ行く？」

私は名美に訊ねた。

「あなたたちこそどこへ行くつもりだったの」

「青森辺りに身を潜めて様子を見る気でいた」

「隠れ場所の当ては？」

「ない。適当な安ホテルさ」

「甘いわね。このジープは目立つ。柳原が本気になれば青森に着く前に必ず発見される」

「本気になれば？」

「柳原の狙いは敵の本拠地を突き止めること。今はそっちの方で忙しい」

「追っ手が迫ってると言ったぞ」

「かも知れないと言ったのよ」

「例のレーダーに反応する粉ってのは？」

「信じていないから逃げたんじゃないの？」

名美はくすくすと笑った。

「やっぱり柳原のでまかせか」

「粉があるのは本当。カレーへの混入はない」

「だったらとりあえずは安心てことだが……」

「柳原は私たちについてはまだ動きを取ろうとはしないはず。今のうちに東京のあなたの友達に連絡をしておく方がいい」

「田中に？　なんでだ」

「風森との唯一のパイプ役でしょ。こっちの状況を伝えておかないと」

「なんて伝える？　逃げたことは逃げたが、敵かも知れない女と一緒だ、とか」

私に広司もにやりとした。

「私は死にたくなかっただけ。そんなに疑うなら適当な場所で下ろして。それであなたたちとも縁が切れる」

「……」

「敵の強さはだれより私が一番よく知っている。風森の動きがまるで見えなかった」

「なんで柳原は信じない？」

「兵士ではないから。それに私の本当の強さも柳原は知らない。射撃の腕が少しばかり優れているとしか思っていない」

「他の仲間はどうなんだ？」

「内心では怯えている。でも、離れての威嚇射撃と聞かされて安全と見ている」

「分《ぶ》がないのは最初から分かっていたことじゃないのか？　なんで今になって」

「どんな策なのか、ぎりぎりまで柳原は口にしなかった。まさか呼び寄せるなんて……」

「逃げてまずいことになるんじゃないのか？」

「もちろん。もし柳原が生き延びて上に私の逃亡を伝えればただでは済まない。私は組織のことを知り過ぎている」

あっさりと返して名美は続けた。

「いいえ、すでに柳原は私の逃亡を上に報告しているかも知れない。その場合柳原の生死に関係なく追われることとなる」

「だったらやはりあんたとはどっかで分かれるのが賢明ってもんだな。巻き添えを食らう」

「おなじ立場という風には思えないの？　分散するより互いが助け合える」

「なにを助けてくれるんだよ」

広司が警戒を緩めず質した。

「私は組織に詳しい。捕まらずに逃げる方法ならあなたたちより遥かに承知だわ」

「こっちはあんたになにを与えられる?」

「風森」

「それが本当の狙いなんだろう」

思わず私は苦笑した。見え見えだ。

「風森を通じて連中の懐ろに入らない限り私たちに先行きはない。いつまでも組織に追われ続ける。あなたたちは組織の怖さを知らない。警察や自衛隊まで動員できる。私たちだけで歯向かえる相手と思って?」

「いつまでも追われる……」

「死ぬまでね」

私と広司は同時に溜め息を吐いた。

「だが……」

私は名美の目の奥を覗きつつ、

「風森と連絡がつくかどうか分からん。すべては風森次第だ」

「それで結構。いまは賭けるしかない」

名美は即座に頷いた。

「信用するってことか!」

広司は目を丸くして私を見た。

「信用したわけじゃないが、少なくとも彼女と居れば何日かは逃れられる。彼女の目的が風森なら、会うまでおれたちを捕まえるような間抜けな真似はしないだろうさ」

なるほど、と広司は声にして笑った。

「最終判断は風森と運良く繋ぎが取れたときにしよう」

「私の前でよくそんなことが言えるわね」

名美は呆れた。

「何度も騙されていりゃ疑心暗鬼にもなる」

「私は連中に勝てると思うほど自惚れてはいない。だから離脱した。それ以外にない」

「どこに向かえばいい？」

無視して私は名美に訊ねた。

「とりあえずは弘前。弘前に入る前にこのジープを処分する。それから高速バスに乗って盛岡に行く。盛岡からは新幹線で八戸《はちのへ》。八戸でレンタカーを借りてこの近くに戻る」

「また戻る？」

「どこに逃げても一緒。それなら味方になってくれるかも知れない連中の近くに身を潜めているのが安心というものよ」

「それにしたって、ずいぶん面倒だ。弘前でレンタカーを借りて戻れば簡単だろうに」

「処分してもジープはきっと見付かる。組織はすぐに弘前のレンタカー会社を当たる。それで私たちはお終い」

「分かった。あんたに任せよう」

東京に戻ってしまいたいという気持ちを抑えて私は受け入れた。

私たちは弘前市内に五キロと離れていない終夜営業のドライブインに腰を落ち着けた。安達はジープを処分しに出掛けている。ここならタクシーを利用できる。

「今頃、山の中はどうなってるかな」

「もうケリがついているかもね」

八甲田山の方角に目をやって名美が応じた。まだ夜は明けない。外は真っ暗だ。

「ここなら電話ができる」

名美は私に促した。

「早過ぎる。一人暮らしじゃない」

「そんな呑気な場合じゃない」

名美は急かした。

仕方なく携帯を手にして私は席を立った。

店の公衆電話の番号を押す。

呼び出し音が三回も鳴らないうち田中が慌てた様子で出た。

「起きてたのか」

「当たり前だろ！　相棒が名美って女に捕まったとだけ言ってそれきりだ。おまえさんまで殺されちまったんじゃねぇかと気が気じゃなかった。そろそろ警察に連絡したもんかとやきもきしてたとこだ」

田中は安堵の声で捲し立てた。

「それで？　どうなったんだよ」

「なんとか無事に逃げ出した。今は名美と一緒だ」

「ちょ、ちょっと待て。なんの話だ？　なんで名美って女がそこに居る？」

「死ぬのが嫌で寝返った。ということだが、本当はどうか分からん」

「なにが起きてるんだ？」

「風森からなにか連絡は？」

「あった。おまえさんらのことを伝えた」

「風森は？」

「分からん。また連絡すると言っていた……本当に無事なのか？」

「いまのとこはな。だが、たぶん追っ手がかかっている。東京の住所も知られている。当分は身を隠す。敵は強大な組織だ」

「どこに身を隠す？」

「この電話じゃまずい。盗聴の危険性がある」

「この電話が盗聴されてるって！」

「敵はおまえさんの存在も承知している」

「よしてくれ。マジかよ」

「この携帯の番号を教えられれば楽だが、名美に釘を刺された。昼までに会社の方にまた電話する。いくらなんでもおまえさんの会社の全部の回線は盗聴できないだろう」

「いや、それよりいつもの店はどうだ？」

田中はアイデアを出した。いつもの店とは、二人でしょっちゅう待ち合わせる喫茶店だ。田中もわざと店の名を口にしない。会社の側でも、互いの自宅の近くでもないから探られる恐れがない。

「いい考えだ。十時から十一時の間に電話する。その時に携帯の番号を教える。風森から連絡があったら番号を伝えてくれ。それでやつと直接話ができる」

「東京に戻るのが利口と違うか？　人は人込みの中に隠せって言う」

「それもいいな。考えておこう」

盗聴を予測して私は口にした。

「死ぬなよ。約束しろ」

「また連絡する」

長々と話せば余計なことを漏らしかねない。

「どうだった？」

電話を切って席に戻った私に広司が迫った。

「風森が連絡してきたそうだ。おれたちの動向を田中は伝えた。風森がどうしたかは分からん。が、また連絡をくれるらしい」

外に出ていた間に運ばれていたコーヒーを私はゆっくり啜った。気が静まる。

「次はどうやって友人と連絡を？」

名美が訊ねてきた。

「いい方法を思い付いた。心配ない」

「どんな方法？」

「悪いが、言えない」

「慎重ね。それが生き残る大事な秘訣」

名美は微笑んだ。

「高速バスの始発にはまだまだ時間があるぜ」

広司は時計を見て舌打ちした。

「ここで仮眠するしかないな」

店の奥に広い座敷がある。長距離トラックの運転手が二人寝転んでいる。

「弘前に出て似たような店を探す方がいい」

名美は冷静だった。

36

乗り込んだタクシーの運転手は弘前に詳しい人間で、仮眠のできる大きな食堂をいくつか承知していた。夜勤のタクシー運転手たちの溜まり場だと言う。バスのターミナルに近い店を選んだ。着いたのは六時前である。

「盛岡に出て、それから八戸って言ったろ」

畳に足を伸ばして広司は名美を見詰めた。

「そんな面倒をするより、弘前なら八戸まで直通の高速バスがあるぜ」

「もちろん知ってる」

「だったらそっちの方が――」

「八戸に行くのが目的じゃない」

「そりゃ分かってるけど、二度手間だろうに」

「そのバスは何本出ている？」

名美は子供を相手とするように訊ねた。

「さあ……乗ったことはねぇからな」

「一日にたった一本。そんなものを利用すればすぐに足取りが知れる。盛岡行きなら一時間に一本出ている。それに盛岡だと新幹線や在来線も多い。それからどこへ向かったかをごまかすことができる。わざわざ盛岡まで南下して、また八戸に北上するなんて普通は思わない。万が一盛岡行きの高速バスに乗ったと突き止められたとしても、仙台や東京方面に目を向ける」

「なるほど、そういうことか」

広司は感心した顔で、

「あんた、なかなか切れるな」

「常識よ」

「常識なら組織もそこまで考えるんじゃゃ？」

私は意地悪ではなく案じて口にした。

「考えても、新幹線の乗客をチェックするのは無理。その上、八戸にはレンタカーの店が多い。いくら組織でもてこずる」

確かにそうだろう。私も納得した。

「今日のうちに山に戻る気ですか」

安達が名美に質した。

「風森と上手く連絡が取れればね」

名美は髪を掻き上げて頷いた。

「取れないうちはなんの手も打てない。武器もなしに山に戻るのは無謀というものよ」

それに安達は安堵を浮かべた。

「ずっと取れなかった場合は？」

私は名美に言った。

「それから考えるしかない。組織から逃げるのは容易じゃないけど、風森の手助けがなければ私たちにはなにもできない」

「こうして八戸までの足取りを隠せるなら、その先はもっと簡単そうに思えるがな」

「てこずると言っただけ。動員すればいずれは突き止められる。組織は諦めない」

「そういうことか」

「風森が連絡してくるのを祈るしかないわね」

「どこで連絡を待つ？」

「居場所は固定しない方がいい。八戸でなるべく大きな車を借りて転々とするのが一番」

「車に寝泊まりするってのか」

「なにが起きてもすぐに逃げられる」

「分かるが……きつそうだ。一睡もしていない。これが続けば体力がなくなる」

「バスや新幹線の中で眠っていけばいい」

ことをなげに名美は言った。

「十時から十一時の間はどの辺に居る？」

「七時台のバスに乗れば十時前に盛岡に着く」

名美は時計を見て教えた。

「その時間に田中と連絡を取る約束だ」

「問題ない。必ず間に合う」

名美は請け合った。

「あんた、格闘技なんかもやるんだろ」

広司がにやにやして訊ねた。

「そこそこはね。なぜ？」

「急に頼もしく見えてきたからさ」

広司の言葉に私は笑った。同感でもある。

盛岡までは何事もなく辿り着いた。

間もなく十時となる。

三人を駅ビルのコーヒーショップに送り込み、私は公衆電話を探した。携帯電話で長時間話すのは危ないと判断したからだ。

手帳で馴染みの喫茶店の電話番号を探す。

十時を過ぎたのを確認してボタンを押した。

電話の近くの席に陣取っていたのか、すぐに店の人間から田中に替わった。

「大丈夫だよな」

田中は低い声で言った。

「こっちも駅の公衆電話だ。これで盗聴なんかできるわけがない。安心して話せる」

笑って私は真っ先に名美の携帯の番号を教えた。

「おれのウチの電話が盗聴されてるかも知れんと思ったら薄気味悪くなった。電話のベルが鳴るたびにどきっとする。嫌なもんだ」

「風森からの連絡はおまえの携帯にか？」

「ああ。そっちの方は心配ないのか？」

「分からん」

仕組みは知らないが、携帯の方が盗聴は簡単だと聞いた覚えがある。

「だったら風森に今の携帯の番号を迂闊に口にできないな」

「構わん。風森にはすぐにかけるよう言ってくれ。やつからこっちに連絡があったら、一度きりでその携帯は破棄する」

「ずいぶん慎重だ」

「そのくらいしないと危ない」

「今はどこなんだ？」

「言えない」

「この電話は安心だと言ったろ」

「知らない方が互いのためだ。まさかおまえを捕まえて口を割らせるような真似はしないと思うが」

「なんだかおれまで逃げたくなってきた」

「風森が今は頼りだ」

「風森になにを頼む？」

「話をしてみないとどうなるか分からん」

「警察はまったく当てにできないのか？」

「名美はそう言っている」

「敵かも知れないんだろ？」

「半々だな。信用できそうなときもある」

「半々なら別行動した方がいいだろう」

「おれたちだけじゃとても逃げ切れん。組織の手口を承知の名美が必要だ」

「そう思い込まされてるだけかも知れんぞ」

「いや、組織が警察や自衛隊と繋がりを持っているのは確かだ」

「組織、組織って、いったいなんの組織だよ」

「名美は白状しない」

「そういう女を信用してるのか」

「知らないとも考えられる」

「そんな馬鹿な」

「上がなにをしてるか知らん人間はいくらでもいるさ。現に一緒に逃げた安達という男は運転要員として雇われただけで、それ以外のことはほとんど知らない」

「いずれにしろ警戒を緩めないことだ」

「分かってる」

「次の連絡は？」

「様子次第だ」

「おれがさっきの携帯に連絡しちゃまずいんだな？」

「よほどのときは仕方ないが……」

了解、と言って田中は電話を切った。


盛岡から八戸までは新幹線で一時間とかからない。名美は八戸駅前のレンタカーの店を避けて安達一人を八戸の中心街に向かわせた。中心街で大型のワゴンを借りて戻る。安達は面倒がらず名美の指示に従った。

私たちは駅から少し離れたスーパーで食料や飲み物を仕入れ、喫茶店で安達を待った。

「安達が来たらスポーツ用品店を探してシュラフとピッケルを買う必要があるわね」

「ピッケル？」

「武器になる。それとナイフも」

「そういう店なら木刀も売っている」

「剣道の経験は？」

名美は私を見詰めた。私は首を横に振った。

「重くてすぐに腕が疲れる。ピッケルの方が殺傷力がある」

あっさりと名美は口にした。近くの席では母子がソフトクリームを舐めている。

「相手は小銃を持ってるってのに、おれたちはピッケルか」

私は溜め息を吐いた。

「万が一の用心よ」

「そうならないことを願う」

そこに名美から預かっていた携帯のベルが鳴った。慌てて私はポケットから取り出した。

「だれもこの携帯の番号は知らない」

風森からだ、と名美は請け合った。

私は携帯を耳に当てた。

「おれだ。無事か」

風森の声がした。私は名美に大きく頷いた。

「こっちの番号を言う。かけ直せ」

風森はゆっくり番号を口にした。

「書き取ったか?」

ああ、と応じたら電話が切れた。

「公衆電話からということよ」

ボタンを押そうとした私を名美は制した。

それはそうだ。私は席を立った。

店の中に公衆電話はない。

外の自動販売機のとなりにあるのを見付けた。ポケットの百円玉を握って外に出た。


「今どこに居る?」

風森は落ち着いた声で訊ねた。

「八戸だ」

「なんでそんなとこに?」

「足取りを摑まれないよう、あちこち移動した。これからレンタカーを借りて戻る」

「どこに戻る?」

「八甲田だ。ケリをつけないといつまでも追われることになる。助けてくれ」

「なにをどう助ける?」

「あんたは今どこに?」

「その八甲田の近くさ」

「遠くに姿をくらましたんじゃなかったのか」

「まあな」

「あんたもまた戻ったってわけか」

「そっちが捕まったと聞いては放ってもおけんだろう。仲間とまた合流した」

「ありがたい言葉だな」

「あの女も一緒と聞いた」

「はっきり言って敵か味方か半々だ。危ないと思うなら会うのはおれ一人にする」

「まあ……いいだろう。合流地点は？」

「どこでもいい。そっちで決めてくれ。もし弘前なら夕方辺りには着けるだろう」

「その方がよさそうだ。山は携帯が通じない。なにかあっても連絡が取れない」

「この携帯の番号は安全か？」

「問題ない。弘前に近付いたら連絡をくれ」

「あんただけが頼りだ。信じていいんだな」

「会うことだけは約束する」

風森は電話を切った。

これで少しは先が見えてきた。

小躍りしたい気分だった。

37

それから倉石《くらいし》村、新郷《しんごう》村を経て十和田《とわだ》湖《こ》に出るのが通常のルートだろう。青森市では大迂回となる。

車が動きはじめると名美が言った。とりあえず五戸《ごのへ》町を目指している。弘前に行くなら

「青森を経由して行かない？」

「十和田湖近辺だと八甲田に近過ぎるか？」

私はロードマップに目を動かした。

「危ないけど……保険が欲しくない？」

「保険？」

「青森に武器や資料を保管してある場所がある」

「組織のか」

「そう。今なら手薄なはず」

「そしてどうする？」

「だから我々の保険になるものを盗み出すのよ。風森とはどうなるか分からない」

「せっかくこうして足取りを隠して来たってのに、こっちから近付くって？」

私は首を横に振った。

「組織の方だって我々がまさかそう出るとは想像もしない。成功する確率は高い」

「あんたが敵か味方かまだ判断ができていないってのにか」

「風森と接触もしていないのに、ここであなたたちを引き渡して私になんの得がある？　もし私が敵の場合よ」

「……」

「やるなら風森と接触後にそれをする」

「ま、そうかも知れない」

私は認めた。もし名美が敵なら私たちは風森をおびき寄せる囮でしかない。

「なにがあるんだ？」

助手席の広司が振り向いて質した。

「分からない。立ち入り禁止の区域がいくつもある。私でさえ入れなかったのだから重要なものが保管されているのは確か。それを手に入れられれば交渉ができるかも」

「なにがあるか分からずに危険を冒せって言うのかよ」

「風森を味方にできる自信は？」

名美は私に訊ねた。

「ないが……それこそ風森に手助けを頼めばどうだ？　風森にしても敵対する組織を追い込めるものならきっと欲しがる」

「信用すると思う？　そこに私の仲間が待ち構えているかも知れないじゃないの。その上、なにがあるか分からないと聞けば……」

なるほど、と私は頷いた。

「もしUFOがあったって、おれたちじゃどうしようも……操縦ができねぇ」

広司は冗談でもなく口にした。

「それはない。あるとしたら宇宙人の死体」

名美はあっさりと応じた。

「マジかよ」

広司は唸った。

「そういう噂は前から聞いている。そのぐらいのはっきりした証拠がないと組織がそもそも生まれない。歳を取らない人間の写真程度じゃただのミステリー。私が聞いている範囲では組織の誕生は戦前に遡る。手島の写真の発見はつい最近のことだわ」

「戦前からあるって！」

私は思わず声高となった。

「莫大な予算を計上するに値するなにかがこの東北で見付かったのね。組織の母体は旧陸軍。そして秘密裏に追跡と研究が開始された」

「やはり組織のことに詳しいんだな」

「大体のことはね。陸軍はもうない。受け継いだのが内閣か自衛隊か警察か、そういうことまでは知らないわ。私たちはただ命じられたことを遂行するだけ」

「なんだか恐ろしくなってきた」

広司は吐息して、

「旧陸軍なんて、薄気味悪い」

「おれは彼女の方が薄気味悪い。タイミングよくいろんなことを小出しにする」

「当たり前でしょ。あなたたちは私を信用していない。ならどうして私があなたたちにすべてを教えなくてはならないの？　そのときに必要があることしか話さない。今言えるのは青森郊外に組織の管理する場所があって、そこになにか重大なものが隠されているらしいということだけ」

「組織の本部は青森にあるのか？」

「さあ」

「さあって、それくらいは分かるだろう。本社のある場所を知らない社員は居ない」

「営業しているわけじゃない。宣伝することもない組織だわ」

「それほど重要なものなら、たいがい本部の近くに保管する」

「その意味でなら青森と弘前は戦前から重要な拠点ね。青森と弘前の連隊は明治時代から旧陸軍の要となっていた。発足当時は組織の本部がどちらかに所属していたとしても不思議じゃない」

「柳原ってのは何者なんだ？」

「マッドサイエンティスト」

名美はくすくす笑って、

「遺伝子工学の専門家。具体的にどんな研究をしているのか分からないけど、組織の中では幅を利かせてる。半年ほど前に私たちを指揮する立場となった。というより青森で保管しているものから何か重要なことが分かったみたい。自分から進んで部隊の指揮をしていると言っていた」

「行くしかねぇんじゃねぇの」

うずうずした顔で広司が言った。

「ここまで聞かされて、引き下がっちゃ甲斐性なしって笑われる。なにが隠されてるか気になって仕方ねぇ」

「そんなに大事なものなら、手薄と言っても警備員が一人や二人ってことはない」

私はまだ決めかねていた。

「五人から七人。そんなところね。多くても十二、三人」

名美は勝算のある顔で口にした。

「武器は？　もちろん持ってるよな」

それに名美は頷いた。

「こっちにはなにもない」

「離れ小島と違うのよ。道がついている。一般人が道に迷って踏み込むこともある。そしてあなたと彼は警備員に顔を知られていない。もし警備員の数が多くて無理と判断したときはそのまま引き返せばいい」

「おれたちにやれってのか！」

「偵察はね。油断を見計らって私が飛び込む。銃を奪うことができればあとは簡単。私と安達とでやってもいいけど、逃亡が伝えられている心配がある。私は何度もあの場所に出掛けているから大事を取らないと」

うーん、と私は唸った。

「敵の数を確かめるぐらいなら大したことねぇよ。青森のどの辺？」

広司は張り切った。

「青森から浪岡《なみおか》に向かう山の中。表向きは採石場となっている。実際に広い範囲を掘り進んでいる。地下は保管に都合がいい」

「そんなとこにたった十二、三人で？」

「今はなんの作業もしていない。ただ不審者の侵入に目を光らせているだけ」

「そういうことか」

私は納得した。

「しかし、山ん中じゃ迷ったふりもむずかしい。怪しまれる」

「国道七号線からそんなに離れていない。山菜採りやハイキングの人間が多いから警備員を置く必要があったのよ」

「国道近くに秘密の保管場所ね」

私は笑いを漏らした。

「なにもない山奥に巨大な施設があれば逆に目立つ。今は衛星カメラがある時代。それにかつては広い道が側に通じている必要があった。大型トラックや戦車の通行のためにね」

「なんのためにだ？」

資材を運ぶトラックはともかく、戦車の意味が分からない。

「それほどまでして守らなければならないものがそこには隠されていた」

「だれから？」

「その頃はアメリカを想定してでしょうね」

「今は違うのか？」

「組織は手を結んでいる。少なくともアメリカが奪いに来ることはない」

「本当におれたちの手に負える話か？」

私は不安に襲われた。たった四人だ。

「宇宙人の死体だったとして、そいつをどうやって運び出す？　映画なんかを見ると、たいがい巨大な水槽に保存されてる。抱えて持ち出すなんてできないぞ」

「腕や頭だけならなんとかなる」

「そう簡単にいけばいいが」

「この目で見ない限りなんとも言えない」

「そうだよ。まず見るのが先だ」

広司は名美に同意した。

「潜入するのもむずかしそうなのに、恐らく保管場所には厳重なロックが施されている。まさか博物館みたいに展示しているとも思えん。そこまで詳しい話なら風森も信用する。おれたちだけじゃとても無理だ」

「じゃあ、たった今連絡してみて」

名美は低い声で続けた。

「風森が手助けするると約束するまで、その場所のことは口にしないで。ヒントも駄目」

「なぜだ？」

「我々の最後の保険よ。風森の方がそこに近い場所に居る。一人でやられたら我々は保険を失ってしまう」

私は了承して安達に公衆電話を見付けたら停止するよう頼んだ。

38

「あるとは聞いていた」

施設のことを口にすると風森はそう返した。

「場所とかは？」

「そこまで詳しくは知らん。だが、青森の近くらしい。違うか？」

「それはあんただけが知らないってことか」

「そうだ。上の者はちゃんと承知だ」

「だったらなんで放って置いた？」

信じられない思いで私は質した。

「意味がない」

「証拠を握られているんだぞ」

「それを公表されれば困ったことになるが、向こうはする気がない。だったら下手に手出しをしない方がいい。どんな証拠か知らないが、奪い取れば向こうが諦めるというものでもないだろう。無駄な争いをするだけだ」

「それでいいのか？」

「おれが決めることじゃない」

「なんか拍子抜けした」

本当にそんな気分だった。こうして電話をすれば風森が勇んで話に乗ると見ていたのだ。

「しかし、それでそっちが助かると言うのなら手伝ってやろう」

「彼女の言葉を信用すると？」

「納得のいく話ではある。なにか重要なものを奪えば対等で交渉できる立場となる。それに一緒に行動していればこっちも都合がいい」

「どんな都合がいい？」

「交渉が決裂した場合、おれがすぐにその証拠とやらを処分できる。あの女に公表されてはこちらが窮地に立たされる」

「なるほど」

「今の話、もちろんあの女には言うな」

「分かっている」

「どこに行けばいい？」

「彼女はまだ青森市の郊外としか……我々は八戸を出たばかりだ。青森まで二時間はかかる。あんたも青森を目指してくれ」

風森は了承して電話を切った。

「あっちは一枚も二枚も上手のようだ」

車に戻って私は苦笑いで名美に伝えた。

「風森ははっきりとは知らなかったが、上の連中は施設の存在や場所を前々から把握している」

「まさか！」

「嘘じゃない。青森の近くだろう、と風森はすぐに返した。分かっていて捨て置いていたのさ。そういう資料や証拠を奪い返しても組織は手を引かない。無駄の繰り返しとなる」

「無駄ですって？」

「組織はどうせ世間に公表しない。それなら証拠なんて、ないも同然だ。そこまで連中は見越している。監視していたのは組織じゃなくて連中の方だ」

「それで風森は？」

「手助けしてくれる。青森で合流する」

「風森にとってのメリットは？」

「それでこっちが助かるなら面倒が省けると思ったようだ。風森は仲間から離れた身。間に立つのは厄介と思っていたのかもな」

「あなたたちの今後を案じてのことね」

「おれが今回の件にまったく無縁だということを風森が一番よく知っている」

「これで間違いなくやれる」

名美は安堵の顔となった。

「そうなれば八甲田に引き返す必要もなくなるな」

「まだまだ安心はできない」

「おいおい、そりゃないだろ。なんのために危ない橋を渡る」

「保険と言ったはずよ。保険は最後の切り札。最初から持ち出せば逆に組織は躍起となる。柳原たちがあれからどうなったかも分かっていない。戦争するには入念な準備が大事」

「戦争するつもりなんかない」

「あなたはそうでも、すでにはじまっている。あなたたちも今度捕まれば命はない。囮の役目は終わった。裏を知り過ぎている厄介な存在でしかない。無縁と言っても通用しない」

名美は冷たい目で続けた。

「まず組織が青くなるような駒を手に入れる。組織の今の状況を確かめ、安全な隠れ家を確保する。その上で公表の段取りを整える。交渉に入るのはそれから」

「安全な隠れ家といっても……心当たりはあるのか？」

「手島の家から通じている格納庫はどう？」

「あそこはもう知られている。それこそ君が上に報告したのと違うか？」

「通じる道はあのトンネルだけ。出口がどこかは分かっていない。あそこに何個も爆薬を仕掛けておけば組織も手が出せない。それになにより民間人を巻き添えにしなくて済む」

「警察も組んでいるならすでに人数が配置されているかも知れないぞ」

「いざというときに話を通せるというだけで、そこまで密接じゃない。だったら私たちが監視する必要はなかったはずでしょ。警察は恐らくあのトンネルに気付いていない。入り込めさえすればなんとかなる」

「格納庫の調査に取り掛かってないのか？」

「今はそれどころじゃない。第一、調査するとしたら柳原や私たちの任務」

「盲点ってのは分かるが……」

名美の持ち出す策はどれも敵の懐ろに入り込むものばかりだ。一つ間違えば逃げ場を失ってしまう。

「あの格納庫にもう一度行ってみたいのよ」

「なぜだ？」

「あそこにあったと思われるＵＦＯはいったいどこに飛び去ったのか……外への広い通路は見当たらなかった。これは私の勘だけど、そもそもあそこは発着所なんかじゃないのかも知れない」

「どういう意味だ？」

私だけでなく広司も首を傾げた。

「手島の家からトンネルを掘り進み、地下に埋まっていたＵＦＯを捜し当てただけじゃないかってこと。周囲を広げて壁を拵えた」

うーん、と私は唸った。

「作業をしやすいように周囲を広げてからＵＦＯの解体に取り掛かったと考えれば辻褄が

合う」

「あの大量の燃料タンクみたいなやつは？」

「ＵＦＯがそんな燃料で飛ぶと思う？　それなら宇宙空間でどういう補給を？」

「言われてみりゃ――」

そんな気もする。

「じっくり調べれば発着ゲートの有無が分かる。風森があそこで私を殺さなかったのは、もはや無意味な場所だからと思い込んでいたけど、風森も実はあまり事情を知っていないと分かってきた。手島があの家に住み続けてきたことを思えば、そうじゃないかも知れない。確認する価値はある」

「しかし、あっさりと手島は放棄した」

「一時的な撤退で放棄とは違う」

「ま、そうだろうが」

「いずれにしろ屋敷からの入り口はたった一つ。防備に理想的な場所だわ。もう一つの出入り口も風森が知っている。トンネルからは引き返さなかったんでしょ」

私は頷いた。

「あなたはマスコミの人間よね」

名美に私は苦笑した。雑誌に文章を掲載しているからにはそうとも言えるが、マスコミの人間であるなど一度も意識したことはない。

「テレビ局に知り合いは？」

「ないこともないが……」

「重要なものを入手できたときはすぐに連絡を取ってちょうだい」

「電話一本で信用されると思うか？」

「それだから知り合いかどうかが大事となる。私では相手にされない」

「田中を介すれば……」

なんとかなるかも知れない。私では無理だ。が、それも結局は無駄となる。風森が阻む。

「あそこで止めて」

名美は前方に大きな雑貨ストアを見付けて安達に命じた。安達は駐車場に入れた。

「殺虫スプレーを五、六本買ってきて」

名美は安達に財布を手渡した。

「武器にするんだな」

「そう。接近戦には役立つ。それに音もしない。近付いて相手の目を狙う」

「そこまで近付けるといいが」

「あなたたちは使わなくていいわ」

名美はにっこりとした。その笑顔が口にする言葉とはだいぶ掛け離れている。

「問題は風森が公表を黙って見過ごすかどうかかね」

私はどきっとした。

「隠し続けてきたのは風森たちも一緒。もしかすると手伝うふりをして、証拠湮滅《いんめつ》を企んでいるということも」

「そんな感じじゃなかった」

私は慌てて否定した。

「気を許す気はないから大丈夫」

名美は自分に言い聞かせるよう重ねた。

「あいつは仲間から離れたんだ。心配することはねぇんじゃねぇの」

広司に私も大きく頷いた。

「そろそろいい。安達の様子を見てきて」

名美は広司を促した。

「五、六本のスプレーだろ。持てるさ」

「そうじゃない。どこかに電話していないかどうか確かめるのよ」

「彼を疑っているのか」

私は呆れた。むしろ名美より先にこちらの仲間となった男である。

「信頼するには材料を揃えないと」

名美はまた冷たい目に戻した。

39

車は青森の市街のだいぶ手前で、左に折れるバイパスに入った。名美の指図によるものだ。なにもない広い田圃の真ん中をのんびりと進む。左後方には八甲田山が、これもまたなにもなかったかのように美しい稜線を見せている。私は必死に眠気と戦っていた。のどか過ぎて現実を忘れる。

「間もなく七号線にぶつかる。浪岡方面に向かってちょうだい」

名美は安達に命じてから、

「風森との合流は大釈迦《だいしゃか》の駅で」

私に連絡を取るよう促した。

「それだけで分かるのか？」

「小さな駅。問題ない」

私は頷いて公衆電話を見付けたら停まるよう安達に頼んだ。

「大釈迦って言うと──」

場所だけを風森に伝えて車に戻った私は首を傾げた。聞いたことのある地名だ。

「お釈迦さんの墓があるって言われてるとこさ。梵珠山《ぼんじゅさん》って青森じゃ有名な山がある」

広司が教えてくれた。

「梵珠山にゃ毎年決まった日に火の玉がいっぱい出るってんで観光客も集まる」

「本当に出るのか？」

「らしいよ。でなきゃだれも行かなくなる」

「でかい蛍とかじゃないのか？」

「まさか。蛍なら見慣れてる」

「青森ってのも不思議な土地だな。キリストの墓もある」

「どっちも眉唾もんだけどね」

「そうとも言えないだろう」

「信じてんの？」

「これまでは信じちゃいなかったが、風森たちのような連中が居ると知ったら、そいつも有り得る。宇宙人は大昔からこの地球にやって来ていたんだろうからな。この近辺にその基地があればキリストや釈迦が招かれてもおかしくない。そもそもなんの根拠もなしにキリストや釈迦の墓があると言い伝えてきたとは思えない。もしいい加減な作り話なら、他の土地にもそんな話がいくらもあっていい。他にそんな話聞いたことがあるか？　ストゥーパとは違うんだろ」

「ストゥーパって？」

「釈迦の骨を納めている塔のことだ。墓とは言わない」

「なるほど」

広司は認めた。

「あんまり荒唐無稽な話なんで噴き出しそうになるが、荒唐無稽過ぎるために、ひょっとしてとも思いたくなる。しかも、そんな言い伝えのあるところに宇宙人を調査している組織の秘密施設がある」

私は言って名美を見やった。

「鋭いわね」

名美は苦笑いした。

「たまたま設置した場所にそういう言い伝えがあったってことじゃないんだろ」

「でしょう。すべてが偶然じゃない」

「すべてって？」

「奥羽本線の開業は明治二十七年に青森と弘前間が結ばれたのがはじまり」

唐突な話に私は戸惑った。

「技術の未熟な時代だった。線路の敷きやすい平坦な地が当然のごとく選ばれた。けれどたった一か所だけわざわざ峠を選び、トンネルの掘られたところがある」

「それがつまり！」

「大釈迦峠」

私は唸った。

「組織の誕生は戦前だけれど、一つや二つの証拠が見付かったからと言って、あれだけの組織は簡単に編成されない。それ以前から青森にはなにかあると思われていたのよ。これは柳原からの受け売り。柳原は明治二十七年のトンネル工事こそが発端と見ていた。なにかを探す目的で大釈迦峠に穴が掘られ、それをごまかすために建設中だった鉄道線路をそこへ持って行った。でなければとてもごまかし切れない大工事だったということね」

「明治の陸軍から受け継いだ組織だと……」

眩暈《めまい》がしそうになる。

「柳原はもっと先まで勘繰っていた。明治天皇が明治九年に東北巡幸した際、それに先駆けて明治新政府は青森県の各地を大々的に発掘調査している」

「なんのためにだ？」

「表向きは都母の石碑探し」

「ツボのイシブミ？」

「坂上田村麻呂《さかのうえのたむらまろ》が青森まで踏み込み、蝦夷を征伐したときに戦勝を記念して弓の弭《はず》で『日本中央』と刻んだとされる大岩のこと。朝廷にすれば自分たちの権勢を示す格好の記念碑だわ。それを明治天皇が巡幸のついでにぜひ見たいと願ったとか。実話だったとしても、もちろんそんなものはとっくに土中に埋もれている。だから新政府は徹底的に発掘調査して発見に尽力しろと命じた」

「いったい何年前の石碑なんだ？」

「千年は軽く過ぎている」

「馬鹿馬鹿しい」

「普通はそう思って当たり前。柳原はこれも大釈迦峠のトンネル工事と無縁ではないと睨んでいた。どこからなにを得てのことかは知らないけど、明治新政府は青森の土中になにか埋まっていると確信していたふしがある」

「おれたちはなにも知らされず、のほほんとこの国に生きてきたってことか」

なんだか背筋が寒くなる。

「外部への漏洩を恐れて、場所や人名を黒く塗り潰した資料が組織に保管されている。それさえもコピーだから復元は不可能。それには奇妙な村の存在が記されてある」

「ええ。そこは八甲田の山深い集落で、外部とのつき合いをほとんど絶っていた。ある年にその一帯が飢饉に襲われた。陸軍は近隣の村までは救済に出掛けたけれど、その集落のことに気付かず引き返してしまった。近隣の村人たちが食糧欲しさにわざと奥の集落のことを口にしなかった可能性もある。いずれにしろその集落は二月《ふたつき》近くも見捨てられた。全員が死に絶えたと思われたのに、集落のあることを聞き付けて陸軍が慌てて出向いたところ、不思議なことに全員が元気で暮らしていた。食糧支援のあった近隣の村人たちより遥かに血色も良かった。どこを探しても食糧などない。どうして飢饉を生き延びられたのか説明がつかない。陸軍が集落の人間たちの精密検査を行なおうとしたら……そこの連中は家財をそのままにどこかへ消えた」

「それが風森たちの仲間か」

「たぶんね」

「二百年も楽々と生きる連中だ。飢饉程度じゃなんともないってわけだ」

「陸軍が真相究明に躍起となったのも当然。食糧補給の問題が解決できれば世界の果てまでも軍隊を繰り出せる」

「結局は戦争が目的か」

「その当時はね。今はミサイルが飛ぶ時代。食糧補給の重要性は薄れている」

「だが、組織はその情報をひた隠しにしてきた」

「危険な連中かも分からない」

「青森県の村だな」

「ただ隠れて暮らしている連中じゃないか」

「その判断は上が決める」

「本当に組織と手を切ったんだろうな」

「まだ疑っているの」

「おれは風森につく。今の話を聞いてますます組織のいかがわしさが分かった」

「つくのはいいけれど、あの連中は人間じゃない。それを承知しておくべきね」

「人間じゃないからって、なんだ？　おれは猫や犬の方がずっとつき合いやすい」

「それとこれとは別」

「いや、違わない。それを言うなら国同士で殺し合う人間の方がずっとたちが悪い」

「人間じゃないって言うけど……」

広司が口を挟んだ。

「超能力持ってるだけで、人間だろ？　それとも人間の皮かなんか被ってるの」

「彼らは宇宙人との混血だと思う」

「じゃ、半分は人間じゃん」

広司は安堵の顔で名美を見た。

「その半分が問題ね。人間の能力とは掛け離れている。外観が人間であるだけに始末が悪い。彼らがその気になれば世界を支配できる」

「それのどこが悪い？」

私はつい意地悪な口調となった。

「能力のある者が上に立つ。それでいいじゃないか。自分の欲にだけ走る政治家なんぞよりよっぽどましだ。昔の人類の方がずっと賢かった。神にすべてを委ねたんだからな」

「あと十分やそこらで着きます」

無言で運転していた安達が言った。

「風森が手助けしてくれるなら簡単にやれる。車で行けば怪しまれる。あなたは大釈迦の駅で待機していなさい」

名美は安達に命じた。

「近くで待つ方が逃げるのに都合がいい」

安達に私と広司も頷いた。

「監視装置があちこちにある。この車が見付かれば厄介なことになるわ」

なるほど、と安達は得心した。

「駅から歩いてどのくらい？」

「四、五十分は覚悟しないと」

名美に私は思わず吐息した。

40

「風森はまだみたいだな」

大釈迦駅は本当に小さな無人駅だった。待合室にだれの姿もない。

「来ていたとしても、駐車場に車をとめて姿を晒すような男じゃないわ」

名美は車から下りると大きく伸びをした。

「ホントだ。現われたぜ」

広司が道を挟んだ林を顎で示した。風森がのそりと姿を見せて道を渡って来る。

「そこにはなにがある?」

風森は挨拶抜きで名美に質した。

「知らない。見たことがない」

「見当くらいはつけているだろうに」

「宇宙船……運び出せないからそこをそのまま保管庫にしたんじゃないかと」

「運び出せないのなら行ったたって仕方ないのと違うか。写真を撮影したぐらいじゃ今時なんの切り札にもならん。マスコミだって簡単に信じやしない」

それはそうだ。私も頷いた。

「この目で見てから考えるしかない」

「観光とは別だ。命を懸けることになる」

「弾丸も避けられるんじゃなかった?」

「そっちのことを言っている。特にこの二人は素人だ。敵の数は何人だ?」

「十二、三人。たぶんそんなとこよ」

「たぶんじゃ危ない」

「多くても十五人。大事な物を保管しているといっても倉庫に過ぎない」

「持ち出せるわけがないと見て安心してるということか」

「そうね。言われるとそうかも知れない」

名美は気付いたように首を縦に動かした。

「それをやれば組織と警察をすっかり山から引き上げさせることができるのか?」

「切り札の大きさによる。あれだけの騒ぎになっている。簡単な話じゃない」

「このまま進めば隠し通せる問題じゃなくなる。困るのはどっちだ?」

「さあ……私には分からない」

「そっちに決まっている。我々のことには目を瞑っているのが賢明な策というものだ。我々は逃げ隠れしているんじゃない。くだらん連中と関わり合いたくないだけだ」

「どうすればいいって言うのよ」

名美は挑戦的に風森を睨んだ。

「保身のためと聞いたが、自分のことより手を引くよう交渉しろ」

「その後の身の安全はだれが? 組織は裏切った私を見過ごしはしない。殺された後に仇を取って貰ったって嬉しくはないわ」

「我々の仲間に加えてやってもいい」

「ありがたい話だけど、一生山の中で暮らせと言うの。それはごめんよ」

「金が目当てか?」

「そうじゃないけど、いまさらコンビニのパートなんかして生き延びる気もない」

「金が欲しいなら望むだけくれてやる」

「あなたが？」

「交渉を上手く運べば、だ」

「……」

「上の者がいくらでも用立てる」

「たとえば、いくら？」

「十億だろうと、百億だろうとだ」

名美ばかりか私たちも絶句した。

「魅力的な誘いではあるわね」

「もし宇宙船だった場合……あとで爆破する」

風森に名美は詰まった。

「それが手助けの条件だ。嫌なら一人でやるんだな。この二人はこのままおれが預かる。そんな危険な真似をしなくても助けてやれる方法はいくらでもある」

「証拠を放っておいて困らないわけ？」

「もともと隠しているのはそっちだ。百年以上もそうしてきた。別に困りはしない」

「駆け引き上手ね」

名美は苦笑して肩の力を抜いた。

「爆破を承知すると言うんだな？」

「どうせ操縦もできやしない。私には無用の物。しても構わないけれど……でも、そうなればなにを切り札に交渉しろと言うの？」

「それで監視していた側《がわ》が実は監視されていたと分かる。柳原も力の差を思い知るだろう」

「そう甘くはないと思うけど」

「駄目なときは組織の本部を襲う。二百や三百が死ぬことになる」

「その方が効きそうね。なんだかんだ言って、柳原はあなたたちの力を承知している。一族からは慌てて手を引く」

「あの男はなんだ？」

風森は車の中の安達に不審の目を向けた。

「彼のお陰で逃げ出すことができた」

私は経緯を説明した。

「なにがしたいのかさっぱり読めない男だ」

風森は小首を傾げた。

「運転技術を買われただけ。私も最初は疑ったけど、怪しい真似はしていない」

「あいつはここで待たせろ」

「そのつもり。はじめて気が合った」

名美はくすくすと笑った。

「狙い通りになったじゃないか」

名美と広司から少し遅れて山道を辿りながら私は風森に囁いた。

「早くケリをつけんと面倒になる。我々のことが知られてしまえば後戻りができん。窮地に追いやられるのは政府のはずなのに、そいつを分かっていない馬鹿が居る」

「柳原のことか」

「どうやって上を誑《たぶら》かしたか知らんが、一歩も後に引かん。山には千二百の自衛隊員が注ぎ込まれた」

「知らなかった」

「一人でもこっちに犠牲が出れば本当にただでは済まなくなるぞ。姿を消すつもりだったが、それで戻った」

「仲間の数は？」

「六百と少し。だから結束も固い」

「多いのか少ないのか分からん数だ」

「我々はなにもせず静かに暮らしてきた。なんでそいつを壊そうとする？」

「そう言うが、切っ掛けはそっちだ。政夫が手島たちに殺されたことからはじまった」

「その前から不穏な動きがあった。それで敵の一人と勘違いした。悪いとは思ってる」

風森は小さく吐息した。

「いつ頃から居る？」

「ん？」

「あんたらさ。いつ地球にやって来た？」

「年号のない大昔からだ。五千年やそこらだろう。分かっているのは我々が特別な存在だということだけだ。いい意味じゃない。我々が皆と暮らせば必ず騒ぎとなって毛嫌いされる。それでいつの頃からか仲間ばかりで隠れ住むようになった」

「しかしあんたは隠れていなかった」

「親父が村を飛び出たせいだ。おれも普通の暮らしの方が心地良い」

「親父さんは亡くなったと聞いたが……」

「いや。今は許されて別の地にいる」

「死んだと言うのは嘘か」

「死んだふりをしなくてはまずいときがある」

「百五十歳でぴんぴんしてりゃおかしいものな。あんたたちの平均寿命は？」

「村の最長老は七百歳近くになる」

「そりゃ凄い」

「おれの場合は違う。母親は人間だ」

「ちょっと待て。それなのにたった六百人なのか？　四百年も生きてりゃ子供なんていくらでも……」

「隠れて暮らすようになったせいもあるが、純粋な血統じゃないと寿命はさほどでもない」

「なぜだ？」

「そういう仕組みとだけしか分からん。混血の第二世代は子供を作るのがむずかしい。エジプトのファラオみたいに十二やそこらで子供を作るやつもいるけどな」

「彼らもあんたらの仲間だったのか」

「そうだろう。この日本にだけ祖先たちがやって来たとは思えない。そしてその当時は祖先らが人間たちを支配していた」

「なぜ支配しなくなった?」

「ずいぶん質問好きだ」

「だれだって聞きたくなる」

「おれは興味ない。何千年も昔の話だ。支配に飽きたのかも知れんし、仲間同士で争いが起きたとも考えられる。今だって世界のあちこちに仲間が居るはずだが、横の繋がりはまったくない。そいつを思えば、争い合ったと見るのが当たっていそうだ。いずれ今のおれたちには無縁のことだ」

「あっさりとしたもんだな」

「好きでこの世に生まれたんじゃない。それはそっちだって一緒だろうに」

「なるほど。あんたの場合、たまたま宇宙人の血を引いているってことか」

「そういう風におれは思っている」

「おれの家系は、ずっと辿れば足利尊氏に繋がるそうだ」

「大したもんだ」

「けど、なんも関係がない。それとおなじだ」

「そういうことだ」

風森はにやりと笑った。

「なんでもない宇宙人か……そいつもいいな」

「そっちも、なんでもない足利尊氏の子孫てわけだ」

「違いない」

私と風森は笑い合った。

「間もなくよ。なに呑気にしてるの」

名美が笑いに振り向いて睨み付けた。

41

「ただの採石場にしか見えん」

岩陰から見下ろして風森は呟いた。

「建物にも人気がまるで……とっくに閉ざされた感じだ。本当にここなのか？」

「間違いない。崖の道を見て。雑草がほとんど見られない。出入りが頻繁な証拠」

なるほど、と私と風森は頷いた。

「あの建物は見せ掛け。地下に倉庫への入り口がある。監視員たちも普段は地下に。モニターで見ていて上になにかあれば出て来る」

「なぜだ？」

風森は首を傾げた。対応が遅くなる。

「廃墟に近い建物に十人以上の人間がうろうろしていれば怪しまれる。それに地下に設備を集中させた方がなにかと都合がいい」

「入り口はそこ一つだけか？」

「非常口もあるはずだけど私は知らない」

「ちょいと厄介だ」

風森は軽く舌打ちして、

「必ず何人かは地下に残る。一度で片付けるのはむずかしい。侵入を報告されちまう」

「モニターには死角があるわ。侵入したのは私一人と思わせればいい。なにか起きても甘く見て残りの者たちが駆け付ける」

「あんたの強さを承知の者が居るかも知れんだろうに」

「そこは賭けよ。報告されても組織の仲間がやって来るには時間がかかる」

「倉庫への扉を簡単に突破できればな。とてつもなく大事なものをしまってるんだ。なのに十人やそこらの監視で安心してるのは守りに自信があるからだ。もしかするとダイナマイトを使ったって無理かも」

「たいがいの鍵なら開けられる」

「銀行の金庫でもやれるか？」

「よしてよ。ここまで来たらやるしかない。そっちは超能力者なんじゃない」

「なんでもできるなら山奥に隠れ住まん」

「当て外れね」

「囮にはこの二人になってもらおう」

風森は私と広司に目を向けた。

「山道に迷い込んだフリをするんだ。建物に入ったらモニターなど気にせず水と食い物を探せ。余計な真似はするな。それで敵が出て来る。仰天した顔で外に逃げ出せ。向こうはきっと追って来る。藪まで誘ったらおれが始末する。モニターにも映らん。仲間が戻らなければ残りも様子を見に現われる。もし居残っているやつが居ても、そいつらは外の動きに目を奪われている。その隙に侵入しろ。二人程度ならあんた一人で楽にやれる」

「だったら私はもう少し接近している」

了解して名美は先発した。

「いきなり撃ってきたらどうする?」

広司は案じた。

「それはない。困るのはあっちだ。山に迷い込んだ者が戻らなきゃ捜索隊が出る」

風森は請け合った。

「倉庫の中に隠してあるものだが」

名美の気配がなくなってから私は言った。

「彼女は宇宙船と言ったが、あんたと会うまでは違うと口にしていた」

「じゃあなんだ?」

「あんたらの仲間の死体だろうと」

「おれに手伝わせるために話を派手に拵え上げたってことか」

「どう思う?」

「この目で見れば分かる。が、死体ってのはどうかね。それならもっと安全な場所に移動する。昨日今日に見付けたわけじゃない。何十年とここから動かしてないんだぞ」

「そう言われればそうだな」

「倉庫じゃなく研究施設とも考えられるが、ここは不便過ぎる。持ち出せないものを発見して隠蔽していると見るのが正解だろう。だから我々も捨て置いてきた」

「やはり宇宙船か？」

「母船以外なら運び出せないほどの大きさじゃない。おれが知る限りはな」

「手島の屋敷の地下にはなにが？」

「小型の船の残骸だ。そのままにしていても構わないものだったが、町の真ん中だ。いつか見付けられる恐れがある。念の為に掘り出して処分した。その名残だ」

「はじめて想像が当たった」

「話はあとだ。済ませちまおう」

風森は建物に目を戻した。


私と広司は声を張り上げながら近付いた。

さり気なく監視カメラを探したが見当たらない。よほど小さいレンズなのだろう。

「まずいんじゃやねぇの？　立ち入り禁止って札が吊されてる」

広司が入り口のドアを示した。

「呼んでも返事がない。喉が渇いた」

私は構わずドアを開けた。

黴臭いフロアだ。右手にがらんとした事務室がある。無人としか思えない。

「トイレはあっち。おれは事務室に居る」

私は広司を左の廊下に進ませた。正面の二階に通じる階段には埃が積もっている。

〈本当に無人と違うか？〉

廃墟とまではいかないけれど静まり返って薄気味悪い。

「だれか居ないのか」

事務室の戸を開けて叫んでみた。

雑然とした机の脇に新しいゴミが詰まった屑籠がある。人の出入りはあるらしい。

「水があった。コップは汚いけど」

広司がプラスチックのコップに水を入れて運んで来てくれた。

「電話は通じる？」

「まだ試してない」

飲みたくもない水を一気に飲み干した。

「なんなのここ。怪しいよ」

「ただの石切り場だ。休みなんだろう」

私は椅子に腰掛けた。モニターで監視しているならそろそろ現われる頃合だ。

「食い物はないかな」

広司はロッカーの取っ手を揺すった。

「やめとけ。泥棒と思われる」

「違うのか?」

不意に背後のドアが開けられた。予測していてもぎょっとなった。

「なんだ、勝手に入り込んで」

二人のうちの太った男が睨み付けた。

「呼んだけど返事がなかった」

怯えを装って私は応じた。

「返事がなきゃいつもこうして入るのか」

「道にすっかり迷ったんだよ」

広司が口を尖らせた。

「礼儀ってもんがあるだろうに」

太った男は棍棒を握っていた。

「逃げろ!」

私は広司を促して廊下に飛び出した。男たちも勇んで追って来る。

「この野郎、ぶっ殺すぞ」

男たちは面白がっているようだった。私と広司は建物から出て風森の待つ藪を目指した。

「待ちやがれ!」

やがて男たちも藪に飛び込んだ。

「ご苦労さん」

風森がにこにことして出迎えた。

「な、なんだ」

男たちはたじろいだ。棍棒を構える。

「少しは訓練を受けてるらしいな」

臆せず風森は素手で男たちの前に出た。

一人が躊躇なく棍棒を振り下ろす。

私に見えたのはそれだけだった。

影が入り乱れ、一瞬のうちに男たちが風森の足元に転がった。太った男の鼻から血が噴き出している。前歯も数本欠けていた。もう一人の男は右腕を折られたのか悶絶している。

「凄ぇ……」

広司は絶句した。

これだけの怪我を負わせるにはそれなりの時間がかかる。なのに一、二秒の争いだった。

「ただの男らじゃない。雇われ用心棒だ」

風森は男らの腰を探った。

「銃を持ってやがったのか」

風森の取り出した銃を見て広司は唸った。

「次は警戒してくるぞ。下がっていろ」

風森はみぞおちを蹴り飛ばして男らを気絶させた。あっけなく静かになる。

「モニターは見付けたか？」

「いいや、どこにも」

「ソナーみたいな装置かも知れんな。一台で建物全部を見張ることができる。音はマイクで拾える。となると死角はない」

「彼女が危ないってことか」

「次に何人出て来るか、だ。それでも最低一人は残す。あとは素早くやれるかにかかっている。そいつを祈るとしよう」

「この太った男の服ならあんたにも着られる。向こうが出て来る前に先手を打とう。おれと広司を追いかける格好で建物に入るんだ」

「それで？」

「ソナーみたいなもんなら顔が識別できない。てこずっている様子を見て応援に飛び出す。地下に居残っているやつが居てもなにかする余裕はない。ここでやり合えばますます疑いを強めるだけだ」

いかにも、と風森も同意した。

「見付けられなかっただけで、ただのモニターだったら一発でバレちまう」

広司は危ぶんだ。

「向こうにとって敵はおれたち二人だ。何者なのか必死になる。追いかける風森には注意しない。心配するな。上手くいく」

保証はないが、私は言い切った。

風森もにやりとして着替えにかかった。

42

「なんだよ！　おれたちがなにしたってんだ」

私は思い切り声を張り上げて藪を飛び出た。広司も続く。間合いを計って風森が追ってきた。私と広司は真っ直ぐ建物に駆け込んだ。

「広司、電話だ。警察に電話しろ！」

私は事務室に飛び込むと手頃な武器を物色した。床磨きのモップが目についた。

「早くしろ！　おれはこいつでなんとか防ぐ」

広司に叫んで私は身構えた。と同時に風森が現われた。倒した男の服を着ている。敵は間違いなくこの様子を察している。

「この野郎！」

私は目茶苦茶にモップを振り回した。風森は近付けないフリをして時間を稼いでいる。

〈早く来い！〉

なかなか現われない敵に苛立ちがつのった。

「だめだ！　通じねぇよ」

広司が電話を床に叩き付けた。

「こっちを手伝え！」

おう、と広司が手助けに回る。

「ここはなんだ！　ただの事務所じゃねえな」

　広司は喚き散らした。

「なにをてこずってる」

　廊下に三人の男たちが姿を現わした。顔が風森の背中越しに見える。

「素人相手にだらしねぇぞ」

　男たちは私と広司を眺めてにやついた。

「国本《くにもと》はどうした？」

「その素人にやられたんだよ」

　風森はゆっくり振り向いた。

　三人は仰天した。

　風森は立ちすくむ三人に突進した。肘で一人の顔面を粉砕し、一人を足で払い、残りの一人の首を摑むと片手で持ち上げた。自分の体の重さで首が伸びる。ばたばたさせていた足の動きがたちまちだらりとなる。風森は軽々と男を投げ捨て、足払いで床に転がっていた男の腹を蹴り飛ばした。

「ぐずぐずするな。地下への入り口を探せ」

　風森は呆気にとられている私たちを促した。

「こっち！」

　名美の声がトイレの方角からした。私たちは駆けて合流した。

「左端のトイレの中の壁がドアになってる」

よし、と頷いて風森が先に出た。

「取っ手がないぞ」

風森はトイレのドアを開けて怒鳴った。

「当たり前よ。秘密の入り口だもの」

名美が言い終わらぬうち風森は奥の壁に体当たりした。メリメリと壁が破れる。壁の奥には螺旋階段が見えていた。迷わず風森は壁の破れ目に体を潜らせた。私たちも突入した。

「気をつけて！　きっと武装してる」

名美が風森の背中に声をかけた。

「その方がありがたい。敵も油断する」

階段を下りきった風森は重そうな鉄の扉に手をかけた。ガチャリと扉が開く。

「そこまでだ！　おまえら何者だ」

開いた扉の先に銃を構えた男が待っていた。

「来るな！　撃つぞ」

男は平然としている風森に狙いを定めた。

「上とは大違いだな」

コンクリートの広々とした廊下が男の背後に延びている。照明も眩しいほどだ。

「これじゃ下に籠ってばかり居たくなる。目で確かめなかったのが間違いの元だ」

風森はくすくす笑って前に進み出た。

「死ね！　このクソ野郎」

男は銃を発射した。廊下に音が響き渡る。

風森は躱した。が、その動きはむろん私には見えない。

「……！」

驚愕の顔で男は二発、三発と放った。

その間に風森はどんどん間を詰める。

「ふざけんな、てめぇ！」

男に焦りが見られた。胸から顔面に狙いを変える。発射と同時に天井のライトが派手に破壊された。まるで風森の頭を弾丸が突き抜けたとしか思えない。

しかし風森は男の胸元に迫っていた。

「遊びはこれまでだ」

風森は銃身を摑んで乱暴に奪い取った。

男は恐怖の悲鳴を発した。

「まだ他に居るのか」

風森は男の手首をひょいと捩《ね》じり上げた。

男は絶叫した。急所の一つだ。

「居るなら案内はそっちに頼むことにする」

風森は銃口を男の喉に突きつけた。

「い、居ねぇ。おれだけだ」

必死に男は首を横に振った。

「倉庫の入り口はこの先か」

「そ、そうだ」

「ナンバーロックの扉だな」

それに男は降参の目で頷いた。

「死ぬか、教えるかだ。時間がちょっとかかるだけで、おまえが居なくても開けられる」

「わ、分かった。銃を下ろしてくれ」

「先に縛り付ける。殺す気ならそんな面倒をしない。礼代わりに助けてやる」

風森はポケットから細いロープを取り出した。男はむしろ安堵の息を吐いた。

「もう心配ない。上に戻って三人を縛り付けてこい。そろそろ連中も目を覚ます」

風森は私たちに命じた。


「簡単な仕事だったな」

風森は男たちを縛って戻った私と広司を笑顔で迎えた。すでにナンバーを聞き出したらしく男が床に転がっている。名美は奪った銃を肩に吊り下げている。

「もし嘘のナンバーだったら?」

私は床の男を顎で示した。

「そんな度胸はない」

風森は自信たっぷりに請け合った。

「援護もない場所だ。嘘をつけばどうなるか分かっている」

「銃は必要なのか？」

私は名美に質した。もう敵は居ない。

「持ちたいのなら持たせておけ」

風森は気にせず歩きはじめた。

「残された時間はもう四十分もない」

風森は振り向いて私に言った。

「吐かせたが、一時間おきに本部と連絡を取っているそうだ。そいつがとぎれると本部の兵隊がヘリで駆け付ける」

「どのくらいでやって来る？」

「三十分やそこらだろう。つまり最低でも一時間以内にここを抜け出さなきゃまずいってことだ。囲まれたら厄介になる」

「逃げてもヘリは必ず来るんだな」

「ああ」

「まさかとは思うが……もし安達が敵だった場合、車種が伝わっている。空からならどこに逃げても見付かる」

「そのときはそのときだ」

風森は廊下を奥に進んだ。

やがて頑丈そうな扉にぶち当たった。

名美が傍らのキーボードに入力する。

扉のロックがあっさり外れた。

自動的に扉が開く。

中は真っ暗だった。すぐに照明がつく。

緩いスロープが延びていた。

「三十分で引き返す。もしこのドアが閉鎖でもされりゃ逃げ場を失う」

ここまで来ながら、たった三十分か、と私は思った。なにも持ち出せそうにない。

「だれか残ってあいつを脅しつけりゃどうなんだよ」

広司が口にした。

「なんならおれでもいいぜ。そうすりゃ無事と信じて敵もやって来ない」

「どうやって連絡を取り合っているのか知らん。妙な小細工は怪我のもとだ」

風森に名美も頷いた。

「それにこの女の話だといくつも部屋がある。四人で手分けして探すのが早い」

風森は足早に下りながら言った。

「爆弾の用意はしてあるのか」

私は風森に並んで囁いた。

「腹に巻いてある。船ならなんの役にも立たんがな」

「だったらどうする？」

「日をあらためる。敵もどうせ外へは持ち出せん。仲間を集めて襲う」

「来た甲斐がないってことか」

「船だった場合は大ありだ。我々の方にその記録はない。我々の先祖以外にも日本にやって来ていたことになる。これまでここを放ってきたのは、船であるはずがないと見ていたからだ。こんな近くに船が続けて不時着するなど有り得ない」

「不時着！」

「埋まっているからにはそうだろうさ。先祖が隠してあったものなら今でも動く。政府も大々的に掘り返す」

「こそこそ話はよして」

名美が私たちを睨み付けた。

「まだ私を疑ってるのね」

「三十分でなにができる？」

私は名美に返した。

「振り回されてるのはこっちだぞ」

「あの角を曲がればすぐよ」

名美は指差した。

「二十五分も余裕がある」

「じきに答えが出るってわけだ」

私の足は速まった。

43

名美は頑丈そうな扉の前に立ち止まった。

「間違いない。ここよ」

名美は取っ手を乱暴に動かした。だが開かない。名美は舌打ちした。

「銃でやるしかない」

風森に名美も頷いて鍵穴を狙った。

「離れていろ。弾が跳ね返る恐れがある」

風森は私の肩を引いた。

名美は二、三発派手に撃ち込んだ。鍵穴が破壊された。今度は風森が取っ手を摑む。

よし、と口にして風森は力を込めた。

大きな扉が重い音を立てて開いていく。

冷たい風が奥から流れてきた。

私と広司は覗き込んだ。

部屋ではない。

坑道のような通路がずっと伸びている。

名美は戸惑いを隠さなかった。部屋と思い込んでいたのだろう。

「外に出る抜け道じゃないのか?」

私は風森を振り返った。

「掘ったままにはしておかんだろう。これだけ金をかけた建物だ」

確かに、と私も納得した。土壁には掘削の痕跡がそのまま残されている。

「今も掘り続けているってことだな」

「なにを?」

「知るか」

風森は先頭に立った。電線が天井に這わされ、暗い電球が穴を照らしている。

「明かりくらいケチるなよ」

でこぼことした足元に広司は毒づいた。しかも湿っていて靴が滑る。

「やはり船ではなさそうだ」

風森は呟いた。名美も吐息で認める。

「この臭いは?」

甘酸っぱい匂いがときどき感じられる。

「殺虫剤に似てるけど」

広司は嗅いで小首を傾げた。

「嫌な虫がうじゃうじゃいるんじゃねえの」

「無駄口はやめろ」

風森は広司を制した。

五分ほど進んだところで視野が開けた。

「なんだよ、ここ」

広司は目を丸くして見渡した。

五百坪は優にありそうな広場だった。天井も高い。地面はあちこち掘られている。

「なにかの遺跡だな」

溝と四角や円の形に盛り上がった土がそれを示している。私たちは中心に向かった。

「土ばかりでなんにもない」

名美は当ての外れた顔となった。

「運び出してしまったということ？」

「違う。ここは先祖の暮らしていた土地だ」

風森は深く掘られた長方形の穴の縁に立って断言した。

「おなじものが我々の本拠地にもある」

「これはなに？」

穴を見下ろして名美は質した。

「なんに見える？」

「そうね……魚の生簀《いけす》みたい」

深さはおよそ二メートル。縦が十メートルに横は五、六メートルあるだろう。

「同化できるようになるまで先祖たちはこれを必要とした。そう聞いている」

「……」

「プールだ。外を出歩くときは気密服を用いるが、いつもはこの中に潜っている」

「あんたの先祖って魚かよ！」

広司は風森を凝視した。

「人間だって一緒だろう。母親の胎内に居るときは水に浸かっている」

「そりゃそうだけど」

「同化に成功して何千年も過ぎた。今はプールも必要なくなった」

「しかし、たった今、本拠地にはあると」

「あるだけで使ってはいない」

風森は私に返した。

「表面がぬらぬらしてる」

名美が屈んで土に触れた。

「遺跡が崩れないよう凝固剤を注入してる。この臭いはその薬のせいだ」

なるほど、と私たちは頷いた。

「地震かなにかで埋まったんだな。それで先祖たちは別の土地に移った」

風森は歩きはじめた。

「柳原の専門は遺伝子工学だそうだ。考古学者とは違う」

私の言葉に風森は立ち止まった。私は続けた。

「なんでそんな柳原がここに？」

「プールの土に先祖の細胞が染み込んでいる。となれば、たぶんそれが目当てだ」

風森は口にして顔をしかめた。

「細胞って……何千年も前の話じゃないか」

「先祖の細胞は腐らない。殻から出た状態なら動けないだけでいつまでも生きている」

「殻から出た状態？」

「ゼリーみたいなものを想像すればいい」

「それが先祖の本体か！」

「いや、それでさえ本体じゃない。形を変えやすいので先祖たちは初期の段階でそれと同化した。宇宙を永く旅するにはそれが都合よかったんだろう。呼吸さえせずに済む」

「寄生虫みたいなものか？」

「どちらかと言えば白血球に似てるな。が、集合意識がある。そうして同化したものを動かす」

「なんか……嫌な話だ」

私の腕に鳥肌が立った。

「先祖の話だ。おれの血にその細胞がわずか混じっているというだけで、おれはあんたらとほとんど変わらん。多少長く水に潜っていられる程度の差だ」

「狼男のように姿を変えるなんてことは？」

「できたら面白いだろうな」

風森はにやりと笑って、

「こそこそ逃げ回ることもなくなる。怪しまれたら別人になればいい」

「それで安心したよ」

「しかし狼男の伝説は先祖と関係あるかも知れん。人間から姿を変えるのは不可能だが、もともと狼と同化すれば、どう見たって普通の狼じゃなくなる。知能は人間の比じゃない」

「人間以外のものと同化した先祖も？」

「周りに人間が居なければ仕方ない」

「いったいどれだけ地球にやって来た」

「分からん。前にも言っただろう」

「急に不安に襲われてね」

「不安はおれも同様だ。柳原の目当てが先祖の細胞とは思わなかった。もし大量に採取されていれば危ない」

「どう危ない？」

「培養次第で先祖がそのまま再生する。まさかそこまで研究が進んでいるとは思えんが、理屈では可能だ」

「そこまでは進んでいないと思う」

名美は首を横に振った。

「それならあなたたちに興味など持たない」

「どうかな」

風森は否定して、

「やつは本拠地を狙っていると言ったな。ひょっとすりゃおれたちを捕獲して細胞を移植する気なのかも知れん」

「人体実験か！」

「普通の人間では必ず失敗する。先祖も同化するまでに相当の年月がかかった。だが、おれたちになら面倒はない。すでに混じり合っている。体が受け付けるはずだ」

「そしてどうする気だ！」

「どうなるか試してみたいんだろう。結果などだれにも分からん。上手くいけば純粋に近い先祖がこの世に蘇る」

私たちは思わず顔を見合わせた。

「神の再来だ。実験が成功すればな」

「そんな馬鹿なことを本気で考えていると？」

「柳原はなにも知らん。我々の能力と長寿の秘密を探ろうとしているだけだ」

「冗談じゃない。すぐに中止させろ！」

私は名美に叫んだ。

「あいつに連絡を取れ！　取り返しのつかんことになるぞ」

「でも、本当にそうなのかどうか」

「決まってる。ここを見ろ！　他になにもない。やつの狙いは明らかだ」

「なんと言えばいいの」

「理屈なんかどうでもいい」

「それじゃ通じない」

「ここを爆破すると言え。風森は爆弾を持っている」

「意味がない。今の話が当たっているなら柳原は細胞をとっくに手に入れている」

「やっぱり君は柳原の手先か」

「まだそんなことを！」

「だったら柳原と交渉しろ！　言ってみなくちゃ柳原がどう出るか分からん」

「どうやって連絡を取れと言うのよ」

名美は声高に詰め寄った。

「黙っていたってここに本部から連絡が入る。本部に柳原を見付けさせりゃいい」

「ここに立て籠もるつもり！」

名美は呆れた。

「それこそ柳原の思う壺だわ。包囲すれば風森という実験材料を手に入れられる」

「……」

「も少しマシな策を立てなさい」

「この女の言う通りだ。聞くようなやつじゃない。他になにがあるか確かめてから出よう」

風森は遺跡の奥を目指した。

44

「見ろ。ここからの出土品だ」

風森が見付けて指し示した。

石の棒や土器の破片が山と積まれている。

宇宙人を模したと言われる土偶の頭も見えた。

「縄文時代のものだな」

その土偶から私は推測した。

「三内丸山の遺跡なんかと一緒か」

広司は屈んで土偶を拾った。

「高く売れるって聞いてるぜ」

「なのに柳原には興味がないってことだ。いよいよ狙いは細胞と決まった」

私に風森も頷いた。

「絵の刻まれた岩がある」

名美は窪みに下りて近寄った。私も続いた。

「なにかの儀式のようだな」

どうやら柳原も確認したらしく刻まれている模様がはっきりと分かる。小さな者が老人に物を与えている。老人の後ろには何十人もが平伏している。

「剣と火は分かるけど、この丸い物は？」

「さあ。餅のような食べ物じゃないのか」

「日本人ならだれでも承知のものだ」

風森も眺めてにやにやとした。

「鏡？　けど縄文時代にゃないよな」

「当たりだ。いわゆるヤタノカガミ」

「ヤタノカガミって、三種の神器のか！」

「呼び名はそうでも、実は鏡じゃない。これで先祖たちと話をすることができた。これを与えられる者は、つまり神に選ばれた者。受け取っている年寄りはこの一帯の長だったんだろう」

「こいつがヤタノカガミだとしたら、この剣はアメノムラクモノツルギか」

「よく知ってる。その通りだ」

「縄文時代だぞ。鉄剣なんて……」

「鉄は錆びて朽ち果てる。発見されていないだけだ。それに渡した数も少ない」

「だったら、この火はなんだ？」

「ヤサカニノマガタマ」

「これは火じゃなくて勾玉か」

「いや、火だ。勾玉の方が後になって拵えられた。大事な炎の形に似せられてな」

「そういうことか」

「ついでに教えると。三種の神器が我々の先祖から与えられた物であるのはその呼び名からもはっきりと分かる。すべてヤーの言葉からはじまっている」

「ヤサカニノマガタマ、ヤタノカガミ……アメノムラクモノツルギは？」

「その剣はなにを退治したとされている？」

クイズを楽しむように風森はにやついた。

「ヤマタノオロチ……そうかヤーだ」

「ヤーとはヤハウェーのヤーだ」

「ヤハウェー」

言われて私の腕には鳥肌が立った。ヤハウェー、すなわちエホバのことだ。

「急に学者みたいになったわね」

名美は鼻で笑った。

「先祖のことだ。嫌でも教え込まれる」

「そうして私たちを見下しているのね」

「別に。どうせあんたらにしろ神への尊厳なんてのを失っているのと違うか」

「そんなことよりそろそろ時間だぜ」

広司が腕時計から目を上げて言った。

「逃げる気なら早くしねぇと」

「だな。よほど大事な物の場合は立て籠もるという策もあったが、ただの遺跡じゃ仕方ない。引き上げるのが一番だ」

風森はあっさりと頷いた。

「柳原と交渉する切り札には使えないか」

「好きに爆破しろと言うだろう。先祖の細胞はとっくに採取済みに違いない。それで警護の数が知れていたのも納得できる」

「だったらどうする?」

私は名美に目を動かした。

「無駄足になったぞ」

「私に言われても……」

「おれたちの本拠地に連れて行く」

風森は吐息を交えて口にした。

「ここまで来て放り投げるわけにはいかん。長老たちも許してくれるはずだ」

「しかし、あんたは追われたんじゃ?」

「そうするしかない。柳原はどこまでもあんたらを追いかける。他に逃げ場はない」

「安達は?　信用できるの?」

「それを言うならあんただって」

広司は名美を睨み付けた。

「今のところ、この女の方が信用できる」

風森は笑って、

「ここは待ち伏せに格好の場所。坑道を塞げばおれたちの逃げ道がなくなる。それがないのは安心していいということだ」

「もし安達が柳原の手先だったら？」

「外を囲まれている恐れがあるな」

「なに呑気な話を！」

広司は慌てた。

「恐れがあると言っただけだ。あの男の狙いがわれわれの本拠地を探し出すことなら妙な手は打たない。まだ仲間のふりをする」

「彼女だってそれならおなじだろうに」

「なら、なんのためにこんな回り道を？　見た通りなにもない。あるとしたら待ち伏せの目的以外考えられんだろう」

そうか、と広司は首を縦に動かした。

「ここは大事を取るのが賢明というやつだ。あの男はそのままにしておれの車で向かおう」

「手先じゃないときは可哀相だな」

柳原から逃げる手助けをしてくれた男だ。下手をすれば捕まって殺されかねない。

「組織の怖さを百も知っている。逃げる勇気がある男とは思えない」

名美は冷たい顔で言った。

「それで安達をどこかで疑っていたのか」

「そんな男ならそもそも組織に加えない」

「君はなぜ逃げる気になった」

「前にも言ったはずよ。この男たちに武器は通じない。無駄に死ぬだけ」

「安達だってそう考えたのかも」

「あいつはこの男たちの怖さを知らなかったはず。なのにあなたたちの誘いに乗った」

「ちゃんと怖さを教えてやった」

「言葉では分からない。絶対にね」

「……」

「反対に組織の恐ろしさは知り抜いている」

「あれこれ考えてる暇はないぞ」

風森は坑道に足を向けた。


「なんの変わりもない」

一階の事務室の窓から様子を眺めて風森は請け合った。さすがにほっとした。

「あの男がすぐに一報していれば間違いなく兵隊がやって来ている」

「やっぱり手先なんかじゃねぇんだよ」

広司は言いつのった。

「仲間になれと言ったのはこっちなんだぜ」

「どうしても確かめておきたいか?」

風森は私と広司を見詰めた。

「ここに残せば殺されるかも知れねぇんだぞ」

それに私も頷いた。

「試すのは簡単なことだ」

風森は名美に目を動かして、

「一人で車に戻り、あの連中を閉じ込めたから手を貸せと言えば済む。手にしている銃を顔面に突き付けてな。あの男が柳原の手先なら、実はと打ち明ける」

「銃で脅かされながらのことだぞ」

私は危ぶんだ。

「だからこその銃だ。もし本当に柳原を裏切ってのことなら、銃に従って黙々と付いて来る。仲間と嘘をついたところで柳原の前に出ればすぐに知れてしまう」

いかにものことである。

「二人がつるんでたらどうなる？」

車の見える藪に潜み、名美が銃を片手に向かうと広司は風森に囁いた。

「あの女は安達という男を怪しんでいたと言ったろ。仲間じゃないのは確かだ。怪しむふりをしてもなんの得にもならん」

「互いに仲間と気が付いてないってことも」

「柳原が二人も送り込んだと？」

風森は私に目を向けた。

「いくらなんでもそれはないな」

私は自分で否定した。かえって混乱を招く。

「手先じゃないとはっきりしたときは？」

「厄介な荷物となるが、連れて行く」

その返事で私は安心した。

ここからなら二人の声も聞こえる。

名美の姿を認めて安達が車から飛び出た。

「そのまま」

名美は銃を構えて安達に狙いをつけた。

「な、なにするんですか！」

安達は逃げ腰となった。

「私は柳原の命令でやって来た。あの連中は地下に閉じ込めた。本部に連れて帰る。手を貸しなさい。そうすれば命だけは助かるよう柳原に頼んであげてもいい。もうなにをしても無駄よ。逃げても必ず捕まる」

名美は的を外さぬよう前に出た。

「ま、待ってくれ。冗談なんだろ」

安達は震えて声を張り上げた。

「風森ってやつを本当に閉じ込めたって？　あんたにゃ無理だ。柳原さんからそう聞かされてる」

私と広司はその言葉に耳を疑った。

「勘違いするなって。おれは味方だ。あんたが聞かされてねぇだけさ」

名美はにっこり微笑んで私たちの潜む藪に顔を向けた。

「どうすればいい」

「柳原も結構しぶとい男だな」

風森はのっそり藪から立ち上がった。

安達は見る見る青ざめた。

45

「車ん中に縛り付けたくれぇでいいのか?」

風森の車に乗り込み、発進すると広司は不安な顔で後ろに目をやった。

「どうせ場所は知られた。安達はおれたちが居ない間に詳しい連絡をしたに違いない」

「だから危ねぇって言ってるんだよ。いますぐに柳原たちが駆け付けてきてもおかしくない」

「わざと安達にこの車を見せた。少ししたら車を替える。それで時間を稼げる」

「どっかに別の車を隠してるのか?」

「これは国道だ。いくらでも車が通る」

「そう簡単にいくかよ」

「車の前に飛び出せば必ず停止する」

「信号のない山道だ。飛ばしているぜ」

「おれなら心配ない。避けられる」

なるほど、と広司はそれで納得した。


実際、あっけないほど簡単だった。

風森は大型のワゴンが通り掛かるのを待って道に飛び出ると、轢《ひ》かれたふりをした。運転していた男が慌ててドアを開ける。そこに名美が突進して車を奪った。

「悪いけど付き合って貰うわ」

名美は男を後部座席に移らせた。男を挟む形で私と広司が乗り込む。名美は助手席。風森はハンドルを握るとアクセルを一気に踏み込んだ。二分とかかっていない。あとは五所《ごしょ》川原《がわら》を目指す。そこでまた車を取り替えれば柳原にもたやすく見付けられないだろう。風森の車は林の中に隠してある。

「と言ってもせいぜい一時間ね。柳原は衛星の映像を使って追跡してくる」

名美は言って吐息した。

「そうなる前に五所川原の大型店の駐車場に入る。屋根のある駐車場なら衛星も役に立たん。どの車に乗り換えたか分からなくなる」

「人をやれば奪われた車がすぐに知れる」

「衛星と違って人を送り込むには時間がかかる。そう心配するな」

「柳原は警察も動員できるのよ。五分以内に盗難車の確認ができるはずだわ」

「いかにも。それはうっかりしていた」

風森は舌打ちして、

「柳原は間違いなく衛星を使うか？」

名美に確認した。名美は頷いた。

「だったら二手に分かれるしかない。この先のトンネルに入ったら速度を緩める。急いで車から降りろ。おれはそのまま進む。柳原はおれの運転する車だけを追う。いくらなんでも車を奪った直後に降りるとは思わん。そっちはトンネルの中でなんとか車を手に入れろ。合流地点を決めよう」

「あんたはどうやって柳原をまく気だ」

了解して私は風森に質した。

「弘前の手島の家だ。あそこの地下には柳原に知られていない抜け道がある」

「だったらおれたちだって一緒に」

「一人の方がなにかと好都合だ。悪いがあんたらはおれの荷物になるだけだ」

「そうするのが賢明だわ。合流地点は？」

名美は風森に訊ねた。

「黒石《くろいし》の近くに板留《いたどめ》温泉というのがある。そこの丹羽《にわ》旅館がいいだろう。小さな宿だ」

「八甲田の近くね」

「ああ。本拠地の間近だ」

「分かった。必ず行く」

名美は約束した。

「弘前は遠回りになる。そっちの方が先に着くかも知れんな。しっかり様子を見てから宿に入るようにしろ」

「安心して。抜かりはない」

名美は風森に請け合った。


私たちが降りると風森は遅れを取り戻すように急発進してトンネルを出て行った。

「焦ることはないわ」

名美は落ち着いていた。

「むしろ時間をずらす方がいい。もし柳原がこの作戦に気付いたとしても、風森に続いた車が何台もあれば特定がむずかしくなる。最低七、八台は通り過ぎるのを待つ」

「なんですぐにそんなことを思い付く」

広司は感心した。

「経験よ」

笑って名美はトンネル内に設けられている非常駐車帯に私と広司を促した。

「そこまで慎重なあんたが、手島の家じゃずいぶんあっさり風森にやられたもんだ」

「甘く見ていたのよ。あそこまでとは思ってもみなかった。さっきだって、至近距離で撃った弾丸を避《よ》けられるなんて。想像できる？」

名美に広司も大きく首を縦に動かした。

「風森は私を子供みたいにあしらった。なにをやっても先手を取られてしまう」

猛スピードで通過して行くトラックを目で追いながら名美は苦笑した。

「どんな車を狙う？」

一分程度の間隔で車がやって来る。もう五、六台は通った。私の気持ちは逸《はや》った。

「県外ナンバーの普通乗用車を待ってるの」

前方に目を凝らして名美は返した。

「近隣の車だとすぐに騒ぎとなる。それに営業車もね。頻繁に連絡を取り合ってる」

「停まってくれればいいが」

「風森みたいには無理だけど、道の真ん中に立っていればたいてい停まる」

「ならおれがやろう」

私は名乗りを上げた。ずっと風森と名美に任せ切りにしている。

「たいてい、と言ったのよ。保証はできない」

「それは君も一緒だろ」

「来たわ。千葉ナンバー」

よし、と私は飛び出した。

急ブレーキを踏む音がトンネル内に響いた。車が見る見る接近して来る。さすがに怖くなって私は脇に逃れた。私を通り越して車が停止した。男が窓から顔を出して喚き散らした。二人の男が乗っている。

「てめぇ、なんの真似だ！」

血相を変えて一人が車を降りた。

「いいから、後ろの席に移りなさい」

名美が駆け付けて銃を突き付けた。

「だれに頼まれた！　輝田《きだ》組の者か」

「あいにく、そんな小さな話には興味がないの。不運だと思うのね」

「ふざけやがって！」

「後ろの席が嫌ならトランクでもいいのよ」

名美は男の胸に狙いを定めた。

「まさか武器なんて持っていないでしょうね」

「知るか！」

「運転席の男も出てきなさい」

名美は冷静な声で命じた。

「なんかまずい車を停めたんじゃねぇの」

広司はくすくす笑いながら私に耳打ちした。

「二人の体を調べてちょうだい」

名美は私たちに目を動かした。その瞬間、目の前の男が名美に飛び掛かった。予想していたらしく名美は反対に銃把《じゅうは》で殴り付けた。首筋に決められて男は転がった。

「そっちもおなじ目に遭いたいの！」

名美はぐずぐずしている運転席の男に甲高い声を発した。諦めて男が車から降りる。

広司は近付くと男の体を探った。

「バタフライ・ナイフだ」

広司はズボンのポケットから取り出した。

「こういう連中ならここに置き去りにしても安心だわ。警察には届けない。私たちが何者か突き止めるまでね。そうでしょ」

名美の言葉に運転していた男は睨み返した。

「あんたなんかには想像つかない相手よ」

名美はみぞおちに銃把を食らわせた。

男はあっけなく倒れた。

「二人を非常駐車帯に押し込んで。出発する」

名美はさっさと運転席に乗り込んだ。


「あれはバリバリのヤクザだぜ」

額の汗を拭《ぬぐ》いながら広司は言った。

「面倒なことにならなきゃいいけど」

「今の状況以上に面倒なことがある？」

名美は笑い飛ばした。

「トランクになにかヤバいもの積んでたりして。死体とかヤクとかさ」

「それなら車を停めない」

「そうか。そうかもな」

「輝田組って、知ってるか?」

私は広司に質した。

「青森を縄張りにしてる暴力団だ。弘前にも支部がある。昔は結構やり合った相手さ」

「暴走族時代にか」

「やり合ったって言っても下っ端連中だけどね。そうだな、確かにあんなやつらより今の柳原の方が怖い。警察と自衛隊も組んでる」

「警察に自衛隊にヤクザか……こんなことになるなんて思わなかったよ」

「あなたがはじめたことじゃない」

「おれが?」

「風森をあなたが捜しはじめたのが混乱の切っ掛け」

「冗談じゃない。手島が誤解したんだ」

「手島が動かなければ私たちも派手には動かなかった。あなたはなにも知らなかったにせよ、切っ掛けは間違いなくあなたよ」

「……」

「ま、いつかはこうなったんでしょうけど」

名美の言葉は胸にこたえた。今の今まで私は運悪く巻き込まれたとしか思っていなかったのだ。第一、風森捜しは田中から依頼されたものだ。

しかし――

田中は途中で中止しろと言ってきた。そこから先は私が選んだ道である。

「広司を途中で降ろすわけにはいかないか？」

「なに言ってんだよ」

広司は目を丸くした。

「広司はそれこそ関係がない」

「柳原はそう見ない。一人にする方が危険よ」

名美はあっさりと拒絶した。

そうかも知れない。私も諦めた。

46

「やっぱりヤバい車だったぜ」

黒石を目指して三十分が過ぎている。後部座席でなにやらゴソゴソしていた広司が甲高い声を発した。

「見ろよ、これ。大金が詰まってる」

私は運転しつつ振り向いた。

広司のとなりにビニール袋で包まれた金がびっしり並べられた段ボールが置かれている。

「缶ジュースのケースだ。足元にあった。喉が渇いたんで一本貫おうと開けたらこれだ」

広司はビニール袋を一つ摑み上げた。百万と思われる束が十個。すなわち一千万。広司は次々にケースから取り出して座席に並べた。

「八千万だぜ。頭がくらくらしてきた」

「面倒なことになりそうね」

助手席の名美が舌打ちした。

「やつら今頃必死になっている」

「しかしこっちの正体なんて分かりっこないだろう。それこそ輝田組なんてのと無縁だ」

私は自分を安心させるよう口にした。

「発信機が取り付けられてなきゃいいけど」

「発信機？」

「暴力団も時代に応じて進化してるの。発信機なんてどこでも買える。たいていは当人たちに持たせるでしょうけど、荷物の方が大事なときは分からない。奪われたときのことを想定して車にこっそり取り付けてることも」

言われれば有り得そうな話だ。

「探してる暇はない。またどこかのトンネルで別の車に替えるのが安心てものね」

「この金は？」

広司が束を摑んで名美に突き付けた。

「放って置くのよ。面倒になるだけ」

「もし発信機が付いてなかったときは？」

「私たちには関係ない」

「トンネルに車を放置すりゃすぐに警察が来る。中にこの金があるんだぞ。大騒ぎになっちまうよ。車にはおれたちの指紋がベタベタ付いてる。まずいだろうに」

「あなた、指紋を採られたことがあるの？」

「暴走族やってたときにね」

「だったら柳原に知られる」

名美は吐息した。

「停めて徹底的に調べるしかない」

私に名美は首を横に振って、

「これはたぶん連中の車。簡単には捜し出せないところに取り付けられる。車の下に貼り付けるなんてのはテレビや映画だけの話」

「君だったらどこに？」

「どこにでも。ドアをくりぬいて埋め込むのだってできる」

「それじゃ確かに捜すのは無理だな」

私も納得した。

「だから、この金はどうするわけ？」

広司の関心はそれだけに向けられている。

「返してやるしかないわね」

名美はダッシュボードを開けた。車検証がすぐに見付かった。

「この持ち主に言えば連中に伝わる。車の置き場所を教えて、それでお終い」

「返せば済む問題ならいいけどな」

私は危ぶんだ。相手はヤクザである。しかも八千万という大金が絡んでいる。

「本当に発信機が仕掛けられていたら？　あと一時間やそこらで包囲されかねない」

「千葉ナンバーの車だろ。本拠が千葉なら包囲したくても時間がかかる」

「彼らを甘く見ない方がいい。ナンバーなんてどこのものでも取得できる」

「なんのためにそんなことをする？」

「いちいち学校の授業みたいに教える気はないけど、理由なんていくらでも。地方ナンバーだと反対に都会では目立ち過ぎる。茨城のヤクザが東京の組を襲撃するときにそんな車は使えない。それに借金のカタに取り上げた車をそのまま使うこともある。ナンバーだけで本当にそこに暮らしているかどうかなんてアテにはできないわ」

「だが、君は県外ナンバーなら安心だと」

「ヤクザじゃなければね」

「考え過ぎのような気もするが……」

「危険な可能性が一パーセントでもあれば避けるのが大事。それが生き延びるための基本」

「と言ってどうすればいい？　放置すればきっと騒ぎになる。車の持ち主も千葉の人間とは限らない。連絡した途端に手が回る恐れがある。いい手があるなら教えてくれ」

「輝田組に連絡は付けられる?」

名美は広司に目を動かした。

「昔の仲間に訊けば分かるはずだ」

「これ以上輝田組まで巻き込む気か」

私は呆れた。

「さっきの二人は私たちを輝田組の関係者と見た。それならそうした方が楽だわ。この車を輝田組に渡してやればいい。あとは二つの組の抗争となる。だれが車を襲撃したか、とりあえずは脇に外される」

「輝田組に車が渡ったことを知らずにいればおなじことだろう」

「輝田組の名を口にしたのはあの二人よ。心配しなくても仲間のだれかが輝田組の動きを見張っている」

「あのさ」

広司が割って入った。

「輝田組の代わりに八千万奪い取ってやった礼として一千万くらい要求したって罰は当たらないんじゃねぇの」

「なに言ってる。話をややこしくするな」

私は広司を睨み付けた。

「そうね。その方が自然かも」

名美は少し考えて頷いた。

「ただ渡したんじゃ罠と疑われる。輝田組が不自然な動きをすれば連中も首を捻る」

「だよ。それでこっちも一千万貰える」

広司ははしゃいだ。

「今はそれどころじゃないだろうに」

私は二人に大きな溜め息を吐いた。

「それどころじゃないからさっさと片付けてしまわないと。あんな連中に付き纏われたら余計な手間を取られるだけ」

名美は前方にドライブインを見付けて立ち寄るよう私に命じた。


コーヒーを飲んでから広司は電話した。

女の名美ではたやすく信用されない。

出た相手は曖昧に応じていたが、八千万という金額を広司が口にした途端態度が変わった。上の者らしい男が電話に出てきた。

「おめぇ、何者だ？」

まず相手は威嚇にかかった。

「だれでもよがんすべ」

広司は揶揄して笑った。こういう相手にはこっちも威圧的に出る必要がある。

「横田《よこた》んとこの車を襲ったのはてめぇか」

「代わりにやってやったんだ。礼くらい言えや。それが筋ってもんだろうに」

「ふざけるな！　それでこっちは戦争になりかけてる。見付けたらぶっ殺してやる」

「ありがてぇ話じゃねぇと？」

「当たり前だ！　せっかく無事に取り引きを済ましたってのに、その金をおれたちが取り返そうとしたと睨まれてる。組の若い者がもう二人もヤキを入れられた」

「そりゃ災難だ。申し訳ねぇこってがす」

まずい状況と思いながら広司は踏ん張った。

「ただじゃ済まねぇぞ。金を返しやがれ」

「輝田組も大したことねぇな」

「なんだと！」

「そんなに横田ってんのが怖ぇのかよ」

「怖かねぇがルートがとぎれる」

「ヤクか？　いまどき流行らねぇぞ」

「おめぇ本当になにも知らねぇで仕掛けやがったのか！」

「ああ。ちょいと小耳に挟んでな。あの二人が金を運ぶと聞いただけだ」

「なんで電話して来た」

「八千万じゃさすがに尾を引く。あんたらの組の名も耳に入ったからよ。六千万はすんなり返してやる。それで今度のことをチャラにすると約束したらな」

「ふざけた野郎だな」

相手の口調に少し変化が感じられた。

「こっちは輝田組に敬意を表してるんだぜ」

「なに言いやがる！」

「輝田組を敵にしたら恐ろしかんべー」

「嘗めてやがるな」

「話に乗るのか乗らねぇのか——乗らねぇってんならこのまま東京にでもフケる。横田とやらと仲良くしてぇならまた八千万用意するしかねぇだろうよ」

「ま、待て。オヤジと相談する」

「また五分後に電話する。八千万もありゃ豪勢に遊んで、死ぬのも悪くねぇかと思いはじめてるとこだ」

笑い飛ばして広司は電話を切った。


「こじれさせたのと違うか？」

電話の詳細を聞かされて私は頭を抱えた。

「相当に参ってる。乗ってくるさ」

広司に名美も頷いた。

「二千万は余計だろう」

「なりゆきだ。一千万だと信じそうになかった。今は話を絶対信用してるはずだ」

「麻薬じゃなきゃなんだ？」

私は名美と広司を見詰めた。

「拳銃とか不良債権の取引かもね」

名美は即座に応じた。

「とにかく、あの様子だと発信機は取り付けられてなさそうだ。車の行方を承知なら輝田組の若い者なんかを締め上げやしない」

そうね、と名美も認めた。

「だったらこのまま黒石に向かったって大丈夫じゃねぇの」

「横田は車のナンバーを知っている。道は限られているのよ。いずれ追い詰められてしまう。やはり無縁になるのが一番」

「簡単に無縁にゃしてくれそうにない」

広司に私も不安を覚えた。

47

「話に乗ろう。ただし――」

電話の相手は一呼吸置いて、

「そっちの金は一千万だ。それ以上欲をたけるならこの話はなしだ」

押し出しの利いた声で言った。

「まてよ。金を握ってるのはこっちだぞ」

広司はわざと慌てた口調で返した。

「あとのことが怖ぇから連絡してきたはずだ。悪いことは言わねぇからそれで我慢しろ」

「……」

「オヤジさんは最初手前らをぶっ殺せと言った。おれがなんとかなだめた。一千万で文句はあるまい。無事は保証する」

「どうやってだよ。第一、あんたらはおれたちがどこのどいつかも知らねぇんだろ。こっちがこのままフケりゃお終いだ」

「飛行機じゃあるめぇし、そのうち必ず見付ける。おれたちを甘く見るな。話に乗らねぇならそれでもいい。ちょいとこっちの手間が増えるだけだ。そのときは覚悟しろよ」

「車を乗り換えたらどうなる？　参考までにあんたらがどうするか聞きたいね」

「横田の連中が手前らの顔を見てる。横田と組んで手前らを追う。いつまでもだ。他の組にも回状を手配する。どこに逃げたって隠れて暮らすことになるぞ。死ぬまでな」

「ちょいと待て。仲間と相談する」

広司は困惑の声を作って電話を切った。


「向こうは、しめたと思ってるに違いない」

広司に名美は頷いた。

「あっさり二千万で承知したらヤバいと思ってたけど、値切ってきたからには一千万で諦める気になったのさ」

「しかし……なんの保証もない約束じゃないか。無事に済ませると口で言ってるだけだ」

私は危ぶんだ。

「だから、その保証のことをどうするか、さ」

広司はにやりと笑った。

「これで手出しをしません、て紙切れを貰ったって信用できる相手じゃないよな。金を渡した途端に囲まれると思わなきゃ」

広司はコーラを追加注文した。

「怖くなったんで全額返すと言ったらどうなんだ？　一千万なんか忘れろ」

私は広司を睨み付けた。

「返したって一緒だ。そんな連中さ」

広司は低い声で応じた。

「下手すりゃ殺されるぜ。別に一千万が欲しくて言ってるんじゃない。こっちが有利な立場に居ると連中に思い込ませるためだ」

「参ったな……どうすりゃいい」

私は店の天井を仰いだ。

「風森が居りゃ簡単だったけどね。風森ならヤクザが何人来たって怖くない」

広司も口にして溜め息を吐いた。

「風森と合流してから金を渡す。それならどう？」

名美に広司は顔を輝かせた。

「いくら柳原と無縁な連中でも板留温泉の近くだと面倒にならないか？」

「こうなったら仕方ない。数時間後に落ち合う場所を教えると言えば時間も稼げる。多少問題になったとしても、風森たちの本拠地に入ってしまえば後はなんとでもなる」

名美は私に請け合った。

「風森に連絡は？」

「しない。風森の携帯はすでに知られている可能性がある。運に任せるしかない」

「よっしゃ。その線で交渉してくる」

広司は運ばれてきたコーラをぐびぐびと飲んで立ち上がった。


「手前、嘗めていやがんのか！」

相手は広司の申し出に喚き散らした。

「だれを相手に口を利いてると思ってんだ。下手に出てりゃいい気になりやがって」

「おー怖い、怖い。本性を現したね」

広司も強気に出た。風森と合流してからと決めたので遠慮なしにやれる。

「勘違いしているみたいだけど、下手に出て金を返そうとしてるのはこっちだよ。こっちの言い分を聞けないってんなら、このまま電話を切る。それでいいんだね」

「ま、まて……ちくしょう」

「おれたちがなにも知らないバカとでも思ってんの？　あんたらの口約束なんてなんの当てにもならないじゃん。どうやったら互いに無事に済むか、こっちも考えてるんだよ」

「男の約束だ。一千万はくれてやる」

「おれは信じたいけど、仲間は疑ってる。だからこっちが安全に逃げられる手筈をつけてからと言ってるだけだ。そうだな……五時間後に、これから言う場所にそっちの車を待機させておいて。車には二人しか乗せないこと」

「五時間後か」

相手は渋々承知した。

「場所は、小泊《こどまり》、金木《かなぎ》、五所川原、深浦《ふかうら》、田舎館《いなかだて》、相馬《そうま》、浪岡、大館《おおだて》、野辺地《のへじ》——」

「ちょっとまて！　なんの真似だ」

相手は焦った声で制した。

「そのどこかの場所から三十分以内のところにおれたちは居る。こっちが連絡して三十分以内に姿を見せないときは、この話チャラにする。いいね？」

「しかし……くそっ、利口なやつらだ」

「場所はまだ全部じゃない。どうせメモしてないだろうから繰り返す」

思い付くまま広司は青森県の地名を並べ立てた。とりあえずこれで輝田組の人数を分散できる。地名が増えるたび相手は舌打ちした。

「本気で金を返す気があるのか？」

場所を広司が言い終えると相手は質した。

「あるからこんなに慎重にしてるじゃない。輝田組を馬鹿にするような真似はしないさ」

「してるじゃねぇか」

「こっちの行方を捜そうとするのは自由だけどさ。そんな手間隙かけるより今言った場所に人を散らす方が安上がりだよ。楽に七千万が戻る。五時間かけておれたちの居場所を突き止められなかったときはその金をフイにする。あんたが本心から男の約束って言うんなら、おれたちもそれに応える。場所を明かして三十分以内に来たらきっと七千万は返す」

「分かった。それでいい」

「車に二人以下ってのも守ってね。こっちは遠くから見てる。それ以上乗ってたら、たとえ三十分以内でも近付かない」

「分かったよ。しつこい野郎だ」

「あんたの名前は？」

「西条《さいじょう》だ」

「西条さんね。言い忘れたけど、これ録音してるから」

「なんだと！」

「もしおれたちになんかあったら、どこかの警察にそいつが届く。警察は間違いなく輝田組の西条さんの仕業と決め付ける。無駄なことをしないよう最初から忠告しておく」

「手前ら、素人だと思ってたが、そうじゃねぇみてぇだな」

「こんなの映画やテレビで常識だよ。あんたらが信用に値しない連中ってのもね」

「無駄口はもういい。こっちは七千万が戻れば満足だ。そっちの勝ちにしとけ」

西条は乱暴に電話を切った。

「録音か。そいつはいい」

聞かされて私は広司の機転に笑った。

「相当ビビってた。次に連絡するときは本当に録音しよう。それが無事の保証になる。西条はおれたちが警察から逃げてることを知らない。嘘じゃないと信じるだろう」

「一千万くらいならと目を瞑る、か」

「西条としてはおれが言った場所に全部車をだすしかない。二十箇所以上だよ。いくら輝田組だって一箇所に五、六人がせいぜいだろ」

得意そうに広司は胸を張った。

「よく咄嗟に思い付いたな」

「攪乱《かくらん》だ。族時代にしょっちゅう使った手だ」

「それでも念の為に車は捨てた方がいいわね」

名美は冷静に見ていた。

「次のトンネルに入ったら、抜けたところで脇道に折れて車を隠す。またトンネルに歩きで戻って別の車を探す。そこまでやれば、とりあえず夜までは安心できる」

「君と広司が居ればなんでもできそうな気になってきた」

私に二人はくすくすと笑った。

「が、風森は呆れるだろうな。ヤクザのおまけ付きだ。まったく、なんで次から次にこう問題が重なるのか……」

「こういう緊急事態には不思議と呼び寄せるものなのよ。と言うより、普通に対処できないから強引に掻い潜るしかない。ただのドライブなら連中の車を奪うこともなかった」

「そりゃそうに違いないが」

「なにもないときなら柳原を通じて輝田組だろうとすぐに手を引かせることができる。本当に怖いのは連中たちじゃない」

「ヤクザ程度は可愛いもんか」

「人の目につかない山中なら平気でロケット砲やマシンガンを使ってくるわ」

「この国でそんなことが許されるなんて考えもしなかった」

「知られないならなんでもやれる。少なくとも柳原はそういう男よ」

名美の言葉に私は寒気を覚えた。


（下巻へつづく）

◆この作品はフィクションです。実在の人物、団体等には一切関係ありません。

■本書は二〇一三年二月に小社より刊行された単行本を文庫化したものです。

双葉文庫

た-20-04

ツリー（上）

2015年8月9日　第1刷発行

【著者】
高橋克彦
たかはしかつひこ
©Katsuhiko Takahashi 2015
【発行者】
赤坂了生
【発行所】
株式会社双葉社
〒162-8540 東京都新宿区東五軒町3番28号
［電話］03-5261-4818（営業）　03-5261-4840（編集）
www.futabasha.co.jp
（双葉社の書籍・コミックが買えます）
【印刷所】
大日本印刷株式会社
【製本所】
大日本印刷株式会社
【CTP】
株式会社ビーワークス

【表紙・扉絵】南伸坊
【フォーマット・デザイン】日下潤一
【フォーマットデジタル印字】恒和プロセス

落丁・乱丁の場合は送料双葉社負担でお取り替えいたします。
「製作部」宛にお送りください。
ただし、古書店で購入したものについてはお取り替えできません。
［電話］03-5261-4822（製作部）

ISBN978-4-575-51803-0 C0193
Printed in Japan